# TODAS AS COISAS PERIGOSAS

# TODAS AS COISAS PERIGOSAS

## STACY WILLINGHAM

*Tradução*
Débora Isidoro

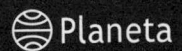

Planeta

Copyright © Stacy Willingham, 2023
Copyright © Editora Planeta do Brasil, 2025
Copyright de tradução © Débora Isidoro, 2024
Todos os direitos reservados.
Título original: *All the dangerous things*

*Preparação*: Marcela Prada Neublum
*Revisão*: Barbara Parente e Edgar Costa Silva
*Projeto gráfico e diagramação*: Márcia Matos
*Capa*: Angelo Bottino
*Imagem de capa*: fergregory/Adobe Stock

Dados Internacionais de Catalogação na Publicação(CIP)
Angélica Ilacqua CRB-8/7057

---

Willingham, Stacy
  Todas as coisas perigosas / Stacy Willingham ; tradução de Débora Isidoro. – São Paulo : Planeta do Brasil, 2025.
  336 p.

ISBN 978-85-422-3634-7
Título original: All the dangerous things

1. Ficção norte-americana I. Título II. Isidoro, Débora

25-1213                                                     CDD 813

---

Índice para catálogo sistemático:
1. Ficção norte-americana

Ao escolher este livro, você está apoiando o manejo responsável de florestas do mundo

2025
Todos os direitos desta edição reservados à
EDITORA PLANETA DO BRASIL LTDA.
Rua Bela Cintra, 986 – 4º andar
01415-002 – Consolação
São Paulo/SP
www.planetadelivros.com.br
faleconosco@editoraplaneta.com.br

## Acreditamos nos livros

Este livro foi composto em FreightText Pro e impresso pela Lis Gráfica para a Editora Planeta do Brasil em maio de 2025.

*Para minha irmã mais velha, Mallory*

Adormecer, aquelas pequenas fatias de morte. Como as odeio.
– anônimo

# PRÓLOGO

Hoje é o dia trezentos e sessenta e quatro.

Trezentos e sessenta e quatro dias desde a última vez que dormi. Quase nove mil horas. Quinhentos e vinte e quatro mil minutos. Trinta e um milhões de segundos.

Ou, se preferir, cinquenta e duas semanas. Doze meses.

Um ano inteiro sem uma única noite de descanso.

Um ano cambaleando pela vida em um estado de semiconsciência. Um ano abrindo os olhos e descobrindo que estou em outro cômodo, em outro prédio, sem qualquer lembrança de quando ou como cheguei lá.

Um ano de remédios para dormir, colírios e litros de cafeína. De dedos trêmulos e pálpebras pesadas. Um ano me tornando uma conhecida íntima da noite.

Um ano inteiro desde que meu Mason foi tirado de mim e, ainda assim, não estou nem um pouco mais próxima da verdade.

# CAPÍTULO

# UM

AGORA

— Isabelle, você entra no ar em cinco.

Minhas pupilas estão cravadas em um ponto do tapete. Um ponto sem importância, na verdade, mas que meus olhos parecem gostar. O ambiente ao meu redor perde o foco à medida que o ponto – *meu* ponto – fica mais nítido, mais claro. É como visão de túnel.

— Isabelle.

Queria ter essa visão de túnel o tempo inteiro: a habilidade de focar em uma única coisa de cada vez. Deixar todo o resto em segundo plano. Ruído branco.

— Isabelle.

*Tec, tec.*

Agora há uma mão diante do meu rosto, acenando. Dedos estalando. Isso me faz piscar.

— Terra chamando Isabelle.

— Desculpa. — Balanço a cabeça, como se esse movimento pudesse de alguma forma dissipar a névoa, como limpadores de para-brisa afastando a água da chuva. Pisco mais algumas vezes antes de procurar o ponto novamente, mas ele já se foi. Desapareceu. Derreteu no tapete, voltou para o esquecimento, do mesmo modo como eu gostaria de fazer. — Desculpa, sim. Em cinco.

Espreguiço-me, levantando o braço, e bebo um gole de café do copo térmico descartável – café preto, forte, em um copo que faz barulho quando meus lábios rachados grudam na borda. Eu costumava apreciar o gosto dessa primeira xícara de café matinal. Adorava o cheiro que se espalhava pela cozinha; o calor da caneca entre meus dedos, frios e rígidos do tempo que havia passado na varanda dos fundos, vendo o sol nascer enquanto o orvalho da manhã salpicava minha pele.

Mas não era do café que eu precisava, sei disso agora. Era da rotina, da familiaridade. Conforto instantâneo, como aqueles macarrões desidratados que mergulhamos na água antes de enfiar no micro-ondas e chamamos de refeição. Mas não me importo mais com isso: conforto, rotina. Conforto é um luxo que não tenho mais, e rotina... bem. Também não tenho isso há muito tempo.

Agora só preciso da cafeína. Preciso me manter acordada.

— No ar, em dois.

Olho para o homem parado diante de mim, a prancheta apoiada no quadril. Aceno com a cabeça, engulo o resto do café e saboreio o amargo no fundo da língua. Tem um gosto horrível, mas não me importo. Está fazendo efeito. Enfio a mão na bolsa e pego um frasco de colírio – alívio para a vermelhidão – e pingo três gotas em cada olho com a precisão de um especialista. Acho que essa é minha rotina agora. Então, me levanto, passo as mãos na parte da frente da calça e bato nas coxas, sinalizando que estou pronta.

— Vem comigo.

Estendo o braço, sugerindo que o homem mostre o caminho. E o sigo. Passo pela porta e ando atrás dele por um corredor meio escuro, as lâmpadas fluorescentes zumbindo em meus ouvidos como uma cadeira elétrica sendo ligada. Eu o sigo até outra porta, de onde o barulho suave dos aplausos irrompe assim que ela é aberta, e entramos. Eu o ultrapasso e paro na beira do palco, atrás de uma cortina preta, de onde mal consigo ver a plateia.

Essa é grande. A maior que já enfrentei.

Olho para minhas mãos, onde costumavam estar as fichas com os principais tópicos do discurso anotados a lápis. Uma lista com breves instruções para lembrar o que dizer, o que não dizer. Uma forma de organizar a história como se eu estivesse seguindo uma receita, com capricho e todo o cuidado, polvilhando os detalhes na medida certa. Mas não preciso mais delas. Já fiz isso muitas vezes.

Além do mais, não há nada novo a dizer.

— *E agora, vamos trazer a pessoa que todos vocês estão aqui para ver.*

Observo o homem falando no palco, a três metros de distância, sua voz ressoando pelos alto-falantes. Parece estar em todos os lugares – na minha frente, atrás de mim. Dentro de mim, de algum jeito. Em algum lugar no fundo do meu peito. A plateia aplaude de novo, e eu pigarreio, lembrando a mim mesma por que estou aqui.

— *Senhoras e senhores da TrueCrimeCon, é uma honra apresentar a vocês nossa principal palestrante... Isabelle Drake!*

Dou um passo em direção à luz, caminhando com determinação até o anfitrião, que acena me chamando para o palco. A plateia continua a gritar, alguns em pé, aplaudindo, apontando a câmera dos celulares para mim e me acompanhando com interesse. Eu me viro para aquelas pessoas, estreitando os olhos para tentar ver suas silhuetas. Meus olhos se adaptam um pouco, e eu aceno, esboçando um sorriso fraco antes de parar no centro do palco.

O anfitrião me entrega um microfone, e eu o pego, acenando com a cabeça.

— Obrigada — digo, minha voz soando como um eco. — Obrigada a todos por terem vindo neste fim de semana. Que grupo incrível de palestrantes.

A plateia irrompe em aplausos de novo, e aproveito esses segundos livres para estudar aquele mar de rostos, como sempre faço. São mulheres, principalmente. São sempre mulheres. Mulheres mais velhas em grupos de cinco ou dez, cumprindo essa tradição anual – a possibilidade de se afastar da própria vida e de suas responsabilidades para mergulhar em fantasia. Mulheres mais jovens, com vinte e poucos anos, parecendo agitadas e um pouco constrangidas como se tivessem sido flagradas vendo pornografia. Mas há homens também. Maridos e namorados que foram arrastados contra a própria vontade; indivíduos do tipo que usam óculos de armação de metal e têm uma barbinha rala, com cotovelos salientes que se projetam desajeitadamente dos braços como galhos nodosos de árvores. Há também os solitários nos cantos, aqueles cujo olhar se demora apenas o suficiente para causar desconforto, e os policiais patrulhando os corredores, tentando disfarçar bocejos.

E então reparo nas roupas.

Uma garota usa uma camiseta com a frase *Red Wine and True Crime*[1], com o T em forma de arma; outra veste uma camiseta branca salpicada de vermelho – com a intenção de imitar respingos de sangue, imagino. Vejo uma mulher com uma camiseta que diz *Bundy. Dahmer. Gacy. Berkowitz.* Eu me lembro de ter passado por essa blusa mais cedo na loja de presentes. Estava bem justa em um manequim, exposta como aquelas camisetas caríssimas vendidas em shows, recordações para fãs fanáticos.

Experimento a sensação familiar da bile subindo à garganta, morna e ácida, e me obrigo a desviar o olhar.

— Como tenho certeza de que todos sabem, meu nome é Isabelle Drake, e meu filho, Mason, foi sequestrado há um ano — digo. — O caso continua sem solução.

Cadeiras rangem; gargantas pigarreiam. Uma mulher pequenina na primeira fileira balança a cabeça com lágrimas nos olhos. Ela está adorando tudo isso, eu sei que está. É como se estivesse assistindo ao seu filme favorito, comendo pipoca distraidamente enquanto move os lábios com suavidade, recitando cada palavra. Ela já ouviu minha palestra antes; sabe o que aconteceu. Sabe, mas ainda não está satisfeita. Nenhum deles está. Os assassinos nas camisetas são os vilões; os homens de uniforme preto são os heróis. Mason é a vítima... e não sei onde eu fico nisso tudo.

A sobrevivente solitária, talvez. A que tem uma história para contar.

---

[1] Vinho tinto e crimes reais.

# CAPÍTULO DOIS

Eu me acomodo na poltrona. Assento do corredor. Em geral, prefiro a janela. Algo em que me apoiar e fechar os olhos. Não exatamente para dormir. Mas para desligar um pouco. *Microssono*, é assim que meu médico chama esse episódio. Todos nós já vimos isso, ainda mais em aviões: as pálpebras tremendo, a cabeça balançando. De dois a vinte segundos de inconsciência antes de o pescoço estalar de volta com uma força espantosa, como o engatilhar de uma arma prestes a disparar.

Olho para o assento à minha direita: vazio. Espero que continue assim. A decolagem está prevista para daqui a vinte minutos; o embarque está prestes a fechar. E, quando isso acontecer, vou poder mudar de lugar. Vou poder fechar os olhos.

Vou poder tentar, como tenho tentado no último ano, descansar um pouco.

— Com licença.

Sobressaltada, olho para a comissária de bordo à minha frente. Ela está apontando para o encosto da minha poltrona com ar de desaprovação.

— Por favor, o encosto precisa estar na vertical, travado.

Olho para baixo, aperto o pequeno botão prateado no braço da poltrona e sinto minhas costas se inclinarem para a frente em ângulo reto. Minha barriga faz uma dobra. A comissária começa a se afastar, fechando os compartimentos de bagagem de mão ao seu alcance, quando estico o braço para segurá-la.

— Será que você pode me trazer uma água com gás?

— Vamos dar início ao serviço de bordo logo depois da decolagem.

— Por favor — insisto, segurando seu braço com mais força conforme tenta se afastar. — Se não for muito incômodo. Passei o dia todo falando.

Coloco a mão em minha garganta para dar ênfase à declaração, e ela olha para o corredor, os passageiros se contorcendo nas poltronas, ajustando os cintos de segurança, procurando fones de ouvido na mochila.

— Muito bem — concorda, com os lábios apertados. — Só um momento.

Sorrio, aceno com a cabeça e me recosto na poltrona antes de observar os outros passageiros ao redor, pessoas com quem vou compartilhar o ar-condicionado pelas próximas quatro horas entre Los Angeles e Atlanta. É um jogo que faço, tentando imaginar o que eles estão fazendo aqui. Que circunstâncias da vida os trouxeram a esse exato momento, com esse exato grupo de desconhecidos. Tento imaginar o que têm feito, ou o que planejam fazer.

Estão indo para algum lugar, ou estão voltando para casa?

Meu olhar pousa primeiro em uma criança sozinha, sentada com enormes fones de ouvido cobrindo as orelhas. Imagino que seja filho de pais separados, passando um fim de semana por mês sendo transportado de um lado para o outro do país como carga. Começo a imaginar que aparência Mason teria nessa idade – como seus olhos verdes poderiam ter se tornado ainda mais verdes, duas esmeraldas gêmeas cintilando como os olhos do pai dele, ou como sua pele macia de bebê poderia ter adquirido o tom moreno da minha, um bronzeado natural que não requer exposição ao sol.

Engulo em seco e me forço a desviar o olhar, virando para a esquerda e observando os outros passageiros.

Homens mais velhos distraídos com notebooks e mulheres com livros; adolescentes no celular, largados em seus assentos, os joelhos desajeitados batendo no encosto das poltronas da frente. Algumas dessas pessoas estão a caminho de casamentos ou funerais; outras estão embarcando em viagens de trabalho ou escapadas clandestinas pagas em dinheiro vivo. E algumas delas têm segredos. Todas têm, na verdade. Mas algumas têm segredos de verdade, daqueles complicados. Sombrios, profundos, tenebrosos, que se escondem sob a pele, circulando pelas veias e se espalhando como uma doença.

Eles se dividem, se multiplicam, depois se dividem de novo.

Tento imaginar quem são: aquelas que têm os segredos que tocam todos os órgãos e os apodrecem. O tipo de segredo que devora a criatura viva, de dentro para fora.

Ninguém aqui poderia imaginar como passei *meu* dia: recontando o momento mais doloroso da minha vida para o entretenimento de estranhos. Agora faço palestra. Uma palestra que recito com absoluto distanciamento, projetada do jeito certo. Frases de efeito que sei que vão soar bem quando saírem da minha boca e forem impressas nos jornais, e silêncios calculados quando quero que um ponto específico seja absorvido. Lembranças carinhosas de Mason para quebrar a tensão de uma cena, quando sinto a necessidade de um alívio cômico. Quando me aprofundo em seu desaparecimento – a janela aberta que descobri no quarto dele, por onde entrava uma brisa morna, úmida; o móbile sobre a cama, com pequenos dinossauros de pelúcia dançando ao vento – eu paro, engulo em seco. Depois conto a história sobre como Mason havia acabado de começar a falar. Como ele pronunciava "tira*nto*ssauro" em vez de "tiranossauro" e como cada vez que apontava para as criaturinhas penduradas sobre sua cama, meu marido fazia uns roncos exagerados, provocando ataques de riso que duravam até Mason pegar no sono. E então a plateia se permite sorrir, talvez até rir. Há um alívio visível na postura dos ombros, o corpo se acomodando mais uma vez na cadeira, como se todos soltassem ao mesmo tempo o ar preso no peito. Porque é isso o que acontece com a plateia, algo que aprendi há muito tempo: eles não querem ficar *muito* desconfortáveis. Não querem realmente viver o que tenho vivido, cada momento desagradável. Só querem um gostinho. O suficiente para matar a curiosidade, mas, caso fique amargo, salgado ou real demais, torcem o nariz e vão embora insatisfeitos.

E não é isso que queremos.

A verdade é que as pessoas amam violência – de longe, claro. Qualquer um que discordar está em negação ou está escondendo algo.

— Sua água com gás.

Levanto a cabeça e vejo a comissária de bordo com o braço estendido. Segura um copinho com um líquido transparente cheio de bolhinhas, que sobem à superfície com um chiado satisfatório.

— Obrigada — digo, e pego o copo para colocar no meu colo.

— Você precisa manter a bandeja fechada — acrescenta. — Vamos decolar em breve.

Sorrio e bebo um gole de água para indicar que entendi. Quando se afasta, me inclino, enfio a mão na bolsa e tateio até encontrar um frasquinho encaixado em um compartimento lateral. Enquanto tento remover a tampa discretamente, sinto uma presença ao meu lado, bem perto.

— É o meu lugar.

Levanto a cabeça de repente, quase esperando ver algum conhecido. Há uma familiaridade nessa voz, um tom vago, como o de um conhecido casual, mas quando olho para o homem parado no corredor, vejo um estranho com uma sacola da TrueCrimeCon pendurada no braço enquanto a outra mão aponta para o assento ao meu lado.

O da janela.

Ele vê o frasco na minha mão e sorri.

— Não vou contar para ninguém.

— Obrigada. — Eu me levanto para deixar o homem passar.

Tento não fazer cara feia diante da perspectiva de voltar para casa ao lado de alguém que esteve na conferência – é complicado, na verdade, a forma como me sinto em relação aos fãs. Odeio todos, mas preciso deles. São um mal necessário: seus olhos, seus ouvidos. Sua atenção total. Porque quando o resto do mundo esquece, eles lembram. Continuam lendo cada artigo, discutindo teorias em fóruns de investigação amadora, como se minha vida não fosse mais que um quebra-cabeça a ser solucionado. Ainda se enroscam no sofá de casa, à noite, com uma taça de Merlot, e se perdem na monotonia reconfortante de Dateline, o programa de TV. Tentando viver tudo isso sem *de fato* viver tudo isso. E é por essa razão que eventos como a TrueCrimeCon existem. Por que as pessoas gastam centenas de dólares em passagens aéreas, quartos de hotel e ingressos para a conferência: por um espaço seguro onde podem desfrutar do brilho sangrento da violência por alguns dias, usando o assassinato de outra pessoa como meio de entretenimento.

Mas o que eles não entendem, o que *não conseguem* entender, é que um dia podem acordar e descobrir a violência rastejando através da tela da televisão, agarrando-se a suas casas, a suas vidas, como um parasita cravando as presas. Penetrando mais fundo, ficando à vontade. Sugando o sangue de seus corpos e os "chamando de casa".

As pessoas nunca acham que isso pode acontecer com elas.

O homem passa por mim e se acomoda na poltrona, empurrando a bolsa para baixo da cadeira da frente. Quando me sento de novo, continuo de onde parei: o estalo baixo da tampa destravando, o ruído da vodca caindo no copo de água. Mexo a bebida com o dedo antes de beber um gole generoso.

— Vi sua palestra.

Sinto o olhar do meu vizinho de assento. Tento ignorá-lo, fecho os olhos e apoio a cabeça no encosto. Espero a vodca dar às minhas pálpebras o peso suficiente para que permaneçam fechadas por um tempinho.

— Sinto muito — acrescenta.

— Obrigada — respondo, os olhos ainda fechados. Mesmo que não consiga dormir de verdade, posso agir como se estivesse.

— Mas você é boa — continua. Sinto seu hálito na minha bochecha, o cheiro do chiclete de hortelã espremido entre os dentes molares. — Conta a história muito bem, quero dizer.

— Não é uma história — explico. — É minha vida.

Ele fica em silêncio por um tempo, e acho que consegui. Em geral, tento não causar desconforto – procuro ser elegante, fazer o papel da mãe enlutada. Trocar apertos de mão e acenar com a cabeça, exibindo um sorriso grato que apago assim que me afasto, como se retirasse o batom. Mas agora não estou na conferência. Acabou, estou farta. Vou para casa. Não quero mais falar sobre isso.

Ouço o interfone acima de nós, um eco áspero.

— *Atenção, tripulação, portas em automático.*

— Meu nome é Waylon — o homem diz, e sinto seu braço sendo projetado em minha direção. — Waylon Spencer. Tenho um podcast...

Abro os olhos e viro a cabeça na direção dele. Eu deveria saber. A voz familiar. A gola em V da camiseta justa, o jeans de lavagem escura. Ele não tem a aparência de um participante comum, com aquele cabelo brilhante raspado em degradê na nuca. Para ele, assassinato não é entretenimento; é negócio.

Não sei o que é pior.

— Waylon — repito. Olho para a mão estendida, para o rosto cheio de expectativas. Depois volto meu olhar para a frente e fecho os olhos outra vez. — Não quero parecer grossa, *Waylon*, mas não estou interessada.

— Estamos ganhando engajamento — insiste. — Está em quinto lugar na loja de aplicativos.

— Bom para você.

— Até resolvemos um caso que estava arquivado.

Não sei se é o movimento repentino do avião – um solavanco suave que faz meu estômago revirar, minhas pernas pressionarem o assento enquanto chacoalhamos pela pista, esta imensa caixa de metal em que estamos todos trancados se movendo cada vez mais depressa fazendo meus tímpanos expandirem – ou se são as palavras dele que de repente me causam desconforto.

Respiro fundo, enterrando as unhas nos braços da poltrona.

— Não gosta de voar?

— Dá para parar? — reajo, e olho para ele. Vejo o homem arquear as sobrancelhas, surpreso com minha indelicadeza.

— Desculpe — diz, parecendo envergonhado. — É que... pensei que pudesse se interessar. Em contar essa história. *Sua* história. No programa.

— Obrigada. — Tento suavizar o tom. Nós dois nos inclinamos para trás quando o avião começa a subir, o assoalho tremendo de forma violenta sob nossos pés. — Mas não.

— Tudo bem. — Ele pega a carteira no bolso. Observo enquanto abre o compartimento de couro desbotado, pega um cartão e o coloca sobre minha perna com toda delicadeza. — Caso mude de ideia.

Fecho os olhos de novo, deixando o cartão intocado sobre meu joelho. Estamos no ar, rasgando nuvens carregadas de água, e um raio de sol às vezes encontra uma brecha na persiana meio fechada e projeta luz nos meus olhos.

— Só pensei que fosse esse o motivo de fazer tudo isso — acrescenta, em voz baixa. Tento ignorá-lo, mas a curiosidade é mais forte que eu. Não consigo.

— Fazer o quê?

— Você sabe, suas palestras. Não deve ser fácil reviver tudo tantas vezes. Mas você tem que fazer isso, se quiser manter o caso vivo. Se quer que seja solucionado.

Fecho os olhos com mais força, me concentrando nas teias de veias finas e avermelhadas que consigo ver em minhas pálpebras.

— Mas em um podcast você não teria que falar com todas aquelas pessoas. Não diretamente, pelo menos. Só teria que falar comigo.

Engulo, balançando a cabeça de leve para indicar que ouvi tudo, mas que a conversa está encerrada.

— Enfim, pense nisso — acrescenta, reclinando o encosto.

Ouço o farfalhar do jeans enquanto tenta se acomodar melhor, e sei que, em poucos minutos, vai fazer com facilidade o que não sou capaz há um ano. Espio por um olho entreaberto. Ele enfiou os fones sem fio nas orelhas, e consigo ouvir o pulsar constante do grave. Então vejo seu corpo se transformar, da mesma maneira de sempre, previsível, mas ainda assim tão estranha para mim: a respiração vai ficando mais profunda, mais regular. Os dedos começam a sofrer leves espasmos, o lábio inferior cai como uma porta de armário com a dobradiça frouxa, uma gota de saliva pendurada em um canto da boca. Cinco minutos depois, um ronco suave emerge da garganta, e sinto uma dor na mandíbula ao cerrar os dentes.

Depois fecho os olhos, imaginando por um breve instante como deve ser isso.

# CAPÍTULO TRÊS

Enfio a chave na fechadura da porta da frente e a giro.

São quase duas da manhã, e o trajeto do aeroporto até em casa não é nada mais que um borrão, como aquelas fotos de longa exposição que mostram passageiros apressados, seguidos por rastros de cor na estação de trem. Depois de pousar no Hartsfield-Jackson, guardei o cartão de Waylon na bolsa, peguei minhas coisas e desembarquei sem nem me despedir. Corri para o portão indicado, peguei a conexão e voei mais quarenta e cinco minutos para o Aeroporto Internacional Savannah/Hilton Head, mantendo os olhos fixos no assento da frente durante todo o trajeto. Mal consigo me lembrar de pegar a bagagem na esteira e chamar um táxi na área externa do terminal. Ou de entrar em uma espécie de transe dentro do carro nos quarenta minutos até o fim da corrida e subir cambaleando os degraus da entrada de casa.

Ouço o cachorro choramingando assim que começo a girar a chave. Já sei onde encontrá-lo: sentado atrás da porta, abanando o rabo furiosamente sobre o assoalho, como um espanador. Roscoe sempre foi barulhento, desde filhote. Invejo sua capacidade de se agarrar às coisas que o fazem ser *ele*, imutável.

Às vezes, quando olho para o espelho, nem me reconheço mais. Não sei quem sou.

— Oi — cochicho, afagando a cabeça dele. — Que saudade.

Roscoe emite um uivo baixo, que sai do fundo da garganta, raspando as patas na minha perna. A vizinha cuida dele quando estou fora: uma mulher idosa que tem pena de mim, acho, ou que precisa mesmo dos vinte dólares por dia que deixo para ela em cima da bancada. Ela o leva para passear, põe ração na vasilha. Deixa bilhetes meticulosos sobre os horários em que ele fez suas necessidades e sobre seus hábitos alimentares. Para ser honesta, não me sinto mal por deixá-lo sozinho, porque ela proporciona a ele uma rotina mais sólida do que eu jamais poderia.

Deixo a bolsa em cima da bancada e dou uma olhada na pilha de correspondência, basicamente contas e propaganda, até que sinto um nó na garganta. Pego um envelope escrito em uma caligrafia conhecida, o endereço dos meus pais na área reservada ao remetente, e viro-o, enfiando o polegar na abertura até abri-lo. Tiro do envelope um cartãozinho com flores na frente; quando o abro, um cheque cai no chão.

Deixo o cartão na bancada e solto o ar aos poucos. Não consigo tocar no cheque, ver qual é o valor. Não agora, pelo menos.

— Quer dar uma volta? — pergunto a Roscoe. Ele gira em círculos, um *sim* inegável, e sorrio. Essa é a beleza dos animais, eles se adaptam.

Desde que me tornei uma criatura noturna, Roscoe também mudou seus hábitos.

Eu me lembro de encarar o dr. Harris, nove meses atrás, durante nossa primeira consulta. A primeira de muitas. Não conseguia ver meus olhos, mas podia senti-los. Secos, ardendo. Sabia que estavam vermelhos, as veias finas que deveriam ser invisíveis na parte branca dos olhos pareciam um para-brisa depois de uma colisão, uma rede de rachaduras ensanguentadas. Um estrago irreparável. Não importava quantas vezes eu piscasse, nunca melhoravam. Era quase como se minhas pálpebras fossem lixas, esfolando minhas pupilas a cada piscada.

— Quando foi a última vez que teve uma noite de sono sem interrupções? — ele perguntou. — Consegue lembrar?

É claro que sim. É claro que conseguia lembrar. Eu me lembraria daquela data pelo resto da vida, por mais que me esforçasse para expulsá-la da memória. Por mais que tentasse apagá-la, por mais que quisesse fingir que tinha sido só um pesadelo. Um pesadelo horroroso, terrível, do qual eu acordaria a qualquer minuto. A qualquer segundo.

— Domingo, seis de março.

— Faz muito tempo — declarou, olhando para a prancheta em cima da mesa. — Três meses.

Assenti. Uma coisa que estava começando a notar sobre passar o tempo todo acordada era como coisas que aparentam ser pequenas se tornam maiores a cada dia. Mais barulhentas, mais difíceis de ignorar. O ensurdecedor tique-taque do relógio, como uma unha comprida batendo no vidro. A poeira visível no ar, pequenos fiapos flutuando devagar no meu campo de visão, como se alguém tivesse mexido nas configurações, distorcendo tudo para contraste máximo e câmera lenta. Conseguia sentir o cheiro das sobras do almoço do dr. Harris, partículas miúdas de atum em lata pairando pelo escritório e entrando em minhas narinas, uma nota de peixe e água salgada que fazia meu esôfago se contrair.

— Aconteceu alguma coisa incomum nesta noite?

*Incomum.*

Até eu acordar na manhã seguinte, nada de incomum havia acontecido. Na verdade, havia sido dolorosamente *comum*. Eu me lembro de vestir meu pijama favorito, prender o cabelo para trás com uma faixa e tirar a maquiagem. E depois colocar Mason para dormir, é claro. Li uma história para ele e o embalei como sempre fazia até que pegasse no sono, mas, por mais que tente, não consigo me lembrar qual foi a história que contei. Eu me recordo de estar no quarto dele, dias mais tarde, depois que a fita amarela da polícia tinha sido removida da porta, e ter a sensação de que o silêncio parecia triplicar o tamanho do cômodo. Lembro-me de ficar lá, olhando para a estante – *Boa noite, Lua*, *Uma lagarta muito comilona* e *Onde vivem os monstros* –, tentando desesperadamente lembrar qual livro eu tinha lido. Quais haviam sido minhas últimas palavras para meu filho.

Mas não consegui. Não conseguia lembrar. De tão comum que tinha sido.

— Nosso filho — Ben interveio, apoiando a mão no meu joelho. Olhei para meu marido e me lembrei de que ele estava ali. — Foi levado do quarto dele naquela noite. Enquanto dormíamos.

Dr. Harris devia saber, é claro. Todo o estado da Geórgia sabia – todo o país, até. Ele abaixou a cabeça do jeito que a maioria das pessoas parece fazer quando percebe que cometeu um erro e não sabe o que dizer. Conversa encerrada.

— Mas Izzy sempre teve... problemas — Ben continuou. De repente, me senti como se estivesse de castigo. — De sono. Mesmo antes da insônia. Na verdade, o problema era o oposto.

Dr. Harris olhou para mim, me estudando como se eu fosse um tipo de enigma a ser decifrado.

— Cerca de cinquenta por cento dos casos de transtorno do sono têm relação com ansiedade, depressão ou algum tipo de estresse ou distúrbio psicossocial, então isso faz sentido, considerando o que tem passado — declarou, apertando o botão da caneta. — Insônia não é exceção.

Lembro-me de olhar pela janela, o sol alto no céu. Minhas pálpebras ficavam mais pesadas a cada segundo; meu cérebro, mais turvo, como se um cobertor de névoa me envolvesse. A caneta continuava estalando, um ruído amplificado em meus ouvidos como uma bomba-relógio prestes a explodir.

— Vamos fazer alguns exames — disse, por fim. — Talvez receitar algum medicamento. Você vai voltar ao normal em pouco tempo.

Quando estendo a mão para pegar a coleira de Roscoe, vejo de relance meu reflexo no espelho do corredor e faço uma careta. É uma reação automática, como recolher os dedos que esbarraram na grelha quente do forno. Eu deveria ser mais gentil comigo mesma, sei disso. Tenho passado por muita coisa, mas a falta de sono se tornou tão aparente em meu rosto que é difícil não notá-la. Pareço ter envelhecido anos em poucos meses, com novas bolsas sob os olhos caídos, esgotados. A pele fina sob os canais lacrimais passaram de um moreno claro para um roxo escuro, profundo, como um hematoma, enquanto o resto do rosto adquiriu um tom acinzentado, como de um frango esquecido na geladeira. Perdi dez quilos em doze meses, o que não parece *tanto*, mas se torna evidente quando já se é alta e magra. É possível notar nas bochechas, no pescoço. No quadril – ou melhor, na falta dele. O cabelo, normalmente de um castanho intenso e brilhante, parece estar morrendo também, com pontas duplas que se dividem ao meio como uma árvore atingida por um raio. A cor vai ficando mais opaca a cada dia.

Faço um esforço para prender a coleira no pescoço de Roscoe antes de sair, o ar frio da noite fazendo meus braços se arrepiarem. Tranco a porta e viro à direita, seguindo nosso caminho habitual.

Isle of Hope é um território minúsculo, com pouco mais de três quilômetros quadrados. Já percorri toda a ilha centenas de vezes, memorizei como o rio Skidaway serpenteia pela zona leste como uma cobra-d'água, brilhante e sinuoso. O jeito como os carvalhos formam um arco gigante sobre a Bluff, seus galhos se entrelaçando com o tempo como dedos com artrite. Mas é espantoso como um lugar muda no escuro: ruas por onde você passou durante toda a vida adulta parecem diferentes, como se, em vez de pisar no asfalto liso, você caminhasse para dentro do rio lamacento. Começamos a notar postes de luz que antes ignorávamos, a luz fraca que passa a brilhar mais forte à medida que avançamos entre eles sendo a única maneira de medir distância ou profundidade. Sombras se tornam formas; cada pequeno movimento chama a atenção, como a dança das folhas secas no chão ou as pernas de uma criança fantasma empurrando um balanço vazio, correntes rangendo com a brisa. Janelas escuras, cortinas fechadas. Tento imaginar a vida dentro de cada casa – o movimento sutil de uma criança que dorme, uma lâmpada noturna projetando formas sobrenaturais na parede. Casais juntos na cama, pele com pele, corpos enroscados embaixo dos lençóis – ou talvez afastados o máximo possível, separados por uma linha fria invisível desenhada no centro.

Quanto a mim, conheço bem as duas situações.

E depois há as criaturas da noite. As coisas vivas, como eu, que saem do esconderijo e ganham vida na ausência dos outros.

Guaxinins correndo pelas sombras, vasculhando as latas de lixo. O pio distante de uma coruja ou o deslizar de cobras que saem de tocas escuras, deixando para trás a própria pele seca. O canto de grilos e cigarras e outras coisas invisíveis que pulsam na grama com determinação constante, como o bombear de sangue nas veias.

Eu me aproximo do pântano, no limite da nossa vizinhança, e paro, olhando para a água escura que ouço bater na margem. Nasci em Beaufort, a pouco mais de uma hora daqui. Morei perto da água durante toda a minha vida, aprendi a nadar com peixinhos fazendo cócegas nos meus pés e o som de camarões derrapando na superfície da maré baixa. Amarrei pescoços de galinha a uma linha e os deixei pendurados por horas, esperando paciente até sentir aquele conhecido sopro de vida na outra ponta, assistindo a incontáveis animais roendo seu caminho rumo à própria morte: uma diversão doentia que, mesmo naquela época, eu não entendia.

Agora sinto o cheiro do pântano, uma inspiração profunda me transporta imediatamente de volta para lá. Para casa. Para a forma como o sal impregna o ar, tornando-o espesso como creme de leite. Para o fedor familiar do lodo da maré, que lembre o hálito de um dente apodrecendo. Porque é isso, afinal. É o cheiro de decomposição; o beijo líquido de vida e morte.

Milhões de coisas vivas morrendo juntas, e milhões de outras coisas chamando aquilo de lar.

Olho para longe e sinto meu braço se erguer instintivamente, tocando a pele delicada atrás da minha orelha. O lugar para onde sempre sou atraída quando fico presa em uma lembrança. *Esta* lembrança. Tento ignorar o nó no estômago, aquela sensação de alguém enfiando a mão nas minhas entranhas e apertando, se recusando a soltá-las.

Olho para Roscoe parado na beira d'água. Ele também olha para a escuridão, para alguma coisa distante.

— Vem. — Puxo a coleira. — Vamos para casa.

Voltamos pelo mesmo caminho, e, assim que entramos, fecho a porta da frente, coloco a tranca e encho a vasilha de Roscoe com água antes de fuçar as sobras na geladeira. Pego um pote com espaguete, tiro a tampa e cheiro. Os fios molhados caem na tigela, ainda grudados no formato do recipiente em que estavam guardados, e enfio a tigela no micro-ondas, encarando o relógio enquanto meu jantar gira. Aqueles pequenos números digitais brilhando no escuro.

Três horas e catorze minutos.

Quando o micro-ondas apita, pego a tigela de dentro dele e a levo para a sala de jantar, afastando jornais, pastas e Post-its com reflexões noturnas rabiscadas com canetas secas. A cadeira arrasta no chão quando a puxo, e Roscoe se aproxima ao ouvir o barulho, deitando-se aos meus pés enquanto espeto o garfo no macarrão e o giro.

Olho para a parede e sinto um arrepio quando ela me encara de volta.

Encaro o olhar sorridente dos meus vizinhos, as fotos recortadas de catálogos da igreja e de anuários do colégio; seus depoimentos, álibis, hobbies e horários, tudo fixado em um lugar. Analiso os olhos mortos dos retratos 3x4 das fichas criminais; a expressão dos desconhecidos cujas fotografias roubei de relatórios policiais ou rasguei de artigos de jornais, e que agora decoram a parede da minha sala de jantar como uma espécie de colagem de adolescente – uma obsessão que não sei como domar. Então, em vez de tentar, apenas olho para as fotos. Tento ir além do papel e entrar na mente de cada um, ler seus pensamentos. Porque, como aquelas pessoas no avião, alguém ali tem um segredo.

Alguém, *em algum lugar*, sabe a verdade.

# CAPÍTULO

# QUATRO

ANTES

Acordo assustada. É o tipo de despertar sobressaltado que sucede uma porta batendo ou um vidro quebrando: não um acordar suave, mas uma interrupção brusca. Na hora percebo que não estou sozinha. Há outro corpo encostado no meu, quente e meio úmido, como um aquecedor com vazamento. Pequenas baforadas de ar quente na minha nuca.

Eu me viro, piscando com rapidez até que dois olhos grandes ficam nítidos na minha visão.

— Você estava fazendo aquilo de novo.

Esfrego os olhos com as costas das mãos e encaro minha irmã, o cabelo dela embaraçado como fios de caramelo derretido. Ela olha para mim de um jeito ansioso, com o polegar entre os lábios. Tento lembrar como chegou ao meu quarto na noite passada, levantou o peso morto do meu braço e espremeu seu corpinho contra o meu, colocando meu braço sobre sua cintura como um cinto de segurança.

Tento lembrar, mas não consigo.

— Desculpa — respondo.

— Isso me assusta.

— Tá tudo bem. — Umedeço os dedos e tento ajeitar um nó especialmente grande em sua cabeça, como uma gata lambendo o filhote recém-nascido. — É só sonambulismo.

— É, mas eu não gosto.

— Não posso fazer nada — disparo. Por um segundo, aquilo me aborrece. Sempre fico meio atordoada de manhã. Costumo ficar um pouco irritada, como se meu cérebro se incomodasse por ser forçado a acordar e começar a trabalhar. Mas então lembro que ela também não pode fazer nada. Só tem seis anos.

Faço um esforço para soltar o ar, respirar.

— O que eu estava fazendo?

— Só ficou lá parada — diz. Um lado do rosto pressionado contra meu travesseiro, a bochecha espremida. — De olhos abertos.

Deito de costas e olho para o teto, acompanhando a rachadura que começa na base do lustre e se espalha como pequenos afluentes serpenteando pelo cimento, se acumulando nos cantos. Um cruzamento de veias. Sempre tive sono pesado, desde que consigo lembrar. Quando minha cabeça encosta no travesseiro, entro em um sono tão profundo que nada pode me acordar. *Nada*. Há alguns meses, continuei dormindo enquanto um alarme de incêndio berrava do outro lado da janela do meu quarto. Eu me lembro de acordar por conta própria, lá fora, de camisola, e sentir cheiro de fumaça no ar. A sensação dos pés descalços grudando na grama úmida de orvalho enquanto meu pai segurava minha mão com força. Aparentemente, havia saído com ele, meus dedos apertados entre os seus. Fiquei ali durante trinta minutos, rígida, ereta e inconsciente, vendo os bombeiros apagarem as chamas que haviam tomado nossa cozinha, lambendo as paredes.

— Onde eu estava? — pergunto.

— No meu quarto — responde Margaret, ainda com o olhar fixo no meu rosto. — Você me acordou.

Sinto uma onda de vergonha subir pela nuca quando penso em minha irmãzinha sentindo que alguém observava seu sono. Abrindo os olhos, piscando com rapidez enquanto sua visão se adaptava à escuridão para, por fim, me ver de pé, imóvel no escuro.

— Tentou me acordar?

— Não — diz. — Mamãe falou para não te acordar. É perigoso.

— Não é perigoso. Isso é invenção.

Margaret se encolhe embaixo do edredom, e faço um esforço para tentar imaginar: meus olhos se abrindo, o olhar vazio. Meu tronco se levantando, girando para um lado, e as pernas magricelas se movendo para fora do colchão. Ficando ali, penduradas, balançando como se eu estivesse sentada na beira do píer, com os dedos do pé no pântano, alheia à vida que está à espreita ali embaixo. Sentindo o tapete felpudo sob meus pés enquanto atravesso o quarto, abro a porta e saio para o corredor.

Eu tento, mas não consigo.

— O que você fez?

— Fiquei lá deitada, esperando você sair — responde. — Depois vim até o quarto atrás de você.

— Por que deitou na cama comigo?

— Não sei. — Ela dá de ombros. — Não conseguia dormir. Acontece quando fico com medo.

Olho para minha irmã, coloco a palma da mão em seu rosto e sorrio. Margaret, minha pequena sombra. Ela me segue para todo lado. Sempre correndo até mim quando está com medo – até quando sou eu quem a assusto.

— Até quando você vai continuar fazendo isso? — pergunta.

— Não sei. — Suspiro. E é verdade. Não sei. Não sei com que frequência acontece, mas, a julgar pelo número de vezes que acordei em lugares estranhos nos últimos meses, diria que não é raro. Em pé, rígida, no meio da sala, com a luz azulada e silenciosa da televisão. Sentada na mesa da cozinha com uma tigela de cereal, no escuro. Eu, de camisola branca, iluminada pelo luar, assombrando os corredores como o fantasma de uma garota perdida e solitária. O médico diz que é inofensivo – até comum para crianças da minha idade –, mas a ideia do meu corpo agindo de forma independente da minha mente é um pouco sinistra, só isso. Na primeira vez que aconteceu, acordei no chão do quarto de Margaret; ela estava sentada ao meu lado, brincando de boneca.

Nem tinha percebido que eu estava dormindo. — Papai disse que vai passar quando eu crescer.

— Mas quando?

— Não sei, Margaret. — Mordo a parte interna da bochecha com força para não dizer algo desagradável. Algo de que vá me arrepender depois. — Mas me desculpa, tá? Não vou te machucar. Prometo.

Ela olha para mim, pensando nas minhas palavras, depois assente.

— Agora vamos — digo, e afasto as cobertas.

Sento na beirada da cama, pronta para me levantar, quando algo me faz parar: um nó na garganta, o medo alojado bem fundo, fora do meu alcance. Há pegadas no tapete – fracas, mas estão lá –, uma trilha de terra que vem da porta do quarto até a cama. Engulo em seco e olho para a janela. Para o meio acre de grama que faz fronteira com o pântano; uma encosta suave, lamacenta.

Esfrego o pé com força em uma das marcas, tentando apagá-la.

— Vamos — repito, enfim, esperando que Margaret não veja. — Vamos tomar café.

# CAPÍTULO CINCO

### AGORA

O noticiário do meio-dia murmura ao fundo enquanto ando pela casa e faço minha terceira xícara de café. Tomei banho e troquei de roupa depois da noite passada, saí do sofá quando o primeiro fio de luz entrou pela janela e fui para o banheiro, liguei o chuveiro e abaixei a cabeça, deixando a água cair sobre mim.

Então fechei os olhos e prendi a respiração. Imaginei, como tantas outras vezes, qual deve ser a sensação de se afogar.

A exaustão faz coisas estranhas com o cérebro, coisas difíceis de compreender. Difíceis de explicar. Tenho pensado muito em tortura desde que parei de dormir – e não sobre aquela escancaradamente violenta, como deslizar uma lâmina afiada e enferrujada sobre a pele ou apertar um dedo com um alicate velho. Tenho pensado no tipo meticulosamente normal. O tipo que usa necessidades básicas, como dormir e comer, para nos transformar na pior versão de nós mesmos: isolamento, privação sensorial, afogamento simulado com um pano molhado.

Agora entendo o que é isso, como é enlouquecedor ficar acordada, no meio da noite, deitada com nada além dos próprios pensamentos como companhia.

Claro que dormi *um pouco* no último ano. Estaria morta se não tivesse pregado os olhos. Já me peguei cochilando em salas de espera e dentro do táxi, piscando e olhando para o relógio, percebendo que não sabia o que havia acontecido na última hora. Todos aqueles microssonos ao longo do dia: meros segundos de sono intenso, profundo e desconcertante que parecem surgir do nada e desaparecem com a mesma rapidez. Cochilos agitados no sofá de casa, interrompidos a cada quinze minutos e retomados em seguida. Dr. Harris me receitou comprimidos para dormir nos primeiros dias e me instruiu a tomar o remédio todas as noites logo após o pôr do sol. Tentei algumas vezes, mas a dose nunca era alta o suficiente, e comecei a tomar vários de uma vez. Engolia três ou quatro comprimidos até sentir que minhas pálpebras começavam a pesar, mas, mesmo assim, acordava depois de algumas horas me sentindo atordoada e lenta, incapaz de pensar. Incapaz de fazer qualquer coisa.

Às vezes, a mente é mais forte que nossas tentativas de dominá-la.

Agora estou sentada à mesa da cozinha, uma caneca entre as mãos, olhando para o envelope fechado à minha frente. Eu o peguei na noite passada com o homem da prancheta, sentindo o mesmo constrangimento que, imagino, as prostitutas sentem ao receber seu dinheiro – afinal, me expus para aquelas pessoas em troca de pagamento.

Não exibi o corpo, mas a alma, e de algum jeito sinto que é ainda pior.

Bebo um gole de café e viro o envelope, removo o grampo e o esvazio em cima da mesa. Esse é o meu pagamento: a lista de todos os participantes, com nomes e endereços de e-mail de cada pessoa que comprou ingresso. O detetive principal do caso de Mason me disse uma vez que criminosos muitas vezes aparecem em eventos públicos, como coletivas de imprensa e cerimônias fúnebres, como uma forma de reviver a adrenalina, testando a sorte só um *pouco* mais – ou tentando descobrir as últimas novidades sobre o andamento do caso. Por essa lógica, comecei a exigir a lista dos participantes de todas as conferências nas quais palestrava, na esperança de que alguém da plateia pudesse se destacar. Os organizadores sempre hesitavam quando fazia esse pedido, alegavam que era invasão de privacidade, até lembrá-los que aquelas pessoas já haviam concordado com a divulgação dessas informações, de acordo com os Termos e Condições do evento.

Estava no parágrafo em letras pequenas. Sempre está no parágrafo em letras pequenas.

No fim, eles sempre acabam concordando. Afinal, uma palestrante como eu pode cobrar milhares de dólares por apresentação – um caso que mobiliza a opinião pública, que já não é investigado com tanto empenho, mas que ainda não foi arquivado. Porém, em vez disso, tudo que peço é informação. Acesso a algo, *qualquer coisa*, que eu possa usar em algum momento.

Dou uma olhada na lista de nomes em ordem alfabética.

*Aaron Pierce, Abigail Fisher, Abraham Clark, Adam Shrader.*

É sempre a mesma coisa: procurar os perfis no Facebook, examiná-los e tentar determinar onde essas pessoas moram. Procuro mulheres sem filhos, talvez. Almas solitárias com muitos gatos e muito tempo livre ou homens que por alguma razão despertam um instinto de alerta em nosso cérebro. Aqueles com olhos de cubo de gelo, frios e duros, que provocam arrepios na nuca, embora nunca seja possível identificar o porquê.

*Alexander Woodward, Alicia Bryan, Allan Byers, Bailey Deane.*

Em seguida, consulto o registro de agressores sexuais para ver se algum deles está lá. Sublinho um ou outro nome, indico se algo incomum aparece, e passo para o próximo, repetindo todo o processo.

É um trabalho tedioso, entorpecente, mas sem suspeitos e sem pistas, é o que me resta agora. É só o que restou.

Alguns nomes parecem vagamente familiares, e sei que já os pesquisei antes. Depois de um tempo, você começa a encontrar as mesmas pessoas, de novo e de novo. Nesse tipo de evento, há frequentadores regulares e, de algum modo, eles sempre me encontram, se apresentam mais uma vez ou apenas presumem que devo me lembrar deles. Esperam que eu interaja, que responda às perguntas ou converse sobre amenidades, como se eu fosse só uma autora em seu clube do livro.

Como se fosse eu quem deveria perguntar como eles se *sentem* em relação à minha história, sobre o fato de não ter sido solucionada. Como se quisesse saber a opinião deles a respeito disso tudo.

As pequenas coisas são as que mais me incomodam: o jeito como os dedos tocam meu braço de leve, como se tivessem medo de me quebrar. A maneira como inclinam a cabeça, como filhotinhos curiosos, e como murmuram até eu ter que me aproximar para ouvir. O perfume floral borrifado atrás das orelhas e o hálito morno, azedo, que embrulha meu estômago.

— *Não consigo nem imaginar* — acabam dizendo — *a dor que você suportou.*

E eles têm razão: não podem imaginar. Não há como imaginar, não até você estar no meio disso, vivendo tudo isso, e aí é tarde demais.

A violência veio atrás de você também.

Ouço Roscoe roncando aos meus pés, sua respiração tranquila e cadenciada, até que os pingentes em sua coleira tilintam quando ergue a cabeça e olha para a porta da frente. Meu coração fica apertado ao vê-lo se levantar, caminhar até lá e, paciente, sentar-se ao lado da janela conforme a sombra de um homem surge do lado de fora. Fecho os olhos, respiro fundo e levo a mão ao peito, massageando com a ponta dos dedos os contornos do colar escondido sob a camisa. Depois me dirijo à porta.

Sei quem é antes de ouvir as batidas.

— Bom dia — digo ao abrir a porta e encarar meu marido, percebendo tarde demais que já passa do meio-dia. — Que surpresa.

— Oi — responde Ben, olhando para qualquer lugar, menos para mim. — Posso entrar?

Abro a porta completamente e o convido a entrar com um gesto. Há uma tensa cortesia em sua postura, como se fôssemos estranhos. Como se ele não tivesse morado nesta casa; como se seus lábios não tivessem tocado cada centímetro da minha pele, como se seus dedos não tivessem explorado cada pinta, mancha e cicatriz em mim. Ele se abaixa e afaga Roscoe, sussurrando *bom garoto* muitas vezes. Assisto à interação entre eles, natural e calma, desejando que Roscoe mostre os dentes e rosne para ele. Lamento que não castigue meu marido por tê-lo abandonado, por ter nos abandonado.

Em vez disso, ele lambe os dedos de Ben.

— Precisa de alguma coisa? — pergunto, cruzando os braços.

— Só vim ver como você está. Hoje, sabe como é.

— É, eu sei.

Hoje. Dia trezentos e sessenta e cinco. Um ano desde nosso último dia com Mason. Um ano desde que li aquela história para ele e o coloquei para dormir; desde que me deitei na cama ao lado de Ben e fechei os olhos, adormeci com facilidade e mergulhei naquele sono longo e profundo, sem saber do inferno que nos esperava ao amanhecer.

— Continua sem dormir, não é?

Tento não deixar o comentário me afetar – não é essa a intenção dele, sei que não –, mas, ainda assim, odeio quando me vê desse jeito.

— Como você sabe?

Tento forçar um sorriso para mostrar que estou brincando, mas não sei bem como aparenta. Talvez um pouco perturbado, porque Ben não sorri de volta.

Tudo começou com uma necessidade desesperada de ficar acordada caso Mason voltasse. Afinal de contas, alguém havia levado meu bebê. Alguém o havia *tirado* de mim, tudo enquanto eu dormia. Que tipo de mãe faz isso? Que tipo de mãe não acorda? Eu achava que deveria ter percebido – deveria ter tido algum tipo de *sentimento* instintivo de que alguma coisa estava acontecendo, de que havia algo errado –, mas não tive. Não senti nada. Então, naquelas primeiras noites, disse a mim mesma que ficaria acordada, só por precaução. Que talvez, no meio da noite, ao espiar o quarto dele, o encontraria lá: sentado no berço como se nunca tivesse desaparecido. Que ele abriria aquele sorrisinho banguela ao me ver. Que estenderia os braços para mim, sem soltar seu bichinho de pelúcia favorito, e finalmente se sentiria seguro.

Eu queria estar acordada para isso... – não, eu *precisava* estar acordada para isso.

Então, as noites se tornaram semanas, as semanas se transformaram em meses, e Mason ainda não tinha voltado para casa – mas, àquela altura, eu já estava diferente. Havia mudado. Alguma coisa tinha se rompido em meu cérebro, como um elástico esticado que não suportou a pressão. No início, Ben implorava, tentando me afastar da janela onde eu ficava, pés fincados, encarando a escuridão.

— *Isso não está ajudando ninguém* — dizia. — *Izzy, você precisa descansar.*

E eu sabia que ele estava certo – sabia que aquilo não ajudava em nada –, mas não conseguia evitar. Não conseguia dormir.

— Como vai o trabalho? — Ben pergunta agora, tentando puxar conversa.

— Devagar — respondo, e prendo uma mecha rebelde atrás da orelha. Deixei o cabelo secar naturalmente, o que resultou em uma auréola de fios arrepiados que fazem cócegas na minha testa. — Não tenho recebido muitas propostas.

— Pensei que os negócios estivessem melhores do que nunca — comenta, andando até o sofá e se sentando. O fato de não pedir permissão me irrita, mas, pensando bem, foi ele quem o comprou. — Considerando a publicidade...

— Não quero fazer nada que pareça apelativo.

— E a diferença entre isso e o que está fazendo agora é...?

Encaro Ben, e ele sustenta meu olhar. É por isso que está aqui – a *verdadeira* razão pela qual está aqui. Deve ter ouvido algo sobre minha palestra. Sabia que ele tomaria conhecimento disso em algum momento, só não imaginei que seria tão cedo.

— Por que não diz logo o que está pensando? — pergunto. — Vai, Ben. Fala de uma vez.

— Tudo bem, eu falo. Que porra você está fazendo?

— Estou tentando garantir que o caso não seja esquecido.

— *Não foi* esquecido. — Ben reage, irritado. Tivemos essa conversa várias vezes. — Isabelle, a polícia está trabalhando nisso.

*Isabelle*. Ele não me chama mais de *Izzy*.

— Você precisa parar com isso. Com tudo isso — acrescenta, apontando para a sala de jantar. Percebi que olhou para lá mais cedo, reagindo um pouco assustado ao passar pela entrada e ver todas as fotos ocupando o espaço onde antes ficava a pintura a óleo do nosso casamento. — Não é saudável. Além do mais, parece...

— Parece o quê? — eu o interrompo, sentindo a raiva crescer no meu peito. — Por favor, me diga.

— Parece *errado* — responde, torcendo as mãos. — Você falando para aquela plateia mórbida, um dia antes do aniversário de um ano. Isso não parece *normal*.

— E o que seria melhor, Ben? O que pareceria normal? Não fazer nada?

Cravo as unhas na palma das mãos enquanto o encaro.

— Eles não têm *nada* — continuo. — Não têm *ninguém*, Ben. Quem fez isso ainda está por aí, livre. Quem o *levou*... — Paro, mordendo a boca antes de começar a chorar. Respiro fundo, tento de novo. — Não entendo por que você não se importa. Por que não tenta encontrá-lo.

Ben se levanta do sofá de repente, o rosto vermelho, e percebo que fui longe demais.

— Não *ouse* dizer isso! — grita, apontando o dedo para mim. Uma gota de saliva treme em seu lábio. — *Nunca* mais me acuse de não me importar. Você não tem ideia de como isso tem sido para mim. Ele também era meu filho.

— É — corrijo, com um fio de voz. — Ele também *é* seu filho.

Ficamos em silêncio, nos encarando através da sala de estar.

— Ele ainda pode estar vivo — digo, e sinto as lágrimas inundando meus olhos de novo. — Ainda podemos encontrá-lo.

— Isabelle, ele não está vivo. Não está.

— Pode estar...

— Não está.

Vejo Ben suspirar, passando as mãos no cabelo e puxando as pontas. Então ele se aproxima e me abraça. Não consigo retribuir o abraço, por isso apenas fico ali, parada. Um peso morto.

— Isabelle — sussurra, afagando meu cabelo. — Odeio ser o único a continuar te dizendo isso, de verdade. Isso me rasga por dentro. Mas quanto antes aceitar o que aconteceu, mais depressa vai poder superar. Você *tem* que seguir em frente.

— Faz um ano — respondo. — Como pode seguir em frente em tão pouco tempo?

— Não posso — confessa. — Mas estou tentando.

Fico em silêncio, sentindo a mão dele na parte de trás da minha cabeça; sua respiração na minha orelha, morna e úmida, e o leve pulsar de seu coração no meu peito. Abro a boca, pronta para me desculpar, quando de repente ele se afasta.

— Falando nisso, tem outra coisa — diz, abaixando os braços. — Um assunto que quero discutir com você.

Inclino a cabeça, sem saber como reagir.

— Meu terapeuta fala muito sobre como faz parte dessa superação estar aberto a novas possibilidades — comenta. — Sabe, ficar animado com o futuro de novo. Com qualquer coisa, ou qualquer pessoa que possa fazer parte dele.

— Sei. — Cruzo os braços, tentando ignorar a ponta de esperança em meu peito. Não posso negar que já pensei nisto: na possibilidade de Ben voltar para mim. De se desculpar por ter ido embora quando eu mais precisava dele.

Mas também não posso dizer que o condeno por isso. Perder um filho faz você perder um monte de coisas. A racionalidade, o juízo.

— Queria que soubesse que conheci uma pessoa.

As palavras me atingem como um soco no estômago, um golpe rápido e forte. Tento esconder o choque, mas tenho certeza de que minha expressão o entrega, porque ele não espera minha resposta.

— Não é sério, nem nada. É algo novo, saímos algumas vezes, só isso, mas Savannah é uma cidade pequena, sabe como é. As pessoas falam. Queria que soubesse por mim.

— Ah. — Consigo dizer, por fim, apertando os lados do corpo com as unhas, provocando dor. Fico imaginando as marcas em forma de crescente na minha barriga, como mordidas penetrando a pele.

— Pensei muito se deveria ou não contar hoje, mas no fim... não sei — fala, enfiando as mãos nos bolsos. — Não queria que descobrisse de outra maneira.

— Tudo bem — respondo, ainda procurando palavras que não consigo encontrar. — É... sim, tudo bem. Quer dizer, isso é *bom*... para você, acho. Que bom que me contou.

— É bom — confirma. Vejo seus ombros relaxarem um pouco, o ar deixando seu corpo em um longo suspiro, como se a tensão derretesse de repente, como cera. — Mesmo que não dê em nada, tem sido bom para mim. Tem me dado esperança, Izzy. E quero que você tenha isso também.

Meus ouvidos queimam com o som familiar, *Izzy*, o antigo apelido passando a soar ácido e errado em sua boca. O que antes era terno, cheio de desejo e amor, agora parece uma punição: alguma coisa revestida de pena, como um sorriso amarelo jogado do outro lado da sala quando alguém que você já amou te surpreende se divertindo sem ele.

— Vejo você hoje à noite? — pergunta, tirando uma das mãos do bolso e pousando-a no meu ombro.

Assinto, sorrio e o observo enquanto acaricia Roscoe a caminho da porta, o tempo todo tentando ignorar o formigamento em minha pele, no ponto exato onde ele me tocou. Quando ele sai e fecha a porta, sinto uma lenta distensão dentro de mim: o vazio crescendo como um buraco negro que vai engolindo tudo.

Então enfio a mão embaixo da blusa, encontro o colar e seguro a aliança – a aliança de *Ben* – ainda pendurada em uma corrente que envolve meu pescoço.

# CAPÍTULO SEIS

Minha casa ainda tem o cheiro de Ben, mesmo depois de ele ter ido embora. A loção de barba perfumada e o gel para cabelo; o sanduíche de peru e o molho *sriracha*, que sei que comeu no carro a caminho daqui. Vi uma gota de molho no colarinho da camisa dele, uma manchinha vermelha. Há alguns anos, eu teria revirado os olhos para sua falta de jeito, lambido o polegar e esfregado o dedo na mancha. Talvez até tivesse enfiado o dedo na boca em seguida para sentir o sabor picante. Uma pequena provocação antes de ele sair para o trabalho, um truque para garantir que passaria o dia pensando em mim.

Mas isso não acontece mais. Agora, sempre que o vejo, sinto um gosto metálico na boca. Como chupar uma moeda ou lamber um machucado recente, sentindo o gosto de sangue na língua. É como se meu corpo se negasse a esquecer quanto ele me machucou. Quando ele me fita com aqueles olhos gentis, suaves e doces como duas gotas de chantilly, não derreto mais como antes.

Pelo contrário, endureço.

— Perder um filho é uma das maiores provações que um casal pode enfrentar — dr. Harris disse na primeira vez que fui à sessão sozinha. Não precisei falar nada; de algum jeito, ele sabia. Talvez até já esperasse por isso. — Alguns saem mais fortes, mas a maioria não resiste ao sofrimento.

Eu queria ficar na categoria *alguns*. Queria mesmo. Não era nem para sair mais forte – era só para sobreviver. Mas o luto tem esta característica: não existe um manual. Não existe um passo a passo com a melhor maneira de ultrapassar isso e seguir em frente. Ben, sempre realista, apenas abaixou a cabeça e nadou contra a correnteza. Desde o primeiro dia, se apoiou em estatísticas e fatos, ajustando a probabilidade do retorno de Mason a cada dia, até que, por fim, decidiu que era hora de parar de nadar. Perdemos a corrida e era hora de admitir a derrota. Era hora de descansar. Eu sabia que era doloroso para ele. Sabia que doía. Sabia que ele precisava de toda a força que tinha para seguir em frente – e de ainda mais para se obrigar a parar –, mas eu não conseguia nem manter minha cabeça fora d'água. Desde o início, eu o puxava para baixo, o afogava junto comigo, e quando ele percebeu que não conseguiria salvar nós dois, decidiu salvar a si mesmo.

E, no fim, acabamos no grupo da *maioria*.

Agora me pego pensando se a *maioria* consegue resistir durante um ano, pelo menos, porque nós não conseguimos, com certeza. Mal chegamos aos seis meses.

Nosso namoro não foi dos mais normais, então talvez eu não devesse estar tão surpresa por um relacionamento que começou com a velocidade e a eletricidade de um raio ter desaparecido com a mesma rapidez, mas mesmo assim... Vivemos juntos durante sete anos. *Sete*.

É alguma coisa.

É impossível não relembrar isso agora, o momento em que nos conhecemos. Parecia destino, de verdade; a colisão, literalmente, de duas pessoas que nasceram para ficar juntas. Na época, isso me fez pensar nas estrelas: como podem colidir e se fundir em uma só – maior, mais brilhante, mais forte que antes. Mas o que eu não sabia naquele tempo era que quando se chocam com muita rapidez, não se fundem. Em vez disso, explodem, evaporando no nada.

Eu tinha acabado de me mudar para Savannah, fazia três anos que havia me formado na faculdade e meu apartamento quase sem móveis ficava a poucos quarteirões da *The Grit*, meu novo emprego. Não me lembro do exato momento em que decidi que queria escrever para a *The Grit*; era algo que sempre soube, da mesma forma que médicos e bombeiros levam seus sonhos de infância para a vida adulta, agarrando-se a eles com tanta força que se esquecem de olhar em volta e ver o que mais pode estar por aí. O que mais existe.

Algumas das minhas melhores lembranças envolvem deitar no chão da sala de estar na casa dos meus pais, Margaret e eu, de bruços no tapete oriental vermelho-ferrugem. Nossas pernas finas chutando o ar enquanto Margaret folheava páginas brilhantes e apontava suas fotos favoritas. *Me conta uma história*, ela pedia, e eu lia em voz alta o artigo que acompanhava a imagem, pronunciando com clareza cada palavra. Era o tipo de revista que chamava a atenção das pessoas em aeroportos e supermercados, com uma capa fosca, grossa, e um papel de aspecto caro; o tipo de revista que as pessoas deixavam como decoração sobre uma mesinha de centro – pessoas como meus pais, cuja existência refletia com perfeição o tipo de imagem que pretendiam projetar: sofisticada, culta, *bem-sucedida*.

O lema era impecavelmente suscinto: *The Grit Conta as Histórias do Sul*.

Eu me mudei no fim de outubro, uma semana antes do primeiro dia de trabalho. Lembro que pensei que todas aquelas cidades sulistas eram um pouco iguais, com grandes carvalhos e barbas-de-velho e portões de ferro por onde subiam trepadeiras de jasmim-estrela – mas, ao mesmo tempo, eram todas um pouco diferentes. Únicas à sua maneira. Savannah me fazia lembrar de casa, mas só as partes boas, como se os hematomas tivessem sido removidos com um canivete, deixando apenas possibilidades promissoras. E eu estava adorando aquilo, de verdade, mas passar cinco dias inteiros sozinha – sem reconhecer um só rosto, sem pronunciar uma palavra sequer – pode ser uma experiência um pouco solitária, então, naquele fim de semana, decidi me arrumar e sair.

Lembro que acabei indo parar em um lugarzinho à margem do rio Savannah, as mãos nos bolsos e o nariz ardendo com o cheiro de fumaça e jalapeños. Então me aproximei do bar que ficava ao ar livre, minha respiração formando nuvens brancas no ar.

— Quinze dólares, pode se servir à vontade — disse o garçom. Ele cheirava a água salgada e lama do pântano, com notas azedas de cerveja quente derramada. — Inclui faca de abrir ostras e toalha.

Peguei minha carteira e dei a ele uma nota de vinte dólares, recebendo em troca uma cerveja, uma faquinha e um balde cheio de ostras cozidas na grelha – mas, assim que me virei, tropecei no homem que estava atrás de mim e derrubei a cerveja.

— Desculpa — disse, tentando evitar que o resto da cerveja caísse no meu braço. Olhei para o paletó dele, o líquido espumoso escorrendo pelo peito. — Ai, meu Deus, me desculpa, não vi você...

O homem olhou para o paletó encharcado e enxugou o excesso com as luvas. Depois olhou para mim, examinou meu rosto e sorriu, erguendo o canto dos lábios até que eu visse seus dentes.

— Tudo bem, relaxa — respondeu. — Pelo menos não me acertou com isso aí. — E apontou para a faquinha encaixada entre meus dedos, a lâmina voltada para fora. — Esfaqueado por uma faca de abrir ostras. Não deve ser uma morte agradável.

Olhei para a faca, depois para ele, horrorizada, e me senti como uma criança repreendida na escola por correr com a tesoura na mão.

— Estou brincando — ele declarou, por fim, o sorriso se transformando em uma risada bem-humorada. Deve ter notado que eu estava vermelha; meu rosto esquentando. — Sabe usar essa coisa?

— Não — menti. Não sei por que fiz isso. É claro que sabia abrir uma ostra. Encaixa a faca na abertura, gira e *ploc*. Mas ele era um homem bonito, e eu tinha passado a última semana completamente sozinha. Não queria que a conversa acabasse; não estava pronta para que ele se afastasse, para ficar sozinha de novo. — Pode me ensinar?

Ele apontou para uma mesa desocupada, um barril de uísque virado com um buraco no centro para receber as conchas vazias. Pegou a primeira ostra que conseguiu alcançar, soltou a carne e a jogou em cima de uma torradinha salgada, que empurrou em minha direção.

— O segredo é bastante molho coquetel e um pouco de limão — disse, olhando para mim. — Ajuda a equilibrar o sal.

— Obrigada. — Sorri, jogando a torradinha na boca e lambendo os lábios antes de estender a mão livre. — Meu nome é Isabelle.

— Ben — ele se apresentou, apertando minha mão com firmeza. Foi quando notei que ele não tinha pedido nada.

— Você precisa de uma bebida — comentei. — Eu pago. É o mínimo que posso fazer.

— Na verdade, eu ia pedir a conta.

— Ah. — Corei ao pensar que a brincadeirinha do flerte não tinha dado resultado. — Bem, obrigada pela aula, de qualquer maneira. E desculpe mais uma vez pela cerveja.

Ele hesitou por um momento, olhou para o balcão, depois para mim, como se estivesse considerando algo com muito cuidado.

— Sabe de uma coisa? — decidiu, por fim. — Mais uma ou duas não vão me matar. E eu que vou pagar uma para *você*. É o mínimo que posso fazer, já que agora estou vestindo a sua cerveja.

Dei risada, e ele foi buscar as bebidas. Senti uma pontinha de empolgação. Assim que voltou, comecei a falar sobre coisas variadas, sem esperar que ele se encarregasse de conduzir a conversa. Falamos sobre Savannah e há quanto tempo ele morava ali; falamos sobre Beaufort, embora eu tenha tentado mudar de assunto várias vezes para não falar muito de casa. Ele perguntou sobre minha família, sobre irmãos.

— Tenho uma irmã mais nova — revelei, e me limitei a isso. Ele não precisava saber mais sobre Margaret. Ainda não, pelo menos.

Ben entendeu a dica e mudou de assunto, perguntando sobre meu trabalho.

— Sou redatora da *The Grit*. — Sorri. Dessa vez não precisei me esforçar; o entusiasmo em minha voz era real. — Começo segunda-feira, na verdade.

Vi suas sobrancelhas se levantarem, os lábios se curvando em um sorrisinho. Estava impressionado.

— Uau. *The Grit*.

— Não vejo a hora — confessei. Eu já estava na terceira cerveja e me sentia falante e descontraída. — Estou muito animada. Ainda nem estive na redação, mas ouvi dizer que é linda. Como se tivesse saído da própria revista. Quer dizer, óbvio. Tem que ser, acho, considerando a imagem que eles têm...

Parei, percebendo de repente que estava falando sem parar. Ben olhava para mim e sorria, tentando segurar a risada.

— Desculpa — pedi. — Estou falando demais. O que *você* faz, Ben?

— Acho que posso dizer que também escrevo — respondeu, olhando para a mesa. — Mas chega de falar de trabalho. É fim de semana.

Ele continuou falando, mas eu não ouvia mais nada. Mal conseguia identificar uma palavra. Em vez disso, olhava para ele e pensava em como a noite tinha sido perfeita. Aquele homem lindo, agradável, divertido... e, para completar, *escritor*. Não sei se eram todos aqueles chopes no meu estômago, a fogueira ali perto que deixava minhas bochechas quentes e vermelhas ou o fato de que, pela primeira vez em sabe Deus quanto tempo, me sentia normal, *desejada*, mas algo naquele momento parecia certo. Alguma coisa sugeria que, se eu não a agarrasse, poderia me arrepender pelo resto da vida. Então me levantei na ponta dos pés, inclinei o corpo para a frente e o beijei.

Eu me lembro da sensação dos lábios macios e salgados dele, da pele fria com gosto de cerveja. Levantei uma das mãos e toquei seu rosto, deixando a ponta dos dedos encostar em seu cabelo. Depois de alguns segundos, recuei e limpei a boca com o dorso da mão.

— Desculpa — disse, e senti o rosto esquentar, subitamente envergonhada. — Desculpa, não sei por que fiz isso.

— Tudo bem — respondeu, mas com um sorriso diferente. Um pouco tímido. — Sério, não se preocupe com isso.

— Preciso ir ao banheiro — avisei, desesperada para sair dali. Para me afastar dele só por um segundo. Precisava reorganizar as ideias, me recompor. Pensar no que ia dizer. Então fui ao banheiro, me olhei no espelho e notei como meus olhos estavam um pouco mais escuros e desorientados, como sempre ficavam quando bebia demais. Mas também reparei em minhas bochechas cheias de vida, doloridas de tanto sorrir. No meu peito inundado de calor, não só por causa do casaco e da fogueira, mas por toda a conversa. Um calor que vinha de dentro. Um contentamento que não sentia há anos.

Saí do banheiro ajeitando o cabelo com os dedos e voltei para nossa mesa. Havia decidido diminuir a importância de tudo com uma piada, talvez um comentário autodepreciativo sobre ser fraca para bebida, mas logo percebi que havia algo errado.

Ele não estava lá. Não estava em lugar nenhum. Ben tinha ido embora.

E só então me dei conta de um detalhe: a estranheza daquele beijo. O jeito como o sorriso dele tinha mudado quando me afastei. A maneira como ficou lá, parado, os braços abaixados, meio rígido. Sem se mexer.

Ele não tinha correspondido ao beijo.

# CAPÍTULO
# SETE

Expulso a lembrança da mente e volto para a sala de jantar – mas, antes de retornar à lista, vou até o computador, abro uma nova janela do navegador e digito meu nome no Google. Meu nome é preenchido automaticamente – já fiz isso muitas vezes – e, assim que os resultados aparecem, clico em *Notícias* e ordeno o conteúdo por data.

Como previa, um artigo sobre minha palestra na TrueCrimeCon foi publicado há menos de duas horas. Eu me pergunto se Ben configurou alertas do Google para ser notificado cada vez que meu nome é mencionado. O pensamento me encanta por um segundo, até eu me dar conta de que ele não está me monitorando porque gosta de mim. Ele está me fiscalizando porque está com raiva.

Clico no link e passo os olhos pelo texto.

*Isabelle Drake foi a principal palestrante da TrueCrimeCon neste fim de semana. O evento é a maior conferência do mundo sobre crimes reais e atrai um público de mais de dez mil visitantes. A palestrante falou sobre o filho, Mason Drake, que desapareceu do próprio quarto em seis de março de 2022 e ainda não foi encontrado.*

*O caso atraiu a curiosidade dos fãs de crimes reais no país todo, mas continua sem solução um ano depois, sem suspeitos relevantes ou pistas sólidas. O detetive Arthur Dozier, do Departamento de Polícia de Savannah, pede ao povo que tenha "paciência e confiança" enquanto a investigação prossegue, mas Drake assumiu as rédeas e tem falado abertamente sobre o caso em conferências e eventos em todo o país.*

*Algumas pessoas veem Drake como uma mãe determinada, lutando para encontrar o filho, mas outras acreditam que sua interferência em uma investigação em andamento pode ter consequências.*

Olho para a foto em que apareço diante do microfone, com a boca aberta. Consegui esconder bem minha insônia: delineador branco para aumentar os olhos, uma dose a mais de blush para dar uma aparência convincente de vitalidade. Ninguém sabe, além de Ben, como minha vida realmente é agora.

Os dias se arrastam; as noites são ainda mais longas.

As luzes fortes do auditório refletem a aliança de casamento que ainda uso em público, e levo a mão à gola da blusa outra vez, sentindo o metal frio do anel em meu pescoço. Não é a aliança de casamento dele – não conseguiria pegar a aliança dele sem que ele percebesse –, mas um anel de ouro com o símbolo da faculdade, o nome dele e o ano da formatura gravados na parte interna. Eu o encontrei meses atrás, jogado em cima da cômoda, enquanto ele guardava tudo que tinha em várias caixas. Lembro o momento em que peguei o anel, sentindo as lágrimas conhecidas brotarem ao pensar em perder mais uma pessoa que amava.

Sem pensar duas vezes, guardei o anel no bolso.

Nem sei por que fiz aquilo. Acho que foi porque ele estava indo embora, *me* abandonando, e essa era uma parte dele que eu poderia manter comigo. Ou porque, *ao* me deixar, levava minha última migalha de esperança – esperança de que, de alguma forma, tudo acabaria bem – e quis tirar alguma coisa dele também. Mesmo que fosse algo pequeno, substituível. Nem sabia se ele daria pela falta do anel, mas, se desse, queria que soubesse como é: procurar por alguma coisa e nunca a encontrar. Tentar imaginar para onde teria ido, da mesma maneira que olhei nos olhos dele e procurei os sentimentos que sabia que ele não tinha mais por mim.

Meus olhos percorrem o restante da imagem e focam a plateia. Reconheço algumas pessoas: o cara da camiseta e a mulher tímida na primeira fila, chorando. Eles olham para mim, famintos, como abutres prontos para atacar algo que ainda não morreu. O flash da câmera fez algo estranho com aqueles olhos, dando a eles uma aparência ainda mais voraz. Fazendo-os brilhar.

Eles parecem querer me devorar inteira e lamber o sangue dos meus ossos.

Contenho um tremor e leio os comentários, o que de fato interessa na matéria. Já há dezenas deles.

*Aquela pobre mulher! Não consigo nem imaginar. A palestra dela foi ótima!*

*Não vamos fingir que ela faz isso por outra razão que não a autopromoção. Ela é escritora. Está na cara que vai lançar um livro em breve.*

*Cala a boca. Espero que levem seus filhos para você saber como é.*

*Isabelle Drake é uma assassina de bebês. Me façam mudar de ideia.*

Fecho o notebook com força, e Roscoe se assusta com o barulho. Então aperto as têmporas com os polegares e solto o ar devagar.

*Isabelle Drake é uma assassina de bebês.*

Sei que não deveria me deixar abalar com esses comentários; sei que não passam de barulho. Conheci pessoalmente a fascinação doentia que as pessoas têm pela dor dos outros. A maneira como grudam no sofrimento alheio como estática. A forma de interpretar cada movimento como errado, como se pudessem saber. Como se pudessem saber o que fariam no meu lugar. Como se sentiriam.

Na manhã seguinte ao desaparecimento de Mason, nunca vou me esquecer, os vizinhos foram bisbilhotar nosso quintal, farejando uma história. Tinham visto as viaturas da polícia na frente de casa, os policiais uniformizados vasculhando tudo. Ofereceram condolências – preocupação genuína, no início –, ainda despenteados e com cara de sono, empurrando uma caneca de café em minhas mãos enquanto sussurravam palavras de incentivo em meu ouvido. Mas, com o passar do tempo, começaram a se afastar. Não vinham mais ao nosso quintal; mantinham-se distantes, olhando tudo da própria varanda, como se alguém tivesse erguido uma cerca invisível em torno da nossa propriedade. Como se tivessem medo de que, se chegassem muito perto, a violência pudesse atingi-los também. Consumir a vida deles como tinha consumido a minha. Então, assistiram de longe à fita da polícia sendo cortada; não sussurravam mais para mim, mas *sobre* mim. Porque, no começo, queriam acreditar que havia uma explicação inocente: ele havia saído no meio da noite, só isso. Seria encontrado, é claro que sim, em algum lugar na vizinhança. Perdido e confuso, mas ileso.

Porém, depois de um dia, dois dias, uma semana, um mês, foi ficando cada vez mais difícil manter qualquer tipo de esperança. Então, sem ninguém para acusar, decidiram me culpar.

Por isso é tão difícil fazer essas palestras, porque sei o que metade da plateia está pensando. Seus olhos sobre mim, me analisando. Esperando que eu cometa um deslize. Pensam que matei meu bebê: mais uma Susan Smith ou Casey Anthony, lamentavelmente *desprovida* de instinto maternal. Alguns acreditam que fiz isso – que o sufoquei enquanto ele dormia, talvez, com os dedos trêmulos depois de muitas noites insones – enquanto outros dizem que eu estava pedindo por isso. Que não fiz o suficiente para mantê-lo seguro.

De qualquer maneira, a culpa sempre volta para mim: a mãe. Sou sempre a culpada.

Digo a mim mesma que não me importo, que a opinião deles não vai trazer Mason de volta, mas estaria mentindo se dissesse que uma pequena parte de mim – em algum lugar bem lá no fundo, nos destroços de autopreservação que flutuam pelas profundezas turvas do meu subconsciente – não estava tentando provar algo para eles. Não tentava convencê-los de que *sou* maternal. *Sou* uma boa mãe.

Ou talvez estivesse tentando convencer só a mim mesma.

Olho pela janela, a tarde se estendendo diante de mim como uma sentença de prisão. Estou contando as horas até o sol se pôr outra vez, a sinalização metafórica daquele marco mórbido que jamais nenhuma família de criança desaparecida quer alcançar.

Um ano.

Já são quase três horas agora; a vigília de Mason é às seis da tarde no centro da cidade. Ben e eu planejamos isso juntos, embora por razões diferentes. Ele queria algo para lembrar – não consigo me forçar a dizer a palavra *memorial*, mas é o que é, na verdade. E eu queria algo para atrair pessoas. Era como sentar no píer com uma vara, balançando a isca e esperando alguma coisa mordê-la.

Uma espécie de armadilha. Como atrair um inseto para uma chama.

Eu me levanto, empurro a cadeira para trás com um rangido estridente e vou pegar minha bolsa na cozinha. Não consigo fazer isso agora: examinar aqueles nomes, passar mais um dia perseguindo fantasmas. Não consigo passar as próximas três horas sozinha nesta casa. Mason está em todos os lugares: na porta fechada do quarto dele, único cômodo da casa onde me recuso a entrar. Nas travas de segurança ainda instaladas nos armários e nos desenhos de giz de cera ainda presos à porta da geladeira.

Isso é o que acontece quando um filho desaparece, algo que ninguém te conta: ele nunca morre. De certa forma, o desaparecimento o torna imortal – está sempre lá, só longe do alcance dos olhos. Para sempre vivo na sua mente, do jeito como era quando sumiu, materializando-se como aquele ponto frio repentino ao atravessar um corredor, ou um fiapo de fumaça que evapora no nada, deixando para trás só o mais leve traço do que costumava ser.

— Já volto — sussurro para Roscoe antes de pendurar a bolsa no ombro e seguir em direção à porta. Saio e a tranco, sentindo os olhos arderem com a súbita luminosidade do lado de fora.

# CAPÍTULO

# OITO

ANTES

Descemos a escada, Margaret colocando os dois pés com muito cuidado em cada degrau. Esquerdo, direito. Esquerdo, direito. Ando devagar ao lado dela, segurando sua mão.

Ir a qualquer lugar com Margaret sempre leva tempo; afinal, ela é pequena, e nossa casa é grande. Três andares com varandas que envolvem todo o perímetro de cada andar. Tenho idade suficiente para entender que, na verdade, *grande* é um termo relativo. Não tenho como saber se isso é grande em comparação com outras casas, já que esta é a única em que morei. O único lugar que conheço. Talvez todo mundo tenha uma casa como esta – tão grande que descubro cantos e refúgios novos a cada brincadeira de esconde-esconde, não importa quantas vezes tenhamos brincado; tão velha que os rangidos, estalos e gemidos da madeira se tornaram um membro da família, para mim, assustador, porém familiar – mas acho que não. Vejo como as pessoas olham para a casa quando passam por ela, como se agarram aos portões de ferro e, com uma câmera fotográfica pendurada no pescoço, tentam enxergar alguma coisa por entre as barras da grade. Vejo como leem a placa de bronze parafusada à coluna de tijolos, a inscrição que conta um pouco sobre a origem de nossa casa. Li aquela placa tantas vezes que a decorei, recitando as palavras em voz alta como se conduzisse visitantes imaginários em uma exposição. Mas nunca vou esquecer a primeira vez, como meus dedos se moveram pelo metal frio como se eu estivesse lendo em braile.

— Construída em 1840, a Mansão Hayworth foi abandonada anos depois, durante a Grande Debai... Debar...

— Debandada — meu pai ajudou, sorrindo. — A Grande Debandada.

— A Grande *Debandada*.

Nunca tinha ouvido essa palavra, *debandada*, mas gostei dela. Gostei de como a sentia na língua, como se dançasse. Conforme aprendia a ler, aprendia também a me apaixonar pelas palavras; gostava de como cada uma era diferente, única, como uma impressão digital. Como algumas chiavam entre os dentes enquanto outras rolavam pelos lábios, escorregadias como óleo, ou estalavam no céu da boca como uma bola de chiclete verbal.

Cada nova palavra era uma nova experiência, um novo som. Um novo sentimento. E cada combinação levava a uma nova história para ler, um novo mundo para descobrir.

— Convertida em hospital por soldados da União — continuei —, a mansão foi reformada posteriormente, durante a...

Olhei para meu pai com as sobrancelhas erguidas.

— Era da Reconstrução — ele disse.

— Era da Reconstrução.

Depois daquele dia, comecei a ver nossa casa de um jeito diferente. Não era mais só a *nossa* casa; de alguma maneira, parecia pertencer a todo mundo e a ninguém, como se morássemos na casa de bonecas da minha irmã, uma cópia idêntica da mansão que mamãe tinha dado a ela de presente de Natal, e nossa família não passasse de uma coleção de bonecos que mãos invisíveis conduziam de cômodo em cômodo, criando cenas.

Eu pensava nos olhos curiosos dos turistas, seus dedos segurando o tronco de cada um de nós com firmeza, brincando com a gente. Fazendo minha família dançar.

Tentava imaginar o piso térreo da casa, o piano de cauda e os sofás confortáveis substituídos por camas de campanha e homens ensanguentados com a cabeça enfaixada. Uma vez perguntei à minha mãe se algum daqueles soldados havia morrido – e, se sim, onde havia sido enterrado. Ela deu de ombros, respondendo que sim, provavelmente morreu, depois olhou pela janela do quintal e seus olhos ficaram mais brilhantes, cinzentos. Agora o piso térreo abriga os cômodos mais importantes para nós: o saguão de entrada, a cozinha, a sala de estar, o quartinho onde deixamos as botas sujas ao entrar, a sala de jantar e o escritório do meu pai, que é absolutamente proibido. O segundo andar é o nosso – um corredor comprido de quartos, a maior parte deles vazios – e no terceiro andar fica o estúdio da minha mãe, uma sala gigantesca com janelas panorâmicas e portas francesas que se abrem para o pátio. Ela mantém o cavalete lá; suas tintas espalhadas por uma mesa de madeira antiga, os pincéis de molho em uma água turva dentro de potes alinhados contra a parede. É meu andar favorito da casa por causa da vista.

Às vezes, depois do jantar, vamos todos para lá e nos enrolamos em cobertores no chão da varanda para assistir ao pôr do sol, sentindo a brisa salgada que faz o ar grudar na pele.

— Podemos comer rabanada?

Chegamos ao térreo, e Margaret solta minha mão antes de correr para a cozinha. Suas pernas são tão finas, a pele tão bronzeada, que ela parece um gamo fugindo de uma bala.

— Não sei fazer rabanada — respondo, andando atrás dela. — Pode ser omelete?

— Estou enjoada de omelete — reclama, puxando a cadeira com um barulho estridente. Depois sobe nela com dificuldade, puxa os joelhos contra o peito e pega a boneca que papai trouxe de sua última viagem de negócios. Ela carrega esse bebê para todo o lado agora, aqueles olhos de porcelana, sempre abertos, seguindo todos nós pela casa.

— Vou pôr queijo — explico, abrindo a geladeira e empilhando todos os ingredientes em cima do balcão: uma bandeja de ovos, queijo cheddar, leite, cebolinha picada. Bato os ovos em uma tigela e vou misturando os outros ingredientes enquanto Margaret embala a boneca e canta uma canção de ninar.

— *Quieto, bebê, não precisa chorar, mamãe promete que um passarinho vai comprar.*

Acendo o fogão e começo a preparar a omelete. Quando despejo a mistura cremosa na superfície quente, a frigideira começa a chiar e os aromas de sal e ervas preenchem a cozinha. Quase não ouço os passos suaves se aproximando, o estalo das tábuas do assoalho enquanto um peso invisível se transfere do corredor para a cozinha. A chegada de uma voz nova, leve e doce como leite espumado.

— Minhas queridas.

Eu me viro e vejo minha mãe encostada no batente da porta, nos observando. Ela parece um anjo com seu fino robe branco, o tecido leve e delicado. Consigo ver o contorno de suas pernas e do quadril; a curva suave da barriga quando passa diante das janelas e a luz atravessa o robe.

— Vocês duas estão crescendo muito depressa — ela diz, abrindo as janelas para deixar entrar uma brisa antes de se sentar à mesa, ao lado de Margaret. Ela apoia a cabeça na mão, seu cabelo uma bagunça de cachos grossos e castanhos caindo sobre os ombros. Consigo ver os restos secos da eterna tinta embaixo da manga do robe: azul royal, verde-esmeralda e vermelho-sangue. Um arco-íris de marcas de nascença que nunca desaparece. — Queria que pudessem ser meus bebês para sempre.

Ela toca o rosto de Margaret, afagando sua pele com o polegar, e sorri, olhando para nós de um jeito sonhador, como se estivesse surpresa. Como se mal pudesse acreditar que somos de verdade.

— Já deu um nome para ela? — pergunta, apontando para a boneca de Margaret enquanto os dedos torcem distraídos uma mecha de cabelo.

— Ellie — responde Margaret, inclinando a cabeça. — De Eloise.

Mamãe fica parada, quieta, com os dedos presos nas mechas.

— Eloise — repete.

Margaret assente, sorrindo, e o silêncio é quebrado novamente por sua canção de ninar:

— *E se o passarinho não cantar, mamãe vai comprar um diamante para te dar.*

A gargalhada de minha mãe é aguda e frágil, como vidro estilhaçando.

# CAPÍTULO NOVE

AGORA

Entro no carro e dirijo até o centro da cidade, onde estaciono em uma vaga perto da Praça Chippewa. O ar do começo de março é frio e limpo, e decido dar uma volta até a vigília começar. Passo pelos canteiros perfumados de azaleias e por uma estátua de latão manchado do general James Oglethorpe, que olha do alto para todos nós. Caminhar pelas praças sempre me dá uma sensação de paz, de calma, coisas que sei que vou precisar esta noite. Depois de um tempo, chego a Abercorn, nos limites do Cemitério Colonial Park, e fico olhando para o gigantesco pássaro de bronze sobre o arco de pedra da entrada.

Há mais de dez mil lápides naquele cemitério, uma informação inútil que aprendi no meu primeiro dia na *The Grit*. Olho para a esquerda – o escritório, meu antigo escritório, fica poucos quarteirões ao norte, perto do rio. Eu conseguia vê-lo todos os dias: o rio Savannah, serpenteando ao longe, para além daquelas magníficas janelas panorâmicas, enquanto eu digitava artigos sentada em minha mesa.

— *Você acredita em fantasmas?*

Eu me lembro de olhar para Kasey, minha guia turística e mentora. Ela também era repórter de comportamento e estilo de vida, dois anos mais velha que eu, e foi encarregada de me receber na porta em meu primeiro dia de trabalho. Naquele dia, pensei que tudo nela era perfeito, a concretização do meu sonho fazia com que tudo ao redor tivesse um brilho suave e encantador: seus cachos loiros e o jeito como as unhas enormes batucavam na caneca de vidro com o latte da máquina de café do escritório. Tentei acompanhá-la, seus saltos ecoando contra o piso de madeira durante o tour.

— Desculpe, não entendi.

— Fantasmas — repetiu. — Dizem que Savannah é assombrada. A cidade mais assombrada da América, na verdade. Até este prédio tem uma ou duas histórias de fantasmas.

Olhei em volta, examinando o ambiente moderno que parecia o oposto de uma casa mal-assombrada.

— Às vezes, quem sai daqui por último à noite diz que sente um arrepio gelado nas costas.

— Ah. — Dei risada sem saber se ela estava brincando. Considerando sua expressão, não estava. — Não, na realidade, acho que não acredito.

E era verdade, de certa forma. Eu não acreditava em fantasmas – não do tipo tradicional, pelo menos, daqueles que aparecem nos filmes –, mas minha mãe contava histórias sobre algo diferente, mais difícil de explicar. Ela costumava dizer que aquelas pequenas experiências que não conseguimos nomear – um arrepio na nuca, a sensação persistente de estar esquecendo alguma coisa, o sentimento de *déjà-vu* que aparece do nada quando visitamos um lugar novo – eram outras almas tentando mandar um recado. Vivas ou mortas, não fazia diferença. Apenas outras almas. Nunca pensei nisso como *mal-assombrado*. Para mim, essas coisas eram só lembretes sutis. Um empurrãozinho para lembrar algo que não podia ser esquecido. Algo importante. Margaret e eu tentávamos reproduzir essas experiências de vez em quando, fechávamos os olhos e tentávamos induzir a outra a entrar em seu quarto à noite ou a pegar um biscoito na cozinha.

Eu costumava imaginar meus pensamentos guiando a mão dela como o ponteiro de um tabuleiro Ouija; seu corpo pequenino sendo conduzido pela casa por um fio invisível que eu segurava do outro lado, manobrando-o com delicadeza. Nunca funcionou.

— Bem, pois vai passar a acreditar. — Kasey riu. — Daquela janela é possível ver o Cemitério Colonial Park. Lá tem mais de mil lápides, mas essa não é a parte mais assustadora. Conhece a Abercorn, a rua por onde se chega a Oglethorpe?

Assenti, prendendo uma mecha de cabelo atrás da orelha e deixando as pontas dos dedos descansarem sobre aquele trecho de pele familiar.

— Na teoria, também faz parte do cemitério, embora fique fora do portão. Há corpos enterrados embaixo daquela calçada, da rua, *centenas* de corpos sobre os quais as pessoas andam todos os dias.

Olhei pela janela de novo, lembrando o trajeto para o trabalho. Passava exatamente por aquela calçada. Não gostava de pensar nisso.

— Aqui é o departamento de arte — continuou, mudando de assunto tão de repente que me senti perdida. Olhei para as mesas que abrigavam os designers gráficos e seus enormes computadores Mac. Eles acenaram para mim com timidez; acenei de volta. — Desse lado do escritório fica a equipe do editorial, da qual você faz parte, claro!

Olhei para minha mesa, imaginando todas as pessoas que ia conhecer e os mundos que ia explorar. Sonhando com todas as histórias que teria a chance de contar; histórias que condensavam com perfeição um estilo de vida que era muito familiar para uns, mas tão estranho a outros, como onde encontrar as melhores facas de destrinchar aves ou uma longa reportagem sobre uma família de pescadores da Louisiana que fornece frutos do mar para toda a Costa Leste. Instruções sobre como preparar um ensopado de lagostim ou arrumar a mesa do jeito certo; a evolução da música country e o segredo bem-guardado de uma torta de tomate perfeita.

A redação era incrível, de verdade. Tudo que eu esperava que fosse. Até o nome era perfeito, na minha opinião – *The Grit* –, porque havia nele um duplo sentido que soava verdadeiro. Havia a homenagem, é claro, ao prato de camarão e *grits*, um mingau de milho com uma textura grosseira e, ao mesmo tempo, cremosa, tão característico do sul. Mas também havia o outro sentido, *grit* era uma palavra que parecia sibilar por entre os dentes. Um tipo de determinação suja que me fazia pensar nos produtores de cana e nos pescadores trabalhando sob o sol quente de verão; o ardor de uma queimadura de sol na nuca, as mãos calejadas limpando a terra debaixo das unhas antes de ir para casa e se sentar na frente do ar-condicionado com um chá gelado. Uma pedra no sapato ou uma farpa esfolando o calcanhar; restos de areia na língua depois de abrir uma ostra e engolir sua carne inteira.

Era a mistura despretensiosa dessas duas coisas completamente diferentes em uma palavra perfeita. Uma espécie de contradição. Mas que fazia sentido.

Para ser honesta, era algo que tinha a ver comigo.

Agora decido andar em direção à Lafayette, impondo alguma distância entre mim e aquela lembrança. Não me aproximo mais do meu antigo escritório, nunca fico a menos de um quarteirão dele. Naquela época eu não sabia, mas minha carreira na *The Grit* estava acabada antes mesmo de começar. É difícil dizer que me arrependo das escolhas que fiz, porque não me arrependo. Mas quando estou aqui, a alguns passos de onde minha antiga vida estava começando, é difícil não pensar em como poderia ter sido diferente.

De quanta coisa fui forçada a desistir.

Eu me aproximo dos arredores da praça e noto um brilho pálido na luz do dia que chega ao fim: uma pequena aglomeração de pessoas segurando velas, numa cena que me faz pensar em vaga-lumes no verão, o jeito como brilham em meio ao emaranhado da barba-de-velho nas árvores. Outros seguram flores, que deixam aos pés de uma fonte verde iluminada por dentro. Alguém pôs uma foto de Mason no centro de tudo isso, seus olhos verdes grandes e imóveis.

— Sra. Drake.

Eu me viro ao ouvir meu nome, já sabendo quem vou encontrar. O detetive Dozier se aproxima de mim com os dois polegares enganchados nos passantes do cinto. Eu me lembro de pensar, em março do ano passado, que ele era uma figura intimidante – alto e musculoso, com um daqueles bigodes grossos em formato de guidão de bicicleta, uma coisa que sempre achei que os homens cultivavam só para provar a outros homens que podiam.

— Detetive. — Aceno com a cabeça quando se aproxima. Ele não se dá ao trabalho de soltar um dedo para me cumprimentar com um aperto de mão, então também não tomo a iniciativa.

— Queria avisar que teremos alguns agentes disfarçados aqui hoje — diz, olhando ao redor da praça. Mais pessoas começam a chegar, se aproximando da fonte em silêncio. — Observando o público.

— Obrigada.

Olho para o detetive, os tendões de seu pescoço se distendendo ao virar a cabeça para examinar o grupo. Esse homem costumava me assustar – a postura impositiva, o peso dos braços soltos junto ao corpo; o jeito como encarava, sem piscar, ou falava sem emoção, de forma que nunca era possível saber em que estava pensando. Mas, com o tempo, certo entorpecimento começou a se impor cada vez que nos encontrávamos, como uma injeção letal de lidocaína se espalhando lentamente por minhas veias. Olho para ele agora e não sinto mais medo, esperança, gratidão ou raiva. Tudo que sinto é... nada. Coisa nenhuma.

Talvez porque o vi falhar muitas vezes.

— Sugiro que não faça nada impulsivo — ele me diz, seus olhos ainda na multidão. Depois vira a cabeça bem devagar até olhar para mim de novo, me fazendo lembrar de todas as vezes que me interrogou na delegacia. Interrogatórios duros, repetitivos. Fazendo as mesmas perguntas, formuladas de maneiras um pouco distintas. Ele me forçava a repetir o depoimento enquanto estudava meu rosto em busca de alterações.

— Como assim? — pergunto, mesmo sabendo o que quer dizer.

Ele me encara por mais um instante, ignorando a pergunta.

— Ouvi comentários sobre sua apresentação ontem à noite.

*Apresentação.*

— Em breve terei alguns nomes para você — aviso, embora saiba que não foi por isso que tocou no assunto. — Essa lista é mais longa que as outras. Vou precisar de um tempo para filtrar as informações.

— Sra. Drake, está procurando uma agulha no palheiro. Estamos trabalhando nisso. Deixe a polícia fazer seu trabalho.

— Vai investigar os nomes se eu enviar a lista para você?

— Vamos olhar, sim. Mas, como já disse várias vezes, é perda de tempo. Pode estar desviando recursos que seriam úteis em outra linha de investigação. E tenho certeza de que não é isso que quer, né?

— Claro que não — respondo. — Você *tem* outra linha de investigação? Porque, se tiver, adoraria saber sobre isso.

Ele fica quieto, mas posso ver os músculos de sua mandíbula se tensionarem. Fico sem resposta, o que me diz tudo que preciso saber.

Seu olhar se afasta do meu e passa por sobre meus ombros, buscando a multidão que cresce atrás de mim. Então ele respira fundo, voltando a enganchar os polegares nos passantes da calça.

— Seu marido chegou — diz, por fim, dando meia-volta e caminhando em direção a um grupo de árvores. — Se precisar de mim, estarei ali atrás.

# CAPÍTULO
# DEZ

A primeira coisa que noto em Ben é a aliança de casamento. Está justa em seu dedo, como sempre fica quando estamos em público. Não estava lá mais cedo, quando apareceu na minha casa. Sei disso porque verifiquei.

Ele caminha até mim com os braços estendidos e me dá um abraço, enterrando o nariz no meu pescoço. Sinto o outro anel pressionado contra o peito e inspiro, absorvendo os cheiros conhecidos: a colônia, o aroma mentolado do enxaguante bucal, o toque de cravo na loção de barba sempre um pouco exagerada. Mas o que estou procurando é outra coisa, algo diferente.

Estou procurando sinais *dela*.

— Seus pais vieram? — Ben me pergunta enquanto se afasta. Eu o vejo olhar em volta, procurando o rosto deles em meio à multidão, mas balanço a cabeça.

— Não, não conseguiram vir.

Não era verdade. Mas também não era exatamente uma mentira.

— Vamos começar, então. Está na hora.

Assinto, olhando para a fonte. O sol se pôs atrás das árvores, e a água parece brilhar, escorrendo sobre a borda de metal como prata derretida. A imagem me faz lembrar do pântano no quintal da casa dos meus pais; o jeito como o luar o faz reluzir como vidro.

Sinto um arrepio, não sei se pelo frio repentino no ar ou se pelo fluxo de lembranças, não consigo ter certeza.

Ben segura minha mão, e caminhamos devagar para a frente do grupo. As pessoas abrem caminho, dando espaço – espaço demais – como se projetássemos algum tipo de aura, um campo magnético que empurra tudo para longe. Quando chegamos à ponta da praça, eu me viro. Como na noite passada, quando estive no palco daquele auditório, sinto os olhares na pele.

Eles me analisam do mesmo modo como eu os analiso.

— Obrigado a todos pela presença — diz Ben, misturando perfeitamente doses de gratidão e pesar na voz. — Como todos sabem, hoje faz um ano que nosso Mason foi levado.

A multidão agora é bem grande. Há alguns curiosos na parte externa do círculo; turistas, talvez, ou pessoas que se sentem desconfortáveis demais para se aproximar. Reconheço alguns rostos – antigos colegas de trabalho, vizinhos. A professora da creche de Mason está bem na frente, com lágrimas nos olhos. A maioria segura velas ou celulares, pequenos pontos de luz que dançam no ar, e observo enquanto uma menina caminha com timidez até a fonte e coloca um dinossauro de pelúcia no chão, como numa espécie de sacrifício.

— Vamos fazer um minuto de silêncio — Ben continua, abaixando a cabeça. — Pedimos que usem esse tempo para elevar o pensamento a Mason em oração. Esperamos que, onde quer que esteja, saiba que é amado e que em breve será trazido de volta para nós.

Ouço alguns soluços irromperem; engasgos sufocados daqueles mais sentimentais tentando abafar o choro. Agora todos olham para o chão, mas eu olho para a frente. Quero memorizar essa multidão. Quero ver quem se destaca – um rosto improvável, talvez, ou um completo desconhecido que parece deslocado. Vejo um movimento rápido ao fundo, alguma coisa vermelha, e quando me esforço para enxergar o que é, meu olhar encontra o do detetive Dozier, me observando lá de trás. Seus olhos penetram em meu crânio como um aviso.

Está escuro quando a vigília acaba; o centro da praça tomado por flores, velas derretidas e pequenos brinquedos que serão levados pelos coletores de lixo assim que partirmos. Ainda não estou pronta para voltar, enfrentar o silêncio da minha casa em mais uma longa noite solitária, então fico mais um pouco na praça, sentada no banco de ferro com vista para a fonte.

— Isabelle?

Olho para o lado ao ouvir meu nome, identificando um rosto conhecido do meu passado. Ela continua praticamente igual, embora anos tenham se passado desde que a vi pela última vez, seus cachos loiros, antes longos, agora estão na altura dos ombros e têm um tom castanho mais natural.

— Oi, Kasey.

— Ai, meu Deus — ela diz, arregalando os olhos ao me ver antes de se recompor em seguida. — Como você está?

Às vezes é estranho me ver pelos olhos das pessoas que me conhecem. No espelho, a transformação foi gradual – um definhamento diário, como uma fome lenta ou um corpo em decomposição –, mas, para *eles*, o choque é tão evidente que o vejo de imediato, sentindo-o como um tapa na cara.

— Ah, você sabe. — Sorrio, sem me incomodar em dar uma resposta de verdade.

A expressão dela muda de novo, como se de repente se lembrasse de quem eu sou, o que tenho passado. Ela tenta mais uma vez, inclinando a cabeça e baixando a voz para um sussurro enquanto se senta ao meu lado e toca meu joelho.

— Como tem aguentado tudo isso?

O gesto é inesperado, me pega desprevenida. Olho para a mão dela, depois de novo para seu rosto.

— Acho que tão bem quanto se pode esperar.

— Todos nós sentimos sua falta — diz. — Muito.

Mordo a boca por dentro tentando evitar uma careta, porque sei que não é verdade. Sei o que todos eles pensam de mim.

— Faz sete anos — respondo, e me viro de frente para ela. — Tenho certeza de que já superaram.

— Deus, tudo isso? — pergunta. — O tempo voa, não é?

— Com certeza.

— Quer sair para beber alguma coisa? — sugere, e a voz soa mais animada. — Eu estava indo para o Sky High encontrar o pessoal da redação.

Mordo o lábio, me lembrando do restaurante onde todos iam depois de trabalhar até tarde no escritório. Não piso naquele lugar desde a última vez que Kasey e eu estivemos lá, juntas, na festa anual de Natal da *The Grit*, apenas dois meses depois de eu ter sido contratada.

— Hoje, não — recuso, sorrindo. — Mas obrigada.

— Tudo bem — diz, e se levanta devagar. Olha para mim com uma mistura de pena e preocupação. — Se mudar de ideia, me avisa. O convite está feito.

Observo enquanto se afasta com as mãos nos bolsos do casaco. Quando chega à beira da praça, ela para, como se estivesse tentando decidir se deve dar meia-volta.

Por fim, ela se vira, e seus olhos encontram os meus no escuro.

— Não precisa fazer isso sozinha. Pode pedir ajuda.

Algo em seu tom de voz sugere que ela queria dizer isso há muito, muito tempo. Como se tivesse pensado na frase, a revirado na cabeça, mas perdido a coragem e a guardado para outro momento, num tempo distante. Não sei como responder a isso, então apenas assinto e a vejo sorrir para mim de novo, um sorriso triste e resignado, antes de seguir seu caminho e atravessar a rua com o mesmo som barulhento de seus saltos altos.

# CAPÍTULO
# ONZE

Esfriou, e o ar gelado me faz levantar e andar até a catedral do outro lado da rua, uma imponente basílica logo depois da praça, com dois arcos pontudos que parecem tocar o céu. Nunca fui religiosa – agora, menos ainda –, mas aquele parece um bom lugar para ir nesse momento. Um bom lugar para me sentar e pensar. Formular um plano.

O interior está quase vazio, há poucas pessoas sentadas nos bancos, rezando ou andando pelos corredores com o olhar no teto. Ouço o eco dos passos à minha volta quando me sento no fundo, o velho banco de madeira rangendo ao acomodar meu peso.

Então, solto o ar aos poucos, fechando os olhos.

Ainda consigo me lembrar de seguir Kasey pelo escritório naquele primeiro dia, com olhos fascinados e brilhantes. De observar os objetos em cima da minha mesa – *minha mesa* – e ver meu nome, ISABELLE RHETT, REPÓRTER DE COMPORTAMENTO E ESTILO DE VIDA, gravado na plaquinha dourada.

— E aqui — ela havia dito, abrindo uma porta com um gesto teatral quando chegamos ao auge da visita guiada — fica o homem a quem temos que agradecer por tudo isso.

Passei pela porta da sala do editor-chefe, pronta para me apresentar, mas de repente senti o sangue desaparecer do meu rosto.

Era ele.

O homem do bar estava na minha frente, sentado atrás de uma enorme mesa de mogno. Ele sorriu para mim, um sorriso brincalhão, como se fosse a principal revelação de algum tipo de programa de auditório, só que não consegui determinar se eu havia ganhado ou perdido.

— Bem-vinda, Isabelle.

Senti o rosto queimar e soube que estava me transformando em um pimentão, como naquela noite em que demos o encontrão no bar à beira-mar. Por um momento, esqueci como falar. Minha voz havia sumido – presa em algum lugar no fundo da garganta como um pedaço de pão duro – apesar de a voz *dele* ser suave e familiar, fluindo com facilidade de sua boca como vinho decantado.

— Oi — consegui dizer, por fim. Olhei para a plaquinha na mesa dele, seu nome – BENJAMIN DRAKE – gravado em letras douradas. Eu sabia que esse era o nome do editor-chefe, óbvio; estava em todas as edições da revista. Mas ele havia se apresentado como *Ben*. O nome mais comum do mundo. Nunca tinha visto uma foto dele, e é claro que não havia sido entrevistada pelo editor-chefe para um cargo júnior. Não tinha como reconhecer sua voz.

— Muito obrigada por essa oportunidade.

— Por nada. — Ele sorriu. Olhei para as mãos unidas sobre a mesa; para a aliança no dedo da mão esquerda. A aliança que não vi quando ele estava de luvas. — Kasey, pode nos dar um segundo?

Kasey sorriu ao meu lado, saiu e fechou a porta. Assim que ficamos a sós, tive um flash daquela noite: os corpos próximos, a conversa que parecia ter durado horas. A cara dele quando falei que era redatora da *The Grit* – e eu pensando que estivesse impressionado. Mas a expressão que vi não era de admiração. Era choque, talvez. O choque de perceber que estava passando boa parte da noite de sexta-feira conversando não apenas com a nova colega de trabalho, mas com sua nova funcionária. Uma funcionária de vinte e cinco anos.

E ainda teve o beijo. O jeito como me levantei na ponta dos pés e me inclinei; como segurei o rosto dele com uma das mãos antes de fugir para o banheiro; o retorno, quando percebi que havia ido embora. Voltar para casa sozinha, envergonhada, confusa, e um pouco bêbada, repassando a noite muitas e muitas vezes na mente, tentando encontrar algum sinal perdido ou ignorado.

— Adorei, a propósito.

Olho para ele, confusa, tentando encontrar as palavras. Ele está me encarando, *falando* comigo, e, mesmo assim, só consigo pensar naquele beijo. Com certeza ele não está falando sobre isso agora... está?

— Eu... me desculpe.

— Seu artigo — esclareceu. — O que você anexou ao currículo quando se candidatou à vaga. Eu li tudo.

— Ah. — Suspirei. — Ah, sim. Obrigada.

Candidatar-se à The Grit exigia um portfólio robusto de matérias já publicadas, mas fazia poucos anos que eu havia saído da faculdade, não tinha publicado muita coisa. Em vez disso, anexei um artigo que escrevi por conta própria sobre um golfinho visto no entorno do porto Beaufort por mais tempo que o normal; dava para perceber que era o mesmo golfinho pela marca de mordida na barbatana dorsal. Quis saber o que ele estava fazendo lá – dia após dia, nadando em círculos – e fui perguntar a um carregador na marina.

— Ela está de luto — o homem me contou.

— De luto? Por quê?

— Pelo filhote.

Devo ter parecido confusa com o caderno na mão, porque o velho jogou uma toalha suja sobre o ombro e continuou falando:

— Golfinhos são criaturas complexas, meu bem. Eles têm emoções, como você e eu. Aquela ali perdeu um recém-nascido há duas semanas. Se olhar mais de perto, vai ver que ela empurra por aí.

— Empurra o quê?

— O filhote — explica. — O bebê.

Estreitei os olhos, tentando enxergar em meio ao reflexo do sol. E ele estava certo: não havia apenas um golfinho ao longe, havia dois. Um estava vivo, e o outro, muito menor, estava morto.

— Por quanto tempo ela vai continuar fazendo isso?

Senti uma estranha mistura de emoções naquele momento: compaixão, sim, mas também certa repulsa ao ver aquele animal empurrando o cadáver de seu bebê morto, inchado e flutuando como uma boia macabra. Aquilo me fez lembrar de uma história recente nos jornais sobre uma mulher que mantinha seu natimorto no freezer, aninhado entre os vegetais.

— Pelo tempo que for necessário — respondeu. — Pelo tempo que durar o luto.

— Parece um jeito estranho de sofrer uma perda.

— Nada no luto faz sentido. — Balançou a cabeça. — Para nenhum de nós.

Mais tarde, descobri durante minhas entrevistas que ninguém sabia como o filhote havia morrido. Às vezes acontece no parto, explicaram, às vezes logo depois. E, às vezes, os machos exibem um comportamento agressivo e matam o filhote para libertar a mãe, que então pode saciar as necessidades sexuais deles – mas deixei esse detalhe de fora. Não era essa a história que eu queria contar.

Mesmo assim, havia um magnetismo macabro em tudo aquilo. Naquelas criaturas, tão bonitas e serenas, que tinham um lado sombrio. Um lado violento.

— Com licença.

Sinto alguém bater de leve no meu braço agora e viro sobressaltada. Olho para trás e vejo uma senhora, o braço enrugado esticado e a mão parada um pouco acima do meu ombro.

— A catedral fecha em cinco minutos.

— Ah. — Meu coração desacelera. Olho em volta e percebo que o lugar já está vazio. As pessoas que andavam pelos corredores partiram há algum tempo, e continuo aqui sentada, distraída. Totalmente sozinha. — Desculpe... Que horas são? Eu estava apenas procurando um lugar para sentar...

— Tudo bem — diz, seu olhar cansado, mas bondoso. Deve notar a confusão e o pavor em meu rosto, o jeito como olho ao redor procurando qualquer indicação de quanto tempo passou desde que entrei aqui, porque agora toca no meu braço e o afaga com delicadeza. — Tem um grupo que se reúne nas noites de segunda-feira, se estiver interessada.

— Um grupo?

— Apoio ao luto. É lá atrás. Vai ver uma placa perto da porta de serviço.

— Ah, não... — Pego minha bolsa. Mas de repente me lembro dos olhos de Kasey encontrando os meus no escuro. Sua voz baixa, gentil.

*Não precisa fazer isso sozinha. Pode pedir ajuda.*

— Não precisa falar nada — a mulher diz, com uma piscada, sentindo minha hesitação. — Pode só ficar sentada.

Pego minhas coisas e volto ao ar frio da noite, andando pela lateral do prédio. A praça agora está vazia, quieta, exceto pela chama das velas que o vento ainda não apagou, e, quando chego à parte de trás da igreja, encontro uma porta de serviço aberta, de onde uma luz fluorescente barata transborda e se derrama na calçada.

Passo a cabeça pela fresta e sinto cheiro de café amargo.

— Bem-vinda.

Viro a cabeça, observando a mulher diante de mim. Ela parece jovem, menos de trinta anos, é morena e tem cabelos castanhos e brilhantes, presos nas laterais. Seus olhos são grandes – quase dominadores – e, quando sorri, duas covinhas aparecem nas bochechas, como cortes profundos o suficiente para deixar cicatrizes.

— Meu nome é Valerie — diz, e estende a mão. Leva um segundo, mas, aos poucos, sua expressão se transforma, as covinhas desaparecendo conforme o sorriso se apaga.

Ela me reconhece. É claro.

— Isabelle — respondo, mesmo que não precise de apresentações.

Olho o interior da sala, notando as cadeiras de metal organizadas em círculo e a mesa dobrável atrás delas. Há garrafas de café, fileiras de salgados e doces, todas as coisas tipicamente tristes que se espera encontrar em um lugar como esse.

— Eu vi as velas — comenta, e aponta para a porta aberta. — Tive a impressão de que foi muito bonito.

— Obrigada.
— Veio se juntar a nós esta noite?

Hesito e olho para as cadeiras, mas tudo que consigo ver são as cadeiras daquele auditório. Todos aqueles olhos brilhantes, atentos. Julgando.

— Não — digo, por fim, e balanço a cabeça. — Só estava curiosa, acho.

A mulher sorri com uma expressão compreensiva. Abre a boca, como se fosse falar de novo, mas somos interrompidas por um barulho atrás de mim. Eu me viro e vejo um senhor que acaba de entrar. Ele parece se desculpar pela interrupção, apontando acanhado para o círculo de cadeiras antes de caminhar até elas e se sentar. O cheiro de cigarro o acompanha, misturado com o aroma doce e enjoativo de bebida alcoólica.

— Desculpe — peço, me sentindo envergonhada sem nem saber o porquê. Talvez só por ter aparecido aqui, nesse lugar vulnerável. — É melhor eu ir.

— Venha quando quiser — a mulher responde. — Estamos aqui todas as segundas-feiras. Às oito da noite.

Sorrio, assinto e aceno agradecida antes de sair e voltar para o carro. Enfio a mão na bolsa, procurando as chaves, quando meus dedos tocam alguma coisa dura e fina, como um cartão. Um cartão de visita. Eu o pego e deslizo a ponta dos dedos pelo nome gravado no papel grosso e preto.

*Waylon Spencer.*

De repente, eu me lembro do homem no avião. Foi ontem, lembro a maneira como olhou para mim e me ofereceu ajuda. Naquele momento, me pareceu um pouco aproveitador – oportunista, logo depois daquela palestra –, mas agora as palavras dele ecoam nos meus ouvidos, um convite tentador.

*Em um podcast, você não teria que falar com todas aquelas pessoas. Não diretamente, pelo menos. Só teria que falar comigo.*

Continuo andando em direção ao carro, pensando em todas as pessoas em minha vida que se dão ao trabalho de dissecar cada movimento meu: Ben, o detetive Dozier. Os olhos julgadores dos espectadores cujos nomes agora estão em cima da mesa de jantar, me provocando ainda mais.

*Seria bom*, penso. *Não ter que convencer todas aquelas pessoas da minha inocência, da minha dor. Ter que convencer só uma.*

Olho para o cartão de Waylon em busca de informações. Então, pego o celular do bolso, antes de pensar duas vezes, e abro minha caixa de e-mails. Crio uma nova mensagem e começo a escrever.

# CAPÍTULO
## DOZE

---
ANTES

O ar está com um aspecto gelatinoso hoje, apático e molhado. Isso me faz pensar num molho gorduroso pingando de uma colher, concentrado e denso, se acumulando em várias dobras e se instalando ali. Deixando tudo úmido.

Margaret e eu estamos do lado de fora, perto da água, e o tecido fino da camisola gruda em nossa pele suada. Estamos sentadas na grama, as pernas cruzadas, tentando aproveitar as pequenas rajadas de vento que de vez em quando chegam até nós através das árvores. Em geral, venta muito aqui fora, mas nesse momento tudo está terrivelmente parado, como se até as nuvens prendessem a respiração.

— Chá?

Olho para minha irmã, meus olhos se ajustando à repentina claridade do céu sobre nós. Ela organizou as estátuas do jardim em um semicírculo, colocando uma xícara de plástico na frente de cada uma. Devo admitir que somos uma dupla peculiar, Margaret e eu, com os cabelos enchacarcados de umidade, rebeldes e cheios de frizz, e as camisolas brancas idênticas. A gola de fita e renda faz o pescoço coçar. Temos dois anos de diferença de idade, mas minha mãe ainda nos veste com roupas iguais, mesmo quando estamos dormindo. Como se formássemos um conjunto: bonecas russas em tamanho real.

Fico imaginando uma abertura na altura da minha barriga, como uma tampa, que, ao ser levantada, permitiria ver Margaret encaixada dentro de mim. Às vezes é assim que me sinto. Como se ela fosse minha protegida. Como se, sem ela, eu fosse vazia.

Olho para as estátuas: um sapo tocando uquelele, um bebê com asas. Há uma mulher bem na minha frente, maior que as outras, com a boca aberta e os olhos de pedra fixos nos meus. Acho que costumava ser uma fonte, mas não funciona há séculos. Em vez de água, há um tipo de alga preta escorrendo de sua boca. Meu olhar segue aquela coisa que desce até seu queixo, alcançando o pescoço. Parece até que ela está possuída.

— Senhora?

Olho para Margaret. Ela segura uma jarra, e seus olhos se movem entre mim e a xícara que pôs na minha frente sobre um pires.

— Por favor — respondo com meu melhor sotaque britânico. Pego a xícara e levanto o dedinho porque sei que isso a fará rir. Margaret dá uma risadinha, inclinando a jarra com as duas mãos. Dá para perceber que é pesada demais para ela porque gelo e líquido caem em cascata, transbordando da xícara para a grama.

— Peço desculpas — diz, lambendo a lateral da jarra antes de pousá-la de volta. Por alguma razão, isso me faz sorrir. A maneira como diz isso, como uma pequena adulta. Ouviu isso em algum lugar, tenho certeza – mamãe falando ao telefone, talvez, ou em algum programa de TV - e ficou ruminando as palavras mentalmente antes de repeti-las.

Está sempre observando, ouvindo. Sempre absorvendo a vida como uma esponja, silenciosa, porosa e maleável em nossas mãos.

— Eu vi as pegadas.

Olho para Margaret, que continua parada ao meu lado, em pé, com a cabeça inclinada para o lado como um passarinho curioso. Esperava que não tivesse notado aquelas marcas fracas de lama que iam do hall até minha cama, mas deveria saber que ela as veria. Margaret vê tudo.

— Você sai? — pergunta. — À noite?

Não sei como responder, por isso olho para o pântano, para a água que bate no píer, enquanto tento evocar uma lembrança que dança em algum lugar do meu inconsciente. Em algum lugar inacessível.

— Acho que sim — falo, por fim.

— O que você faz?

— Não sei.

— Vai nadar?

— Não sei — repito, e fecho os olhos.

— Por que não pode só dormir de um jeito normal?

— *Eu não sei*, Margaret.

Ela se senta ao meu lado, as pernas lisas e brilhantes. Vejo quando afasta da testa algumas mechas de cabelo molhado de suor antes de olhar para mim de novo com todas aquelas perguntas girando nos olhos.

— É por causa do que aconteceu?

As lembranças chegam em flashes, como partes de um pesadelo: eu me esgueirando pelo corredor, tomando cuidado para não ser pega. Meu pai andando de um lado para o outro, segurando uma garrafa de líquido marrom enquanto minha mãe está deitada em um colchão, os lençóis brancos manchados de vermelho.

— Não devemos falar sobre isso — aviso.

— Essa casa é meio assustadora de vez em quando.

Olho para a casa atrás de nós, muito alta no topo daquela enorme colina. Passei minha vida toda aqui; desde que era uma bebê recém-nascida nos braços de minha mãe até agora, uma menina de oito anos muito independente. E, conforme cresci, as coisas mudaram. *Eu* mudei. Todos nós mudamos, na verdade. Todos nos tornamos algo diferente, quase irreconhecível, mudando com o tempo assim como a própria madeira.

— É — concordo. — É muito grande, muito velha. Cheia de barulhos.

— Você já teve a sensação de que não estamos sozinhas nela?

Penso na placa parafusada lá na frente e em todas as pessoas que já chamaram essa casa de lar. As estátuas que parecem ter vida própria e os soldados que morreram aqui, seus corpos provavelmente espalhados pela propriedade, pilhas de ossos sepultadas sob as tábuas do assoalho.

— Sou só eu. Andando por aí — respondo, porque não tenho coragem de dizer a ela que sinto a mesma coisa: a companhia de alguma coisa sobrenatural que não consigo identificar. A aura sempre presente de alguma coisa, ou de *alguém*, tentando nos prevenir, nos assustar. Não tenho coragem nem de matar insetos aqui. Sempre que vejo meu pai bater em um besouro com o jornal enrolado ou estourar um percevejo entre os dedos, me retraio e faço uma prece rápida, sabendo que cada um deles vai aumentar a contagem de corpos. Vai desequilibrar ainda mais a balança desse lugar na direção da morte.

Eu me viro de novo para Margaret, mas ela não está mais olhando para mim. Agora olha para a água, e consigo ver sua coluna saliente na região da nuca, como uma centopeia magricela rastejando sob sua pele.

— Tente não se preocupar com isso — digo, por fim.

Margaret assente, olhando para alguma coisa ao longe, e sigo a direção de seu olhar até o gigantesco carvalho no limite da propriedade, seus galhos retorcidos pendendo sobre a água e sua casca coberta pela barba-de-velho como um cabelo embaraçado. É maré baixa, a água recua lentamente, e consigo ouvir o tilintar dos caranguejos chama-maré subindo uns nos outros. O movimento faz parecer que o solo está vivo, respirando.

# CAPÍTULO TREZE

AGORA

Ontem eu tentei descansar um pouco. Me preparar.

Ao meio-dia, tomei alguns comprimidos para dormir e deitei no sofá esperando as pálpebras pesarem. Então senti meus olhos revirarem, uma vermelhidão tingindo minha visão enquanto observava o interior da pele, as veias. Deixei a mente vagar por um tempo, se perder em um tipo de sonho febril – uma janela aberta, aquele mau cheiro pré-histórico do pântano –, mas ainda estou no limite da consciência.

Em algum lugar intermediário, como um purgatório.

Olho para o relógio antes de me aproximar do notebook e ler alguns e-mails – uns fãs de crimes reais encontraram meu endereço; umas solicitações de entrevista, basicamente mensagens inúteis – e volto ao artigo que estava lendo na segunda-feira sobre a TrueCrimeCon. Atualizo a página e desço até os comentários para ver se há algo novo.

*Vamos ignorar a história dessa mulher, então? O passado dela?*
*Deixem ela em paz. É uma mãe enlutada.*
*Pobre criança. Não podemos esquecer que ele é a verdadeira vítima aqui.*
*Ele está em um lugar melhor.*

Sinto um nó na garganta, e passo o mouse sobre o último comentário. *Ele está em um lugar melhor.* Foi escrito ontem, um ano após o desaparecimento de Mason. Leio o nome de usuário. Genérico, uma confusão de letras e números aleatórios com a costumeira silhueta cinza como foto de perfil. Tento clicar no usuário, mas não leva a lugar nenhum.

Penso no que isso significa: *Ele está em um lugar melhor.* Fico encarando a frase, meus olhos perfurando a tela até as letras perderem o foco e começarem a se multiplicar. Fico ali perdida por um segundo, olhando, até que balanço a cabeça e copio a URL. Mando um novo e-mail para o detetive Dozier e colo o endereço no corpo da mensagem.

*Leia o último comentário.*
*É possível rastrear o IP?*

Mando o e-mail e fecho os olhos de novo, soltando o ar devagar. Depois me levanto, pego a bolsa e me obrigo a sair.

Vou a um bistrô de esquina chamado Framboise, um lugar perto do escritório onde costumava almoçar. Chego cedo de propósito e vou me sentar no balcão. Peço uma taça de Sancerre e uma sopa de cebola gratinada –, mas quando a comida chega, não consigo comer. Em vez disso, pego uma colher e afasto o queijo derretido, observando o líquido marrom jorrar pela abertura e formar uma poça.

Isso me lembra de uma pegada na lama fofa, com a água do pântano vertendo da superfície.

Olho para a tigela e, por um segundo, saio do ar. Ouço a rua ficando mais barulhenta à medida que a praça ganha vida com estudantes de arte voltando para casa depois da aula e jovens profissionais deixando suas mesas para aproveitar o *happy hour*. Registro vagamente as luzes piscando do lado de fora; as rodas das carruagens pelas ruas de paralelepípedos transportando turistas para jantar. É um som rítmico, tranquilo. Como o clique regular de um metrônomo ou uma unha batendo em uma vidraça.

Sinto minha cabeça começar a cair, pesada, como se aos poucos fosse se enchendo de areia. Como se, em breve, meu pescoço não pudesse mais sustentar seu peso. Como se ela fosse cair e quebrar.

*Clique-clique-clique-clique.*

— Sra. Drake?

Pulo assustada com a proximidade repentina de uma voz, levantando a cabeça como se alguém tivesse me puxado pelo cabelo. Olho ao redor em busca de um relógio e tento imaginar que impressão devo ter causado com isso, encarando o balcão como se uma névoa encobrisse meus olhos por sabe Deus quanto tempo.

Cinco segundos, talvez. Cinco minutos. Meu corpo aqui, mas a mente em outro lugar. Algum lugar distante.

— Desculpe — respondo, e pisco algumas vezes para clarear a visão turva. — Estava distraída...

Tenho que me esforçar para enxergar o rosto dele no restaurante pouco iluminado. Meus olhos ainda estão embaçados, e demoro um momento para reconhecê-lo. Waylon – é claro, aquela voz profunda, aveludada – parado junto da banqueta vazia ao lado da minha. Esfrego os olhos, tentando me recompor. O bar está mais cheio do que quando me sentei; a sopa, que continua intocada na minha frente, se solidificou.

— Você se incomoda se eu sentar? — pergunta. Percebo que está desconfortável, como se interrompesse um jantar privado, quando está apenas se apresentando no local e na hora que combinamos.

— É claro que não. — Aponto para a banqueta. Observo enquanto olha ao redor antes de abaixar a cabeça e se sentar meio constrangido. É como se quisesse parecer menor. — Obrigada por ter vindo, sei que foi tudo muito em cima da hora.

— Está brincando? — Ele acena para o bartender e pede um uísque com gelo. — Parei tudo que estava fazendo assim que recebi sua mensagem.

Bebo um gole de vinho. Quando mandei o e-mail para ele na segunda-feira à noite, não sabia exatamente *o que* estava propondo – só que estava disposta a tentar algo novo, diferente. Alguma coisa que pudesse funcionar de verdade. Ele respondeu em poucos segundos, quase como se estivesse sentado bem na frente do computador, esperando por mim. Torcendo para eu clicar em *enviar*.

— Savannah é uma cidade legal — diz, e gesticula para mostrar o entorno. É uma tentativa bem-intencionada de puxar conversa, eu sei, antes de abordar o verdadeiro motivo de estarmos aqui.

— É, sim.

— Sempre morou aqui?

— Não — respondo, hesitante. Não quero revelar mais que isso, mas Waylon permanece em silêncio, olhando para mim, e continuo falando para preencher o silêncio. — Não, sou de Beaufort, Carolina do Sul. Também é uma cidade litorânea, mas é menor que Savannah. Port Royal Island.

— Como foi crescer em Beaufort?

Paro e encaro Waylon, sentindo a desconfiança crescer.

— Prefiro não falar sobre isso.

Waylon arqueia as sobrancelhas, e sinto meu coração acelerar, batendo mais forte na garganta. Percebo agora que, não importa quantas vezes tenha feito isso, quantas vezes tenha contado minha história, desta vez é diferente. Não é distante como estar num palco qualquer recitando a mesma coisa para desconhecidos sentados longe de mim.

Dessa vez, é pessoal. Não sei que perguntas ele vai fazer, não tenho como escapar.

— Tudo bem — responde, por fim, e bebe um gole do uísque. — Vamos direto ao ponto, então. Por que não me conta um pouco sobre aquela noite? Como tudo começou?

Ele já sabe, tenho certeza. Assistiu à minha palestra. Além disso, é possível encontrar todo esse material com uma simples pesquisa no Google, uma notícia de jornal arquivada, centenas de artigos que foram escritos sobre aquela terrível noite de março. Imagino que queira ouvir tudo com minhas próprias palavras, sem ensaio, então conto como coloquei Mason para dormir por volta das sete da noite, como de costume. Li uma história para ele, embora não me lembre qual. Acendi a lâmpada noturna do seu quarto, joguei um beijo da porta e a fechei ao sair.

— Meu marido e eu ficamos acordados por mais algumas horas depois disso. Assistimos à TV, bebemos algumas taças de vinho. Dei uma olhada em Mason por volta das onze, vi que estava dormindo e fui para a cama.

— Ouviu alguma coisa estranha durante a noite? Algum barulho?

— Não. Eu tinha um sono muito pesado.

— Tinha?

— Não tenho mais — revelo, mas não dou explicações.

— Está dizendo que seu marido poderia ter levantado sem que você percebesse?

Olho para ele e levanto uma sobrancelha.

— Ele foi interrogado exaustivamente, é claro. Reconheço que poderia ter acontecido, mas Ben não faria mal ao nosso filho. Não tinha motivo para isso. Éramos felizes.

— E os vizinhos? — Waylon indaga. — Viram alguma coisa?

Balanço a cabeça e bebo em silêncio.

— E a que horas percebeu que ele havia desaparecido?

Fico quieta, mais uma vez revivendo aquela manhã em minha mente. Acordei cedo, por volta das seis, como sempre fazia. Preparei meu café, andei pela cozinha. Perdi duas horas preciosas olhando o Instagram, lendo o jornal e preparando ovos mexidos antes de sequer pensar em dar uma olhada nele. Porque o tempo é assim: parece infinito de manhã, quando o dia se estende na sua frente como um longo bocejo. Lembro-me de me sentir aliviada conforme o tempo passava, lento e sem novidades, sem ruídos vindos do quarto dele. Sem gritos, choro ou barulho. Fiquei feliz por ele ainda estar dormindo, por eu ter mais alguns momentos de quietude além do normal. Um tempo precioso para mim.

Não tinha ideia de que assim que espiasse pela fresta da porta do quarto dele, logo estaria correndo contra o tempo. Implorando para que parasse.

— Pouco depois das oito.

— Alguma pista? — pergunta, e há uma intensidade ardente em seus olhos. Olho para seu copo, percebo como o gira em círculos ritmados. — Pegadas? DNA?

— Uma janela aberta — digo. — Tenho certeza quase absoluta de que a fechei na noite anterior. Às vezes a abríamos para arejar o quarto, mas eu nunca teria...

Paro, solto o ar, bebo mais um gole.

— Encontraram nossas digitais no parapeito, é claro, mas de mais ninguém. Havia uma pegada parcial na lama do lado de fora da janela – tinha chovido naquela manhã –, mas não o suficiente para recolher alguma coisa significativa dela.

— Tamanho estimado do sapato?

— Acham que pode ser entre quarenta e um e quarenta e três, mas tínhamos prestadores de serviço. Muita gente pode ter deixado aquela pegada. O técnico de dedetização tinha estado lá no dia anterior e aplicado o produto exatamente naquele local, então não sabemos se foi ele que...

— Você sempre diz *ele* — Waylon me interrompe. — Sabe se a pessoa que levou seu filho era homem?

— Bem, não — reconheço. — Mas a grande maioria dos sequestros por desconhecidos é cometida por homens.

— Bem, a alternativa para sequestros por desconhecidos é o sequestrador ser alguém da família — diz. — Alguém próximo.

— Sim — respondo, e mordo o lábio. — E a grande maioria dos sequestros parentais é cometida por mulheres. A mãe. Então por que não tiramos logo isso do caminho?

Encaro Waylon sem hesitar.

— Não machuquei meu filho. Não fiz nada com ele. Estou tentando encontrar a pessoa que *fez*.

— Eu não... estava insinuando nada disso — Waylon responde, e ergue as mãos em sinal de rendição. Parece genuinamente incomodado, surpreso mais uma vez com minha explosão repentina, como aquela vez no avião, então apenas assinto e olho para o bar, sentindo o rosto arder enquanto examino as diferentes garrafas de bebida cintilando sob a luz fraca.

— Tem mais alguma coisa que considera válido mencionar? — pergunta, tentando retomar a conversa sem causar mais problemas. — Quero dizer, pistas?

— Sim — respondo, sentindo um aperto no peito. — Encontraram o bichinho de pelúcia dele quando estavam revistando a vizinhança. Um dinossauro com o qual costumava dormir.

— Em que lugar da vizinhança?

Em silêncio, enfio o dedo na taça e removo um pequeno sedimento grudado na borda.

— Nas margens do pântano — respondo, por fim. — Na lama.

— Presumo que tenham revistado o pântano, certo? Procurado outras pistas? Ou...

— Helicópteros, mergulhadores — confirmo, respondendo antes que ele diga o que sei que está pensando: um corpo. *Ele*. — Não encontraram mais nada. Mas, é claro, com o recuo da maré, qualquer outro objeto que estivesse com ele pode ter sido levado para o mar, então talvez nunca saibamos.

— Tem alguma teoria? — pergunta, enfim. — O que *você* acha que aconteceu?

Suspiro, imaginando todos aqueles artigos na parede da minha sala de jantar; as listas de nomes que investigo, noite após noite, esperando que algo importante finalmente salte das sombras e se apresente.

— Não tenho ideia — digo, e essa é a terrível verdade disso tudo. Não importa quantas noites passe acordada, debruçada sobre o caso ou batendo em portas ou varrendo a internet em busca de alguma pista sutil, ainda não faço ideia do que aconteceu com meu filho.

Não tenho ideia de onde ele está.

— Nada disso faz sentido — continuo. — Você nem imagina quantas vezes refiz meus passos naquela noite, tentando lembrar algum detalhe que pudesse ser a chave para isso tudo. Alguma coisinha fora do lugar...

— Talvez tenha que parar de refazer seus passos — Waylon me interrompe, olhando para o meu perfil. — Talvez deva tentar um caminho novo.

Olho para ele, estudando seus traços naquele ambiente pouco iluminado.

— Talvez. — Dou de ombros e me viro para o bar outra vez. — Foi por isso que escrevi para você.

Ficamos em silêncio enquanto o bartender se aproxima de nós, se demorando para limpar o interior de uma taça de conhaque. Vejo que olha para nós a todo instante e imagino se me reconhece. Eu me pergunto quanto ele ouviu. Por fim, outro cliente acena, chamando sua atenção, e ele é forçado a se afastar.

— Você tinha babá eletrônica? — pergunta Waylon, como se de repente tivesse percebido que tudo poderia ter sido gravado por alguma câmera. Tenho a impressão de que o tom é de acusação, mas posso estar imaginando.

Fecho os olhos, abaixo a cabeça. Demoro alguns segundos para encontrar a coragem de responder e, quando consigo, ouço o tremor em minha voz.

— Sim — confirmo. — Temos. *Tínhamos*. Um equipamento sem fio, mas as pilhas acabaram, e as câmeras não estavam gravando.

Waylon fica em silêncio. Está pensando em todos os pequenos detalhes que poderiam ter trazido um desfecho diferente para essa história, tenho certeza. Em como eu deveria ter verificado se a janela estava fechada, talvez até trancada. Em como eu deveria dormir com um ouvido aguçado, pronta para correr se ele me chamasse. Em como deveria ter ido ao quarto dele assim que acordei, chamado a polícia às seis, não às oito, ou como deveria ter trocado as pilhas da babá eletrônica assim que percebi que tinham acabado, em vez de esperar um momento conveniente para ir até o mercado.

— A culpa não é sua — diz, terminando de beber o líquido aguado no fundo do copo. — Sabe disso, não sabe?

Sinto o ardor das lágrimas nos olhos, então os aperto, engolindo o nó que se forma na garganta. Não estou acostumada a ouvir isso. Seco uma lágrima do rosto com o dorso da mão e assinto, sorrio, agradeço pelas palavras. Porque não quero dizer a ele que, em algum lugar, no fundo, é isso que parece. E não estou falando sobre a culpa materna, aquela sociedade secreta reservada às mães que martelam uma única ideia na cabeça repetidas vezes: não importa o que fazemos, não importa quanto nos esforçamos, estamos fazendo tudo errado. Cada pequena coisa é nossa culpa; somos inadequadas, indignas. Nossas falhas são a causa de cada grito, lágrima e lábio trêmulo.

Isso é algo maior.

É aquela *sensação* de novo, sobre a qual minha mãe me preveniu. A sensação de que alguém, em algum lugar, está tentando me dizer alguma coisa. Que estou deixando de ver alguma coisa – algo importante.

Que eu *sei* de algo. Mas não consigo lembrar o quê, nem que minha vida dependesse disso.

# CAPÍTULO QUATORZE

Chego em casa tarde, depois da meia-noite. Talvez seja culpa do Sancerre, ou da iluminação fraca que dificultava acompanhar a passagem das horas, ou de saber que não havia nada me esperando, além de uma casa vazia e mais um longo e escuro período de silêncio. Outra espera perpétua por aqueles primeiros lampejos de vida normal que só apareciam com o sol.

O que quer que fosse, Waylon e eu permanecemos sentados por muito tempo naquelas banquetas de bar.

Entro em casa e cumprimento Roscoe na porta, afagando a cabeça dele antes de tirar o casaco e ir para a cozinha. Pego um copo de água e vou me sentar na frente do notebook.

— Me dá um minuto — peço, digitando com o rosto iluminado pela luz da tela no escuro. Atualizo o navegador e verifico os e-mails: Dozier não respondeu. Bebo um gole de água e volto ao artigo, descendo mais uma vez até os comentários, e de repente o líquido parece invadir minha via respiratória, e engasgo. Tusso, quase vomito, apoiando o copo em cima da mesa quando sinto a água descendo lentamente pela garganta.

Tusso mais um pouco, pisco algumas vezes para me livrar das lágrimas e atualizo o navegador de novo, mas não faz diferença. A situação não muda.

O comentário desapareceu.

— *Merda* — murmuro, e me encosto na cadeira. Deveria ter tirado um print da tela. Atualizo mais uma vez só para ter certeza e vejo o mesmo espaço vazio onde poucas horas atrás li aquela frase.

*Ele está em um lugar melhor.*

Fico em pé, troco os sapatos por um par de tênis e pego a coleira de Roscoe. Acabei de chegar em casa, mas sinto uma necessidade urgente de sair de novo. Tenho a sensação de que alguma coisa pesada está se instalando nela, como uma tempestade se movendo rápida e silenciosa pelo céu: carregada e ameaçadora. Não parece seguro.

Suspiro assim que saímos, o ar frio da noite enchendo meus pulmões e os fazendo arder. Descemos a escada da varanda, e Roscoe vira à direita, como sempre faz, até que, de repente, ouço a voz de Waylon em minha cabeça, me envolvendo como um manto de névoa.

*Talvez tenha que parar de refazer seus passos. Talvez deva tentar um caminho novo.*

Puxo a coleira e faço Roscoe parar.

— Vamos por ali — aviso, virando à esquerda e o obrigando a me seguir. — Vamos fazer algo um pouco diferente hoje.

Andamos em silêncio por um tempo, nos aventurando na escuridão, vendo a estrada se confundir com a paisagem distante como um borrão de tinta. Como sempre, as casas estão quietas, as luzes apagadas. Há um silêncio ensurdecedor na vizinhança, mais que o habitual, e isso torna meus pensamentos um pouco mais barulhentos, chacoalhando em minha cabeça como moedas soltas em um pote.

Estou acostumada a pensar em Mason, é claro. A falar sobre Mason. Mas nos últimos tempos tenho pensado sobre outras coisas também. Sobre Ben e o começo de tudo; sobre Margaret e meus pais. Sobre o que aconteceu naquela época e como a minha vida inteira parece um enorme ponto de interrogação. Uma série de reticências e finais não resolvidos, respostas obscuras e turvas, como ficar sentada no píer com os pés mergulhados na água, tentando ver os dedos no meio do lodo.

E então aquele sentimento volta. Aquela sensação de que as respostas estão muito próximas, ao meu alcance. Que alguém, em algum lugar, está tentando me dizer algo – ou que já *sei* alguma coisa e apenas não consigo reter o pensamento. É como acordar atordoada e tentar se lembrar de um sonho, os contornos borrados, desaparecendo. Vasculhar o cérebro, tentar recordar palavras, formas, sons ou cheiros, qualquer coisa que me leve um pouco mais para perto da verdade.

Mas, depois de muito tempo, isso definha, é apagado da memória, como as cinzas de um prédio queimado sendo levadas pelo vento.

Roscoe e eu estamos andando há uns vinte minutos, e embora não conheça bem essa parte da vizinhança, percebo que começamos a fazer o caminho de volta para casa. Estamos nos aproximando do pântano, e, a essa altura, minhas pupilas já estão dilatadas, os olhos adaptados à escuridão. Consigo ver as coisas com maior clareza: o contorno de brinquedos abandonados nos jardins das casas, jornais encharcados esquecidos na entrada. Uma lata de lixo tombada, cujos proprietários foram preguiçosos demais para travar a tampa. Há lixo espalhado na calçada, obra dos guaxinins, e esse é o problema: ninguém jamais para e pensa no que acontece na calada da noite, em todas as coisas que acontecem quando o mundo dorme. Os estranhos que espreitam nas sombras, agachados sob uma janela ou girando a maçaneta de uma porta destrancada. Os animais que caçam, o sangue morno pingando de suas presas enquanto se banqueteiam da carne de outra criatura. Apenas presumimos que, quando pegamos no sono, o mundo adormece também. Esperamos que ele continue exatamente igual ao amanhecer, intocado. Como se a vida parasse porque nós paramos.

Mas isso não é verdade. Mesmo antes de Mason ser levado, eu sabia que não era assim. Sempre tive uma consciência aguçada de todos os males que se escondem sob o manto da noite; os horrores que assombram o mundo enquanto dormimos.

Agora Roscoe e eu estamos na rua paralela à minha, prestes a virar a esquina, quando o silêncio é interrompido por um rosnado baixo.

— Ei — reajo, puxando sua coleira. — Para com isso.

Ele continua rosnando, cada vez mais alto, mais furioso, com as patas plantadas no concreto e o rabo apontado para trás. Está olhando para alguma coisa do outro lado da rua, uma casa, e quando sigo seu olhar sob a luz da rua, deixo escapar um gritinho e levo a mão ao peito.

— Desculpa — digo. Respiro fundo e sinto o coração bater forte no peito. — Não vi você aí.

Um homem está sentado na varanda da casa dele, a poucos metros de nós. Parece velho, talvez uns oitenta anos, e usa um roupão marrom grosso amarrado na cintura. Seu cabelo é grisalho e despenteado, os olhos distantes e vazios. Está de chinelos, sentado em uma cadeira de balanço, em silêncio, se balançando para a frente e para trás. Um rangido quase inaudível, apesar da quietude da noite.

— Bela noite — comento, sorrindo. Tento amenizar a tensão. — Acho que não nos conhecemos. Sou sua vizinha, Isabelle. Moro logo ali...

Levanto a mão para apontar minha casa na rua seguinte, mas o homem não responde. Em vez disso, vira-se para mim e continua a me encarar, olhando através de mim. Talvez seja surdo, ou cego; não consiga me ouvir ou me ver. Meu corpo pode ser só um borrão vago na frente dele, igual a qualquer outra sombra. Minha voz, um sopro do vento.

O que ele está fazendo ali, sozinho, sentado na varanda a uma da manhã? Parece estranho, muito tarde para estar fora de casa. Mas suponho que poderia pensar o mesmo sobre mim.

— Ok, tenha uma boa-noite.

Puxo Roscoe e o obrigo a me seguir, mas continuo sentindo o olhar do homem em minhas costas. Quando chegamos em casa e entramos, tranco a porta com um pouco mais de urgência que o normal, embora não consiga entender o porquê. Não é como se o homem pudesse representar um perigo, como se me seguisse no escuro.

Só mais tarde – por volta das três da manhã, quando estou largada no sofá mudando os canais da TV sem prestar muita atenção – percebo o que é.

Todo esse tempo, houve uma estranheza inerente às minhas noites, a consciência de que estou acordada enquanto todo mundo dorme. Saber que estou completamente sozinha em uma vizinhança cheia de gente. Isso faz eu me sentir diferente, sobrenatural. Como se fosse o único peixe nadando em um oceano infinito; como se qualquer coisa pudesse acontecer, e ninguém veria. Mas agora, vendo aquele homem – seus olhos que pareciam uvas sem casca, voltados para a escuridão; o jeito como se balançava na cadeira, num ritmo metódico, como se alguém tivesse girado a chave em suas costas para dar corda e o deixado ali –, entendo que tem algo ainda mais perturbador do que estar sozinha no escuro.

É perceber que você não está realmente só.

# CAPÍTULO
# QUINZE

ANTES

Eu me esgueiro descalça pelo corredor, na ponta dos pés, evitando as tábuas que costumam ranger. Conheço todas: os pontos mais macios na madeira, que cedem sob o peso do calcanhar; as dobradiças enferrujadas que fazem as portas gemerem à noite. Margaret e eu transformamos esta casa em nosso labirinto encantado – perambulamos pelos salões, giramos maçanetas. Espiamos cômodos que quase não são usados e prendemos a respiração ao passar a mão sobre os móveis, deixando rastros na poeira. O corredor agora se estende diante de mim como uma língua se projetando das profundezas de uma garganta escura, mas me obrigo a seguir em frente. Para a parte mais escondida da casa.

O silêncio reina, mas meus pais estão acordados. Posso ouvi-los, fechados no escritório. Consigo ouvir os sussurros.

— Você não sabe como é — diz minha mãe, sua voz como uma seda começando a rasgar. — Henry, você não entende.

Sinto um nó preso na garganta e o engulo, tentando forçá-lo a descer. Papai trabalha em Washington – os Rhetts estão no Congresso desde o avô do meu avô, ou pelo menos é o que dizem –, mas sempre vem passar o fim de semana em casa, para depois ir embora de novo na segunda-feira de manhã. Em geral, traz algum presente para mim e Margaret quando volta – pralinês confeitados, ou amendoins cozidos, ou sacos de uvas grandes e suculentas que compra de um ambulante na beira da estrada, no caminho do aeroporto para casa –, um lembrete de seu amor por nós que, aos poucos, começou a parecer mais um pedido de desculpas. Ou um suborno.

— Preciso de você aqui — ela continua. — Volte para casa, fique aqui comigo. Por favor.

— Você sabe que não posso — meu pai responde, a voz baixa, firme. — Elizabeth, você sabe. Sempre soube.

— Não sei se consigo continuar assim. Estou começando a sentir... Não sei. As meninas. Tem dias em que olho para elas e...

— Sim, você consegue — ele afirma. — Você consegue. As meninas estão bem.

Margaret tocou no assunto de novo no jantar de hoje: aquelas pegadas enlameadas no tapete do meu quarto, desaparecendo aos poucos como minha memória, minha mente. Ainda ouço o tilintar do garfo de minha mãe caindo no prato; meu pai olhando para nós, provavelmente me imaginando no pântano à noite. A camisola branca grudando nos meus tornozelos, nas pernas, nas coxas. A água subindo cada vez mais até escorrer pela minha garganta.

— Se pudéssemos conseguir alguma ajuda, talvez — minha mãe sugere, um pouco mais animada. — Se *eu* conseguisse alguma ajuda...

— Não.

Silêncio. Mas é um silêncio pesado, que paira sobre eles como um piano pendurado em uma corda, ameaçando despencar a qualquer momento e soterrá-los em destroços. Então escuto minha mãe suspirar – um suspiro de resignação, talvez. Frustração. De saber que, não importa o que diga, por mais que implore, na segunda-feira de manhã ele vai embora de novo, e ela vai ficar sozinha cuidando de nós.

— Elizabeth, o acordo era esse — meu pai lembra. — Meu trabalho é em Washington, o seu é aqui. Não era isso que você queria?

— Era — sussurra. — É.

— Você pode ficar em casa — ele diz. — Pode pintar. Podemos continuar aumentando a família.

Mais um período de silêncio, mas dessa vez é diferente. Íntimo e frágil. Acho que consigo ouvir o rangido de uma cadeira, o som de roupas farfalhando. O som quase inaudível de dois lábios colados, movendo-se juntos. Recuo um passo, tentando subir a escada de volta, quando uma tábua range sob meus pés – e de repente percebo que o movimento parou. Consigo sentir os olhos deles do outro lado da porta, me vendo paralisar de medo como um cervo na frente dos faróis de um carro em alta velocidade.

Prendo a respiração e me mantenho imóvel até ouvir o ruído dos pés da cadeira e os passos pesados de meu pai.

Meu coração quase para quando ele abre a porta.

— Isabelle.

Olho para meu pai e me sinto pequena diante de sua imponência. Ele me observa por um momento, quieto, depois abre completamente a porta. Lá dentro, vejo minha mãe sentada no braço da poltrona atrás da mesa dele, a camisola escorregando de um ombro e revelando sua clavícula. Ela me encara pela abertura da porta, seus olhos aguados e vermelhos. Esteve chorando, dá para perceber, e me sinto culpada. Se ela se sente assim, a culpa é minha.

Penso no que disse para o meu pai, nas palavras sussurradas. Uma súplica desesperada.

*Você não sabe como é. Você não entende.*

— Não consegui dormir — solto, percebendo que podem estar pensando nisso agora: que estou fazendo aquilo de novo. Que estou andando pelos corredores da casa enquanto durmo, que estou aqui parada de olhos abertos, com um vazio do outro lado.

Minha mãe se levanta e atravessa a sala, juntando-se ao meu pai na porta. Ela continua me encarando, me examinando. É o mesmo jeito como às vezes me olha quando acordo no escuro, em pé no banheiro com a torneira aberta, ou segurando uma espátula na cozinha. O mesmo jeito de inclinar a cabeça para um lado, como se me estudasse. Como se tentasse determinar se sou real.

Como se tivesse medo.

# CAPÍTULO
# DEZESSEIS

AGORA

O homem da noite passada, sentado na varanda. Algo nele me incomodou, ficou me perturbando, me cutucando como uma etiqueta de roupa roçando na pele.

Entro na sala de jantar com uma caneca quente de café nas mãos e vejo os raios de luz alaranjada iluminando a casa. Então olho para a parede, aquela tela gigantesca coberta de fotos, mapas e recortes de jornal; Post-its com reflexões feitas durante a madrugada que nunca resultaram em muita coisa. Ele não parecia familiar; não era ninguém que eu conhecesse – e foi então que entendi.

Ele *deveria* parecer familiar. *Deveria* ser um conhecido.

Conheço todo mundo nessa vizinhança. Estão todos aqui, bem na minha frente. Pesquisei todos eles, andei de casa em casa e bati às portas. Ouvi seus álibis e suas justificativas e me forcei a sorrir, assentir, agradecer por terem me atendido. E, durante todo esse tempo, nunca me deparei com aquele homem. Nunca o vi. Se ele mora aqui – tão perto da minha casa, a casa dele quase paralela à minha –, eu deveria saber quem ele é. Deveria saber tudo sobre ele.

Mas não sei.

Ouço o guincho dos pneus na entrada de casa e me viro, vendo Roscoe entrar em alerta no canto dele.

— Seja bonzinho — aviso quando a porta de um carro bate lá fora, e ele reage com um rosnado baixo.

Passos começam a se aproximar da casa, e Roscoe passa a latir quando ouve as batidas à porta. Caminho depressa até lá para ver quem é, e encontro Waylon do outro lado com uma pasta na mão e um estojo de equipamento na outra.

— Bom dia. — Sorrio, convidando-o a entrar. Depois da noite passada, concordei com outra conversa; desta vez gravada. Ele retribui o sorriso, hesitando um pouco antes de entrar, e tenho a nítida sensação de que está nervoso. É estranho, considerando como estava relaxado na noite passada, mas imagino que vir à minha casa seja diferente de me encontrar em um lugar neutro.

Mas então entendo: pode ser o cachorro.

— Não se preocupe, ele é manso — garanto, e empurro Roscoe para longe da porta. — Ele faz isso com desconhecidos.

— Não tem problema — diz Waylon, e se abaixa para deixar o cachorro cheirar sua mão. Quando se levanta e entra, eu o observo olhar em volta e registrar tudo.

— Bela casa — diz.

— Obrigada.

— Sempre morou aqui?

Sei o que ele quer saber, a pergunta disfarçada de formalidade educada. Quer saber se foi aqui que aconteceu, se foi daqui que Mason foi levado.

— Nós nos mudamos para cá há sete anos.

Vejo que ele estuda a sala de estar mais uma vez, procurando alguma evidência de *nós*. Sapatos masculinos perto do capacho da porta, talvez, ou um boné de beisebol em cima da ilha da cozinha. Fotos do casal feliz, com Mason protegido entre os dois.

Não encontra nada.

— Meu marido saiu de casa — revelo, e cerro os punhos. Também não estou usando aliança. Ela estava no meu dedo quando nos conhecemos no avião, mas desta vez não pensei nisso. Afinal, podcast é apenas áudio. — Toda essa situação pesa em um relacionamento, sabe como é.

Waylon sorri para mim com tristeza, como se tentasse entender.

— Sinto muito.

— Quer café?

Vou para a cozinha, porque não sei o que fazer. Sem a máscara das luzes amenas do restaurante ou as três taças de vinho para entorpecer ainda mais os sentidos, de repente me sinto exposta em casa. Como se Waylon não estivesse olhando para mim, mas através de mim, vendo todas as coisas sombrias e perigosas encolhidas em meu interior.

— Não, obrigado — responde da sala. Eu já estava enchendo minha caneca, as mãos tremendo. — Tomei alguns hoje. Se continuar, não vou conseguir dormir.

Sufoco uma risadinha. Se ele soubesse...

— Pode ajeitar suas coisas ali. — Aponto para a mesa de jantar, agora limpa da bagunça habitual. — Tem tomada, se precisar ligar o equipamento.

— Você se incomoda se eu der uma olhada no ambiente primeiro? — Waylon pergunta. — Em um podcast, a descrição é muito importante, já que os ouvintes não podem ver as coisas de que falo.

Olho para ele segurando a caneca com as duas mãos. Ele quer ver o quarto de Mason. Quer *entrar* no quarto de Mason.

— Ou podemos só começar — diz, sentindo minha hesitação. — Vamos começar?

Sorrio, balanço a cabeça em uma resposta afirmativa e me dirijo à mesa de jantar. Waylon me segue, e quase consigo sentir sua inspiração mais intensa quando entra no espaço e processa tudo que vê em silêncio.

— Uau — diz, por fim, parado diante da parede de fotos e recortes. Seus olhos estão arregalados, como se admirasse uma obra de arte abstrata. — Fez tudo isso sozinha?

Sorrio um pouco constrangida.

— Tenho tempo de sobra.

Ele assente, observa as imagens por mais alguns segundos, depois põe a maleta em cima da mesa e abre as presilhas, olhando de vez em quando para a confusão de artigos e fotos enquanto prepara o equipamento: dois microfones com filtros antipuff ajustáveis, dois fones de ouvido. Um estéreo pequeno, um pacote de baterias, vários cabos que desenrola e pluga em entradas de cores diferentes. Em minutos, um estúdio de som completo é montado em minha sala de jantar.

— Sei que parece intimidante, mas garanto que é muito simples — diz Waylon. Ele me entrega um fone de ouvido, e o pego, surpresa por seu peso inesperado. — É só para garantir a qualidade do som. Remove ruídos de fundo, coisas como ar-condicionado, buzina de carros. Latidos de cachorro.

Ele sorri para mim e pisca, e sorrio de volta, baixando um pouco a guarda antes de ajustar o fone sobre as orelhas. Waylon põe o dele e se inclina para o microfone.

— Teste, teste.

Sua voz é clara, como se falasse comigo através de um túnel. O som é amplificado e nítido, e me surpreendo com isso.

— Isso faz uma diferença enorme — comento, falando no meu microfone.

— É, faz mesmo. — Ele aciona um interruptor no estéreo, e noto uma luz verde piscando. — Então, Isabelle Drake, muito obrigado por me receber em sua casa.

— De nada — repito, consciente de que agora a conversa é gravada. De que o que foi dito *antes*, quando aquela luz verde não estava piscando, não foi gravado e, portanto, não fez diferença.

— Tenho certeza de que todos vocês conhecem a história de Isabelle — diz Waylon, inclinado sobre o microfone, adotando um tom mais oficial. — Mas para os poucos desinformados, aqui vai um resumo: o filho de Isabelle, Mason, foi levado do quarto dele no meio da noite há exatamente um ano. O caso ainda não foi solucionado.

— É isso mesmo — confirmo, subitamente acanhada.

— A polícia não tem suspeitos, não tem pistas e quase não tem evidências. Até agora, não conseguiram construir uma história sobre como as coisas aconteceram naquela noite.

Waylon fica em silêncio por um momento, deixando a audiência invisível absorver seu relato. Depois olha para mim, e um sorrisinho surge em seus lábios.

— E é aí, ouvintes, que nós entramos.

# CAPÍTULO
# DEZESSETE

Passamos as primeiras horas retomando o que contei a Waylon na noite anterior, repetindo a conversa como se estivesse acontecendo pela primeira vez e deixando que se desenrolasse naturalmente – só que, dessa vez, com aquela luz verde piscando.

— *Ouviu alguma coisa estranha durante a noite? Algum barulho?*
— *A que horas percebeu que ele havia desaparecido?*

Respondo do mesmo jeito, com a verdade. Conto tudo. E ele acena com a cabeça, as sobrancelhas franzidas, como se ouvisse tudo de novo com o mesmo interesse. Já é fim de tarde quando terminamos, o dia passou num piscar de olhos, bem ali, na minha sala de jantar.

Depois que abordamos todos os pontos, Waylon estende a mão e desliga o interruptor, apagando a luz verde.

— Acho que terminamos por hoje. — Ele sorri.

Eu o observo guardar tudo, um movimento metódico que faz parte de sua rotina, como se já tivesse embalado o equipamento um milhão de vezes, sempre do mesmo jeito – o que é verdade, suponho – e isso me faz lembrar, de repente, de que não sou especial.

Essa história, a história de Mason, é só um negócio para ele. É trabalho.

— Tenho uma coisa para você — digo, pensando na cópia do relatório da polícia que fiz para ele hoje de manhã. Eu me inclino para o lado e pego o documento na bolsa. — Já falei tudo, mas não sei. Talvez isso ajude.

Entrego a pasta para Waylon e observo enquanto a abre, correndo os olhos pela primeira página. Depois pela segunda, pela terceira. Sei o que está fazendo agora, lendo tudo devagar, de maneira metódica. Eu mesma já fiz isso centenas de vezes. O relatório de pessoa desaparecida está ali, com a foto e a descrição física de Mason: cabelo castanho, olhos verdes, pijama listrado de pterodáctilo. Onze quilos e meio, oitenta e quatro centímetros. Dezoito meses de idade. Também tem uma cópia do cartaz de *DESAPARECIDO*; eu me lembro de tê-lo feito em meu notebook, atordoada com a inutilidade daquilo enquanto arrastava a foto dele para o centro da tela, recortada nas dimensões ideais. Aquilo me fez pensar em quando estava tirando seu passaporte de bebê no ano anterior, tentando convencer Ben a fazer uma viagem internacional. Eu o deitei sobre um cobertor branco e tentei acalmá-lo enquanto tirava uma foto de seu rosto. A formalidade me pareceu estranha, mas necessária, porque, na verdade, crianças daquela idade eram todas parecidas: bochechas gordinhas, cabelo fino. Lábios molhados e movimentos constantes e rápidos como os de um peixe.

Vejo Waylon virar mais uma página. Talvez agora esteja olhando as fotos da cena do crime em nossa casa – o berço vazio, a janela aberta, a pegada parcial na lama do lado de fora – ou lendo as dezenas de transcrições dos depoimentos dados por mim e Ben: aquelas primeiras conversas, de mãos dadas no sofá da sala, em pânico e desesperados, seguidas por muitas outras na delegacia. Naquelas ocasiões, eles nos mantiveram separados, isolados pelas paredes da sala de interrogatório, tentando pegar um de nós, ou talvez os dois, em um deslize. Em uma mentira. Eu me lembro de olhar para a parede entre nós, sabendo que Ben estava do outro lado dela. Era capaz de senti-lo ali, como se pode sentir de algum jeito um corpo atrás de uma porta. O ar deslocado.

Lembro-me de fechar os olhos, tentando ouvir o que Ben dizia a eles sobre Mason, sobre mim. Parecia fundamental que nossas histórias estivessem alinhadas, palavra por palavra, mas eu não sabia por que não estariam. Os dois estavam na mesma casa, dormindo. Não ouvimos nada.

— Obrigado — diz Waylon, devolvendo a pasta por cima da mesa. Nesse momento, é impossível não perceber a escassez de informação que temos; a rapidez com que foi capaz de ler o relatório. Porque é só isso, tudo que temos está bem ali, na mão dele. Isso é tudo que conseguiram – ou, pelo menos, tudo que dividiram conosco – espremido entre duas folhas de cartolina, uma pasta tão fina que cabe em uma bolsa.

— Pode levar — digo. — Tenho uma cópia.

— Você se incomoda se eu entrar em contato com algumas dessas pessoas? — pergunta, batendo com um dedo na pasta antes de guardá-la na maleta. — Se fizer algumas entrevistas com amigos, familiares, Ben...?

— Minha família deve ficar fora disso — aviso. — Por favor, não os incomode.

— Tudo bem — concorda. — Como quiser.

— Pode falar com os amigos — autorizo, embora não tenha mais muitos deles. — Os vizinhos também. Ben...

Paro, tentando encontrar uma forma delicada de dizer isso. Pego a caneca de café, que está vazia, e deslizo os dedos pela borda.

— Ben não vai cooperar — digo, por fim. — E honestamente, não vai gostar de saber que estou fazendo isso, então, agradeceria se não o procurasse. Ou se o deixasse por último, pelo menos. Assim, ele teria menos tempo para tentar me convencer a desistir.

— Tudo bem — ele concorda. — Mas vocês dois são os pais. Se só você participar, pode parecer um pouco tendencioso, unilateral.

— Eu sei. Sei como parece.

— Não é bom. Sabe, parece que ele não quer ajudar.

— E as pessoas dizem que estou explorando o desaparecimento de meu filho para ficar famosa. Portanto, aprendi a não me importar com o que as pessoas dizem que *parece*. Cada um vive o luto à sua maneira.

Mais uma vez, eu me lembro daquele trabalhador no píer em Beaufort; seus olhos úmidos quando falou sobre o golfinho empurrando o bebê morto pelo porto.

— Deve ter sido difícil — diz Waylon, mudando de assunto. — Vocês dois tentando lidar com isso juntos... mas sozinhos.

Olho para ele, sentindo essa simples explicação abrir um buraco em meu peito. Porque foi exatamente o que senti: nós dois, juntos, mas também completamente sozinhos.

— Sim. — Meus dedos tocam o anel de Ben, ainda escondido sob a blusa. — Nós só lidamos com a situação de maneiras diferentes, entende? Eu tive dificuldade para dormir. Tive dificuldade para fazer qualquer coisa, na verdade. Tudo que eu queria era me envolver no caso, em cada pequeno detalhe. E Ben... bom, não sei.

Faço um esforço para engolir, respiro fundo. Sinto meus olhos arderem; os vasos sanguíneos se contraírem.

— Ele acha que posso causar mais mal do que bem, agindo por conta própria como tenho feito. E não é o único. Outras pessoas pensam o mesmo.

Penso no detetive Dozier; na desaprovação em seu tom quando mencionou minha palestra – não, minha *apresentação*.

— Depois de alguns meses, os detetives disseram que era provável que Mason não fosse encontrado com vida — continuo. — De acordo com as estatísticas, era mais provável que encontrassem... os *restos*.

Waylon fica em silêncio, lamentando com o olhar.

— Eles me aconselharam a encontrar um jeito de ficar em paz com isso, mas não consegui. Não podia desistir dessa maneira.

— Acho que ninguém esperava que desistisse.

— Não. — Balanço a cabeça. — Também acho que não. Mas Ben quis tentar, sabe? Quis tentar ficar em paz com isso. Não superar Mason, é óbvio, mas seguir em frente. Ele tentou fazer com que fôssemos na terapia, em grupos de apoio ao luto, e eu simplesmente não estava pronta para isso. Dificultei muito a situação para ele.

Waylon assente e olha para a colagem de imagens na parede: minha casa inteira é um lembrete persistente e doloroso de tudo que foi tirado de nós. Tudo que perdemos.

— Quando começou a fazer aquilo? — pergunta, apontando para a parede.

— Acho que algumas semanas depois que ele foi levado. Quando a investigação oficial começou a ficar mais lenta.

Lembro como fiquei surpresa ao ver como era fácil para todo mundo ao meu redor seguir em frente. A primeira palestra que dei foi no ginásio de um colégio, poucos dias depois que a notícia chegou aos jornais. Ben e eu organizamos as cadeiras, algumas dezenas de cadeiras dobráveis de metal, em fileiras, e o lugar ficou lotado – a cidade inteira apareceu, as pessoas se espremeram apoiadas nos colchonetes de ginástica, absorvendo cada palavra que eu dizia. Estavam dispostas a fazer qualquer coisa para ajudar, *qualquer coisa*, mas quando organizei outra palestra na semana seguinte, o número de presentes havia diminuído visivelmente. Durante algum tempo, contamos com voluntários que se importavam de verdade, gerenciavam linhas de telefone para denúncias e distribuíam panfletos, mas, poucos meses depois, também perderam o interesse. Cansaram, envolveram-se em outras histórias, como se a nossa tivesse esgotado e se tornado cansativa. Foi então que, pela primeira vez, pensei em responder aos e-mails de canais de crimes reais que se acumulavam na minha caixa de entrada. Não entendia nada daquilo – o fascínio daquelas pessoas pela violência, pela dor –, mas elas se importavam, pelo menos.

— Começou aos poucos — explico, e me levanto para chegar perto da parede. — Só transferi algumas coisas da mesa para a parede, para poder ver o cenário com mais clareza.

E depois foi se espalhando, adquirindo vida própria. Foi se alastrando para os cantos, se modificando e se expandindo, crescendo como um tumor que havia saído do controle.

— Isso te levou a algum lugar?

— Só me trouxe problemas, basicamente.

— Como assim?

Suspiro enquanto examino a colagem. Os artigos, as fotos. O mapa gigantesco da cidade, a lembrança do choque que senti quando, ao terminar de espetar todos aqueles alfinetinhos vermelhos, recuei e vi o resultado.

— Aqueles são criminosos sexuais — digo, apontando para os alfinetes. Jamais vou esquecer o medo que senti ao vê-los espalhados por nossa rua, nossa vizinhança, como um enxame de insetos saindo de uma colmeia atacada. O jeito como pareciam se multiplicar e se espalhar como um câncer, até a coisa toda se tingir de vermelho. — Todos os criminosos sexuais com antecedentes em um raio de cinquenta quilômetros.

— Eles foram interrogados, não foram?

— Sim, os mais graves. — Aponto para a planilha impressa e presa ao lado deles. Meus olhos percorrem a lista de nomes e endereços, página após página. — Abuso sexual cometido contra menores, pornografia infantil, estupro. Mas há centenas deles. *Milhares*. A polícia mal arranhou a superfície disso.

Waylon se levanta e também se aproxima da parede, provavelmente pensando a mesma coisa que eu na primeira vez que digeri essas informações: a magnitude disso tudo. Ao que tudo indica, eles estão em todos os lugares. Vizinhos, colegas de trabalho. Amigos.

— O que você fez? — pergunta, e sua voz é pouco mais que um sussurro.

Não falo nada e continuo olhando para os alfinetinhos vermelhos. Penso no detetive Dozier e na vigília, em como ele voltou para trás das árvores e ficou observando tudo.

*Sugiro que não faça nada impulsivo.*

— Havia um homem idoso que trabalhava no supermercado — digo, por fim, com uma frieza na voz. — Ele sempre gostou do Mason. E costumava ter adesivos nos bolsos do avental, coisas que dava para as crianças na fila do caixa. Era atencioso. Eu gostava dele. Sempre tentava entrar na fila do caixa onde ele estava, sabe, puxava conversa... até ver o nome dele na lista.

Waylon ficou quieto, esperando eu continuar.

— Contei para o Dozier, mas ele não me ouviu. Disse que não era o suficiente – uma acusação menor, sem causa provável – e àquela altura eu sentia que todo mundo tinha parado de tentar, de se importar, então, uma noite fui ao supermercado e confrontei o homem.

Ainda me lembro da expressão no rosto dele: as rugas nas bochechas quando me viu e sorriu; os braços estendidos como se fosse me abraçar. E depois: o terror. Não consegui me controlar. Assim que o vi, não consegui mais me conter. Os gritos, as agressões. Meus punhos batendo em tudo que encontravam pela frente, até que outros funcionários conseguiram superar o choque e correram, me seguraram.

— Foi um ato obsceno em lugar público — continuo, ainda olhando para a parede. Não consigo olhar para Waylon e enfrentar seu julgamento. — Parece que tinha bebido demais, foi para a parte de trás de um bar e urinou na frente de um policial. Foi isso.

Nunca vou me esquecer do homem caído no chão, tremendo. Pensando bem, nem sei se cheguei realmente a acreditar que foi ele. Talvez tenha acreditado – talvez uma pequena parte de mim tenha visto a forma como olhava para Mason, aqueles adesivos nos bolsos, e deduzido o pior – ou eu só queria encontrar alguém para culpar. Um alvo onde extravasar a fúria que me consumia por dentro.

Estava lá há tanto tempo que acabaria transbordando.

— Qualquer mãe teria feito a mesma coisa — Waylon opina, por fim, mas soa como um gesto de cortesia. Como se não conseguisse pensar em mais nada para dizer.

— Sim, bem, ele não prestou queixa, por isso a polícia pegou leve comigo, mas depois disso, nunca mais me quiseram por perto — continuo. — Ben saiu de casa pouco tempo depois. Acho que isso foi a gota d'água.

A casa é invadida por um silêncio incômodo, e começo a roer as unhas para ter o que fazer com as mãos. Sinto uma fisgada, uma dor aguda. O gosto do sangue que brota da cutícula arrancada.

— Por que você faz isso da vida? — pergunto, e uma risada irritada escapa de minha boca. — Como consegue ouvir essas histórias tantas vezes? Sempre penso nisso, sabe, quando vou a essas convenções. Eu me pergunto como as pessoas são *capazes* de se divertir ouvindo uma história como essa. Como a minha.

— Ah, sim — Waylon diz, e empurra para trás uma mecha de cabelo que caiu sobre a testa. Está constrangido. — Eu me envolvi nisso porque... bem, foi por causa do assassinato da minha irmã, na verdade.

As palavras dele cravam uma faca em meu peito. Respiro fundo, tentando superar aquela dor familiar, angustiante.

*O assassinato da minha irmã.*

— Sinto muito — digo. — Não queria...

— Não, tudo bem — responde. — Entendo. É uma carreira mórbida.

— O que aconteceu com ela? — pergunto com cautela. Percebo agora que, depois dos nossos encontros – a conversa no avião, a troca de e-mails, o jantar no Framboise e hoje –, nunca parei para especular qual seria a história de Waylon. Estava tão acostumada a ser a pessoa com uma história para contar, a que tinha uma tragédia, que nunca nem pensei em perguntar. — Sua irmã?

Waylon dá de ombros, sorrindo para mim com tristeza.

— Essa é a grande pergunta — diz. — O caso em que estou trabalhando desde que tinha vinte e três anos.

O sol está se pondo depressa, e olho para fora, vendo o céu se tingir de um alaranjado surreal uma última vez antes de a luz desaparecer de novo. Depois dessa confissão, percebo que, pela primeira vez em trezentos e sessenta e oito dias, não enfrento a noite iminente com o mesmo pavor de sempre quando é hora de me recolher. Encarar as longas e solitárias horas com nada além de meus pensamentos como companhia, minhas lembranças. Minha mente.

Em vez disso, sinto esperança.

Sinto, de verdade. É só um brilho distante, fraco, mas está lá. Porque agora entendo algo crucial. Waylon e eu podemos ser mais parecidos do que eu imaginava. Nós dois somos vítimas da violência, passamos a vida no escuro procurando às cegas por respostas; nós dois fomos tocados pela tragédia, definidos pela perda, incapazes de fazer o que todo mundo está sempre me dizendo para fazer: superar, seguir em frente.

Entendo que, diferente das outras pessoas – dos detetives, dos vizinhos e dos fãs de crimes reais –, isso não é só um negócio para ele. Não é entretenimento. Não é trabalho.

Para ele, é pessoal.

# CAPÍTULO

# DEZOITO

---
ANTES

O ar-condicionado pifou hoje de manhã. Estava *sobrecarregado*, minha mãe disse. Faz muito calor.

Por alguma razão, isso me fez pensar nas carruagens puxadas por cavalos que vemos no centro da cidade de vez em quando, o corpo robusto dos animais puxando o peso de uma dezena de pessoas em carroças enormes. O calor do sol no pescoço, os músculos contraídos. O arreio na boca, o cheiro de esterco secando no concreto. Uma vez, vimos um cavalo cair, tropeçando no meio da rua e caindo de joelhos. Os turistas gritavam quando o cocheiro saltou de seu lugar, abriu a boca do animal e despejou uma garrafa de água em sua garganta, conforme o sangue escorria de um corte na pata e se acumulava entre os paralelepípedos.

— Está morto? — Margaret perguntou, olhando para minha mãe. A barriga do cavalo se mexia, mas bem pouco: ele respirava devagar, com um esforço que fazia suas narinas se abrirem.

— Não, não está morto — respondeu, e nos fez mudar o caminho, nos guiando na direção oposta com uma das mãos na nuca de cada filha. — É que faz muito calor. Ele está sobrecarregado. Está... cansado.

Agora, Margaret e eu estamos sentadas de costas uma para a outra no assoalho de madeira do estúdio de minha mãe, as duas de rabo de cavalo, embora eu sinta alguns fios escapando do elástico e encaracolando em contato com minha testa suada. Mamãe nos trouxe para cá mais cedo, deixando à disposição uma variedade de tintas e telas em branco, um entretenimento que, ela sabia, duraria horas. A manhã passou devagar, morna, e a posição do sol me diz que já é fim de tarde, mais um dia se foi.

— Estou com calor — Margaret diz, abanando-se com a mão. Viro e vejo uma gota de suor escorrer por seu peito e desaparecer além da gola da camisola. Cada uma de nós está usando uma das antigas camisas de trabalho do papai sobre nossos pijamas, do avesso, com as mangas enroladas até os cotovelos, criando um avental improvisado.

— Já vai melhorar — respondo, e sinto a coceira de uma picada de mosquito na perna, os dentes invisíveis me mordendo. Eu abri as portas do pátio mais cedo, mas a brisa quente do pântano não fez muito mais do que trazer insetos.

— Quando?

— Hoje à noite — digo. — Talvez amanhã. Assim que o papai chegar em casa.

— Não consigo esperar tanto tempo.

Olho para ela de novo e vejo que suas bochechas estão vermelhas, como se estivesse com febre ou algo do tipo, mas sei que é só o calor: julho na Carolina do Sul é brutal. Faz a gente sentir que está enlouquecendo aos poucos, como se estivesse sendo cozida viva.

— Podemos dormir lá fora?

— Não, não podemos dormir lá fora.

Margaret assente, olhando para a última pintura que fez. É uma confusão de rabiscos, um abstrato infantil, e sinto meu peito um pouco apertado quando penso em quantos anos ela tem. Em sua inocência.

— Você pode dormir no meu quarto — ofereço, como um pedido de desculpas pela falta de paciência. — Vamos abrir a janela e deixar entrar a brisa do pântano. Vai estar mais fresco à noite.

Ela sorri para mim, mais confiante, e começa a se levantar para pegar uma tela em branco.

— Eu pego — digo, descansando minha mão em seu braço e me levantando. — Fica aí.

Passo por cima dos copos com água turva e pincéis velhos espalhados pelo chão e atravesso o estúdio em direção ao cavalete de minha mãe. Há dezenas de pinturas dela aqui, quase todas de nós, como uma galeria particular de retratos só nossos: Margaret sentada em um círculo de estátuas lá fora, segurando uma xícara de chá; meu pai fumando o velho cachimbo de meu avô, espalhando nuvens de fumaça. As telas em branco estão empilhadas perto da parede, mas algo chama a minha atenção antes de chegar lá.

Paro de andar; há uma pintura inacabada espiando de trás das outras. Eu me aproximo dela e deslizo a pintura de cima para o lado, para vê-la com mais clareza, e, quando faço isso, mal consigo respirar.

— Izzy? — Margaret chama, sentindo a tensão súbita no ar, meu corpo rígido e imóvel do outro lado da sala. — Que foi?

Não respondo; não consigo responder. Estou olhando para a pintura, agora totalmente à vista, e a preocupação começa a se contorcer como uma minhoca em meu estômago. É o nosso quintal, aquele trecho de grama verde que se estende até a colina suave que desce para o riacho. O longo píer de madeira se projetando para a água e os carvalhos de ambos os lados, os galhos retorcidos se estendendo como dedos que se movem. É noite, a lua está alta no céu, e no meio de tudo isso está uma menina: cabelos castanhos e compridos, camisola branca, braços soltos junto do corpo e os pés cobertos pela água do pântano até a altura dos tornozelos.

— Olha — diz Margaret, e pulo de susto ao ouvir sua voz tão próxima. Ela está em pé, ao meu lado, embora eu nem tenha percebido seus movimentos. E está apontando para a pintura, para a menina. — Olha, Izzy. É você.

# CAPÍTULO DEZENOVE

AGORA

A névoa do início de manhã ainda evapora do asfalto, pairando sobre o chão como um fantasma. Saio de casa ao primeiro sinal do amanhecer, decidida a ir até a casa do velho à luz do dia. Agora que sei aonde vou, demoro poucos minutos e, quando chego, examino a casa da calçada, um pequeno bangalô de tijolos que passaria despercebido com muita facilidade. É menor que as outras casas na rua, parcialmente encoberta por arbustos altos e pés de magnólia que precisam urgente de uma poda. A pintura da casa está descascando, e o mofo cresce na calçada de concreto que leva até a porta da frente.

Na varanda, a cadeira de balanço está vazia, movida suavemente pelo vento.

Olho para aquela cadeira balançando sozinha e quase me convenço de que inventei o encontro. De que inventei *ele*. Tem alguma coisa no jeito como ele estava ali, sentado, encarando a escuridão. O jeito como olhava para mim como se nem me visse. Começo a especular se tudo não passou de produto da minha imaginação, algum tipo de vislumbre do meu subconsciente, tão acostumado a estar sozinho à noite que estalou os dedos e materializou companhia a partir das sombras – porque, para ser bem honesta, já fiz isso antes.

Vi coisas, ouvi coisas que não estavam ali de verdade.

É espantoso como a mente pode te enganar depois de duas, três ou quatro noites sem dormir. O tipo de coisas em que faz você acreditar. O som estridente da minha campainha, mas quando abro a porta, não tem ninguém lá; os latidos incessantes de Roscoe, mas, quando olho para ele, percebo que está dormindo profundamente. Uma silhueta turva se movendo na periferia do meu campo de visão, se aproximando, mas, quando endireito as costas e viro a cabeça, abro a boca e começo a gritar, percebo que é só a luz pálida do entardecer criando sombras em um canto vazio.

E ainda estou sozinha.

Mas não, eu sei que ele estava lá. Roscoe estava rosnando, olhando na direção do homem. Eu o vi com meus próprios olhos, ouvi o rangido da cadeira de balanço.

Falei com ele – só não obtive resposta.

Subo a escada da frente com passos silenciosos e olho para a cadeira. A madeira do assoalho embaixo dela está bem gasta, a pintura foi desbotada por anos de uso, o que indica que está naquele mesmo lugar há muito tempo. Chego um pouco mais perto, o suficiente para tocar nela, e deslizo os dedos pelo braço, sentindo a madeira lascada sob os dedos. Nesse momento tenho uma lembrança repentina de Margaret – de como entrávamos nos aposentos proibidos, nossos dedos deslizando por várias superfícies, tocando coisas que não deveriam ser tocadas –, mas, em seguida, como em um sonho, a memória desaparece.

Olho para a cadeira, depois à minha volta, verificando se não tem ninguém olhando. Então me viro devagar e começo a me sentar.

Sentada, balanço para a frente e para trás em silêncio, da forma como ele fez. Olho para a rua, para o mesmo lugar onde estive antes, e percebo que, deste ponto de vista, tenho uma visão relativamente clara de parte do meu quintal. É preciso olhar para um ponto específico – uma pequena clareira entre algumas árvores, embaixo de um poste de luz, além de uma cerca –, mas ali, *bem ali*, vejo os fundos da minha casa, aquele trecho pequeno de grama abandonada que parece ainda mais amarela de longe. Só alguns metros à direita, escondida atrás de uns galhos, a janela do quarto de Mason.

Sinto meu coração bater um pouco mais depressa, um pulsar esperançoso que ecoa na garganta. Talvez esse homem tenha visto alguma coisa. Talvez estivesse do lado de fora naquela noite, tarde, e viu alguém no quintal se aproximando da janela. Talvez ele pudesse *identificar* alguém...

Meus pensamentos se movem muito depressa, tão frenéticos que quase não escuto o rangido da porta da frente se abrindo ao meu lado; a presença de mais alguém ali fora.

— Quem diabos é você?

Levanto a cabeça, assustada, e vejo um homem ao meu lado na varanda –, mas eu reconheço esse homem. Não consigo lembrar o nome dele, mas os traços são difíceis de esquecer: cabelo ruivo, quase sessenta anos, pele sardenta e um porte físico que deixa à mostra os ossos dos quadris. Falei com ele uma vez, há um ano, e me lembro de pensar que foi educado, simpático, mas inútil.

Esquecível, inclusive, até este momento.

— Oi — digo ao me levantar, percebendo constrangida que impressão devo causar; como deve ser estranho sair de casa e encontrar uma mulher na sua cadeira de balanço. — Desculpe, eu posso explicar...

— Jesus, é você. — Ele parece aliviado ao me reconhecer, mas, ao mesmo tempo, não. Suspira, passa as mãos no cabelo, e vejo uma mecha voltar a cair sobre sua testa. Esse movimento desperta algo em mim outra vez; uma lembrança que não consigo identificar.

— É, oi. Desculpa — repito. — Nós nos conhecemos no ano passado, quando eu estava indo de porta em porta para falar sobre meu filho, mas não lembro seu nome. O meu é Isabelle.

Estendo a mão, sorrindo, e o homem me encara, seus lábios formando uma linha reta. Por um segundo, tudo é silêncio. Minha mão fica parada no ar, e quando fica claro que não vai retribuir o cumprimento, eu a recolho, pigarreio e continuo.

— Eu estava pensando: tem um senhor idoso que mora aqui? Outra noite...

— Sai da porra da minha varanda.

Eu o encaro, surpresa, e percebo a maneira como está olhando para mim, analisando as olheiras escuras sob meus olhos vermelhos. O cabelo embaraçado e o rímel da noite passada todo borrado no meu rosto pálido. Ele parece zangado, talvez até assustado, e suponho que tenha todo o direito de estar.

Eu também estaria se encontrasse alguém à espreita tão perto da minha casa.

— Eu... me desculpe — falo, mais uma vez, tentando encontrar as palavras certas. — Peço desculpas por aparecer desse jeito, imagino que tenha se assustado. É que, na outra noite, vi alguém, e estava pensando se *ele* poderia ter visto alguém...

Paro, compreendendo tudo aos poucos. Segunda-feira à noite, na vigília. Aquele lampejo colorido e distante que atraiu meu olhar quando eu examinava as pessoas na multidão – algo como um tufo de cabelo vermelho se abaixando, andando entre as pessoas.

— Onde estava na noite de segunda-feira? — pergunto, olhando para ele com atenção. — Por acaso esteve no centro da cidade?

— Vou falar pela última vez — o homem anuncia, e dá um passo na minha direção. — Saia da minha varanda antes que eu chame a polícia.

Penso no que o detetive Dozier me disse: às vezes, os criminosos não conseguem se controlar. Precisam revisitar a cena do crime ou um evento público – como acompanhar a vigília de longe, talvez, ou sentar-se na varanda à noite, no escuro, olhando para a janela por onde um dia entraram.

— Qual é o seu nome? — pergunto de novo, dessa vez com mais firmeza. Desvio o olhar de seu rosto para a porta da frente entreaberta, que deixa ver uma nesga da sala de estar: uma faixa de tapete bege e um sofá cor de mostarda.

— Está invadindo propriedade particular — ele diz, ignorando minha pergunta, e percebo o leve tremor nos lábios, quase como se estivesse com medo. — Posso te mandar para a prisão em um segundo depois do que fez com o outro cara.

Sinto um espasmo no peito e me obrigo a continuar.

— Quem era o homem na sua varanda? — pergunto, ignorando a ameaça. Observo as janelas e percebo que as persianas estão fechadas. Todas as luzes estão apagadas lá dentro. — E por que estava na vigília do meu filho na segunda-feira?

— *Sai da minha varanda.*

— Por que não pode *conversar comigo*? — pergunto. — O que está escondendo?

— SAI! — ele grita, e avança um pouco mais em minha direção. Não é ameaçador, é mais uma tentativa de me pressionar, e de repente, por mais que eu queira revidar – apesar de cada músculo do meu corpo gritar para que o empurre e entre correndo na casa – penso no aviso de Dozier.

*Sugiro que não faça nada impulsivo.*

Penso naquele homem no supermercado, na rapidez com que as coisas saíram do controle assim que perdi a calma. Sinto a adrenalina nos braços, nas pernas, contraindo todo o meu corpo com a ideia de finalmente encontrar as respostas que procuro – encontrar *Mason* –, mas minha mente me diz que, se eu fizer isso e estiver *errada,* não vou poder fazer mais nada para encontrar Mason de dentro da cadeia.

— Tudo bem — digo, por fim, e cerro os punhos. Sinto as unhas entrando na palma e recuo, descendo a escada. — Estou saindo.

Volto para casa e, ao entrar, sinto o coração bater depressa. Sigo para a sala de jantar e examino o mapa. Tenho certeza de que não vou encontrar um alfinete ali – se um daqueles homens tivesse antecedentes criminais, morando tão perto da minha casa, eu já saberia – mesmo assim, olho para a vizinhança, e a área onde estaria a casa dele está limpa. Estudo a planilha ao lado, de qualquer maneira, procurando o número 1742 de Catty Lane: os números fixados na coluna da varanda que vi quando me aproximei da casa. Leio a primeira página, depois a segunda. A terceira, quarta, quinta... só para o caso de ter deixado passar essa informação. Apenas depois de ler todos eles – cada nome e endereço – é que desacelero um pouco.

Ele não está lá.

Pego o celular e abro meu e-mail, atualizando a caixa de entrada. Dozier ainda não respondeu. Abro o nome dele na lista de contatos e faço uma ligação, ouvindo a sequência de toques até a voz metálica da caixa postal atender.

— Oi, detetive, aqui é Isabelle Drake — começo, depois do sinal. — Mandei um e-mail na quarta-feira e só queria confirmar se recebeu. — Batuco com os dedos na mesa, tentando decidir quanto devo revelar. — Também tenho uma pergunta sobre um dos meus vizinhos, o morador do 1742 de Catty Lane. Eu o encontrei hoje de manhã e foi bem... inquietante.

Decido que isso é o suficiente, por ora. Detalhes suficientes para talvez despertar seu interesse e induzi-lo a ligar de volta – afinal, fiz uma pergunta que requer uma resposta –, mas sem excessos.

— É isso, obrigada — finalizo. — Falamos em breve.

Abaixo os braços e solto o ar lentamente, olhando para o teto. Quando fecho os olhos, sinto o telefone começar a vibrar na minha mão e o checo mais uma vez, esperando ver o nome de Dozier na tela.

É uma mensagem de Kasey.

*Bom te ver na outra noite. A oferta ainda está de pé.*

# CAPÍTULO VINTE

A *The Grit* sempre organizou festas extravagantes – ou melhor, Ben sempre organizou festas extravagantes – e no meu primeiro ano, quase dois meses depois de ter sido contratada, fomos ao Sky High, um dos melhores restaurantes de Savannah, em uma cobertura com fios de lâmpadas pequeninas que iluminam a área das mesas e uma vista perfeita dos barcos que passam pelo rio sob a ponte.

Tenho pensado nessa noite desde que encontrei Kasey na vigília: as duas de lantejoulas, bem-vestidas, bebendo champanhe e olhando para a ponte, cujos cabos iluminados no escuro lembravam árvores de Natal gigantescas. Estávamos juntas, paradas embaixo de um aquecedor, e eu usava um xale de pele falsa sobre os ombros, quando Ben chegou acompanhado por uma mulher.

— Aquela é Allison — Kasey falou, girando o champanhe na taça e olhando para as bolhas que subiam à superfície. — Esposa de Ben.

Foi a primeira vez que ouvi o nome dela: *Allison*. Allison Drake. Tinha visto fotos dela no escritório de Ben, é claro, já naquele primeiro dia em que estive na redação. Fotos dos dois juntos, abraçados em um veleiro ou deitados em um campo de grama verde. Mas naquelas fotografias, apesar de eu saber que ela era real – é claro, eu sabia que era real –, ela ainda era bidimensional para mim. Sabia que existia da mesma maneira que sabia da existência de animais raros e exóticos pelas páginas da *National Geographic*. Era um conceito, uma curiosidade, nada mais que tinta colorida espalhada sobre papel brilhante. Tudo que pensava sobre ela tinha sido imaginado, inventado na minha mente, em vez de baseado em qualquer verdade ou fato. Não podia ouvir a vibração alegre de sua risada ou sentir o perfume floral que passou como uma nuvem sob minhas narinas no instante em que pisou na cobertura. Não tinha um nome, *Allison*, ou cabelos ondulados, quadris sinuosos ou qualquer outra daquelas coisas humanas que, de repente, me atingiram com tanta força.

— Ela é bonita — comentei. E era. Morena, como eu, cabelos e olhos castanhos e pele marrom clara –, mas usava um vestido preto e colado com uma fenda até o joelho, o que fazia minhas lantejoulas douradas parecerem infantis. Era alta e naturalmente magra, seus braços tonificados nos locais certos. Os olhos eram realçados por delineador preto, e o batom era vermelho-sangue. — O que ela faz?

— Acho que nada — disse Kasey. — Fica em casa.

— Tipo *mãe de família*? — Senti meu peito se contrair, o champanhe ameaçando subir pela minha garganta. Nunca imaginei que Ben pudesse ter filhos.

— Não, eles não têm filhos. Ela fica em casa, só isso. E por que não ficaria, não é? Ben deve ganhar um salário bem alto.

— Não sei — comentei. — Acho que deve ser... tedioso.

Kasey deu de ombros.

— Você trabalharia, se não precisasse?

Observei o casal circular de convidado em convidado, distribuindo apertos de mão e abraços. Ben usava um terno azul-marinho sob medida que o deixava mais atraente do que nunca, e eu mal conseguia desviar meus olhos dele. O jeito como interagia com os colegas de trabalho e seus acompanhantes, sem nenhuma dificuldade; como parecia dizer a coisa certa a cada pessoa, provocando sorrisos, risadas ou acenos de cabeça. E especialmente como conduzia Allison, mantendo a mão na parte inferior de suas costas e a levando com ele para todos os lugares.

— Vou pegar mais champanhe — Kasey avisou, bebendo o que ainda tinha na taça antes de dirigir-se ao bar. Assenti, quase sem registrar a voz dela, e só percebi que estava sozinha quando o casal começou a caminhar em minha direção. De repente me dei conta de como devia parecer solitária naquele momento: sozinha, embaixo de um aquecedor, sem um acompanhante para passar as mãos por meus braços arrepiados ou colocar o paletó sobre meus ombros.

— Isabelle — Ben me cumprimentou ao se aproximar, mostrando os dentes em um sorriso simétrico perfeito. — Está se divertindo?

— Sim — respondi, tentando ser convincente. — A festa está ótima. Obrigada por ter cuidado de tudo.

Esperei ele me apresentar Allison, ou ela se apresentar, mas um silêncio teimoso se instalou entre nós três. Olhei em volta procurando Kasey para me salvar, mas não a vi em lugar nenhum.

— Você deve ser Allison — falei, por fim, a primeira a ceder. Estendi a mão para ela com um entusiasmo exagerado. — É um prazer.

— Igualmente — respondeu, retribuindo o cumprimento com sua mão delicada. — E peço desculpas por me retirar tão depressa, mas preciso encontrar um banheiro... — Ela se inclinou em minha direção, aproximando a boca da minha orelha, e senti o aroma de hortelã de seu enxaguante bucal. — Para ser bem honesta, esse vestido me aperta nos lugares errados. Foi uma péssima escolha.

Ela se endireitou e piscou para mim, sorrindo ao levar a mão à barriga. Era uma daquelas gracinhas autodepreciativas que pessoas perfeitas fazem – tentar chamar a atenção para uma saliência ou imperfeição física que não existe – e sorrio de volta, me sentindo dividida. Por um lado, experimentei uma estranha satisfação por ser a pessoa com quem escolheu dividir seus segredos – por termos um *momento* nosso – e, por outro, odiei como ela parecia ser legal. Isso só fez eu me sentir infinitamente pior.

Vi quando tocou o rosto de Ben com uma das mãos e entregou seu copo a ele com a outra antes de se afastar e voltar ao restaurante. Meus olhos a seguiram por todo o terraço até ela desaparecer lá dentro, mas, quando desviei o olhar, descobri que Ben estava me encarando.

— Então, o que está achando da *The Grit*? — perguntou. — É tudo que esperava que fosse?

Pude perceber na expressão dele – a testa inclinada em direção à minha, sobrancelhas arqueadas – que ele se referia àquela noite, *nossa* noite, no bar de ostras. Era a primeira vez que fazia menção ao que havia acontecido entre nós. Apesar de que houve outros momentos. Às vezes, quando começava a pensar que havia algo de errado com minha lembrança daquela noite – que talvez minha mente tivesse inventado o jeito como ele olhou para mim, o sorrisinho sutil, aquele leve tremor nos lábios quando recuei; ou que a cerveja fermentando em meu estômago tivesse distorcido a noite em algo que nunca foi –, pequenos lampejos de verdade apareciam, como o sol espiando de trás de uma cortina de névoa. Ele designava a mim uma matéria sobre um ferreiro que fazia facas de ostras artesanais, com cabos de nogueira negra e madrepérola entalhados à mão, ou quando voltei à minha mesa em uma tarde de sexta-feira, já atrasada para um *happy hour* do pessoal do escritório, encontrara uma cerveja Blue Moon gelada, sem tampa.

Era como se me enviasse uma piscada invisível do outro lado da sala, uma piscada que só eu podia ver.

— Tudo e mais um pouco.

Sabia que não deveria ter dito aquilo – não *desse* jeito, pelo menos. Sabia o que estava insinuando, como ele interpretaria o comentário: que *ele* era tudo e mais um pouco para mim. Mas saber que nós dois estávamos compartilhando uma lembrança daquele momento, no meio de um mar de pessoas que não entenderiam, fazia com que me sentisse mais atraída por ele do que nunca.

Era a constatação de que, mesmo tendo Allison – a linda, charmosa, agradável e divertida Allison –, ainda parecia se interessar por *mim*. Era isso que me fazia sentir leve, flutuando e, ao mesmo tempo, nauseada de pavor.

Na verdade, não queria sentir nada disso por ele. Honestamente, não queria. Aquele emprego era meu sonho. Era *meu*, enfim, e não queria fazer nada que colocasse isso a perder. Então, nas semanas seguintes, cada vez que passava pela sala dele, nem olhava para a porta, como uma pedra lançada sobre um rio cristalino. Tentava manter o foco. Fingia que não era ele sentado do outro lado. Tentava esquecer. Mas, no fundo, sabia que era tarde demais. Sabia que não havia nada que pudesse fazer para impedir tudo isso. Era inevitável, Ben e eu. Tínhamos química. Uma reação havia começado – uma fagulha que se acendeu – e em breve nós dois a estaríamos soprando suavemente, fazendo a chama aumentar.

Transformando uma centelha em um incêndio completo.

# CAPÍTULO
# VINTE E UM

Ignoro a mensagem de Kasey e decido escrever para Waylon. Afinal, se Dozier não vai me ajudar a investigar o vizinho e aquele homem na varanda, sei que Waylon vai.

"*Ocupado?*", escrevo, e segundos depois meu celular está tocando, o nome dele na tela.

— Oi — respondo, uma animação incomum na voz. — Que rápido.

— É, eu estava pensando se poderia passar aí antes de pegar a estrada. Para me despedir.

— Despedir? — Minha voz revela o pânico.

— É sexta-feira — explica, hesitante. — Reservei o hotel até hoje. Preciso voltar para casa.

— Ah — digo, sentindo meu peito esvaziar. — Certo. Mas nós não... não *encerramos* por aqui, não é? Você não mudou de ideia?

Esse pensamento me deixa subitamente frenética: a ideia de, depois de perder tudo, agora perder isso também. É claro, não seria a primeira vez que uma tentativa de encontrar respostas me deixa de mãos vazias, mas, por alguma razão, essa vez parece diferente, importante. A coisa mais importante que me resta.

— Não, não — fala, depressa. — É claro que não. Vou continuar trabalhando de casa, fazendo algumas entrevistas por telefone. Vamos manter contato, e gostaria de voltar... em algumas semanas, talvez?

Silêncio. É como se Waylon estivesse esperando que eu dissesse alguma coisa.

— Só não posso ficar aqui por tempo indeterminado, sabe? — acrescenta, constrangido. — Recebo algum dinheiro de anunciantes, mas fora isso eu que banco tudo. Esses hotéis não são baratos.

— Pode ficar aqui — Eu o interrompo antes mesmo de perceber o que estou fazendo, o que estou dizendo. — Na minha casa. No quarto de hóspedes.

O silêncio é mais longo do que o esperado.

— É muita generosidade — responde, depois de alguns instantes. — Mas não posso... não posso aceitar. Não quero incomodar...

— Não é incômodo nenhum, de verdade. — Minha cabeça gira enquanto as palavras saem da boca; sei que é uma má ideia, mas não consigo me conter. Tudo isso me faz lembrar daquela primeira noite com Ben à beira-mar; a mentira sobre abrir ostras, que inventei do nada porque estava cansada de ficar sozinha. — Tenho essa casa inteira só para mim. Não faz sentido gastar seu dinheiro quando tenho todo esse espaço.

Waylon fica quieto de novo, e quase consigo ouvir seus pensamentos. O esforço para encontrar uma desculpa, talvez. Um jeito delicado de dizer que o que estou sugerindo é loucura – que mal nos conhecemos. Somos praticamente estranhos. Sei que existe um tom de desespero em minha voz e, em algum nível, quero abrir a boca e retirar a oferta que fiz – dizer que ele está certo, que podemos fazer tudo por telefone, mas, em um nível mais profundo, não quero que vá embora.

Não quero ficar sozinha. Não agora. Não de novo.

— Tudo bem — diz, por fim. — Tudo bem, se não se incomoda mesmo, eu aceito.

— Não me incomodo — confirmo, uma mistura de alívio e medo me invadindo. Mas, ainda assim, a ideia de outra pessoa em minha casa, em minha vida, faz o peso em meu peito diminuir um pouco. — Por que não vem para cá e se acomoda? Fique à vontade.

Desligamos o telefone, e vou até a cozinha, abro a geladeira e examino o que tem nela. É claro, sei como é dividir espaço com um homem, mas estou sozinha há seis meses, e vamos precisar resolver algumas coisas: fazer compras, cozinhar, dividir o espaço no refrigerador e ter privacidade; o tempo que pretende ficar, o que seria aceitável. O que não seria. Estou pensando que preciso liberar espaço para ele na despensa quando bato o olho em uma pilha de correspondências esquecidas sobre a bancada.

Vejo o cartão dos meus pais de novo, aquele cheque ainda intocado em cima dele. Pego o cartão, observo o buquê de margaridas na capa. O interior em branco.

*A cara deles*, penso, jogando o cartão no lixo. Meus pais e eu nunca soubemos muito bem o que dizer uns aos outros. Pelo menos, não há algum tempo.

Pego o cheque, dobro-o ao meio e o guardo na bolsa. Sei que vou fazer o depósito em algum momento – e nem posso demorar muito, já que não tem nenhum dinheiro entrando –, mas até lá não quero olhar para ele. Não quero pensar nele. Para mim, aquilo é dinheiro sujo. Um pagamento pelo silêncio prolongado – e sei que não é o meu silêncio que estão comprando.

É o deles.

# CAPÍTULO VINTE E DOIS

ANTES

Margaret sobe na cama primeiro, ainda com o cabelo molhado cheirando a xampu de lavanda. Tomamos um banho frio esta noite, entrando bem devagar na banheira, sentindo as pernas formigarem ao primeiro contato com a água gelada.

— Vai demorar muito? — Margaret perguntou. Papai estava mexendo no ar-condicionado desde que chegou em casa, algumas horas antes, mas ainda não havia terminado de consertá-lo. Eu o ouvia resmungando vários palavrões enquanto mexia nas ferramentas, as mangas da camisa social enroladas até os cotovelos. O colarinho úmido de suor. — Está muito quente.

Mamãe se virou para nós, o cotovelo apoiado na beirada da banheira. Seus cachos estavam presos em um rabo de cavalo que caía sobre um ombro, as mechas se misturando e grudando no suor em seu peito. Pareciam as algas que eu às vezes via crescendo no fundo do píer, esverdeadas e finas, como fios de cabelo pulsando com as ondas. Quando eu era mais nova, pensava que havia um corpo preso embaixo delas, com moluscos no lugar da pele.

— Não muito — mamãe disse, deslizando os dedos pela superfície da água do banho. Pegando um punhado de espuma aglomerada que lembrava a espuma do mar flutuando em um dia de muito vento. — Logo estaremos confortáveis.

— Até amanhã de manhã?

— Claro. — Sorriu. — Até amanhã de manhã.

Depois do banho, vestimos as camisolas iguais, bordadas com pequenas margaridas amarelas, o suor começando a verter dos poros imediatamente, como se nossa pele fosse uma esponja espremida. O calor está sufocante, ainda mais dentro de casa. Parece que estamos presos em um forno.

Mamãe tira o edredom da cama, jogando-o no chão, e Margaret pula no colchão. Eu me aproximo da janela, tiro o trinco e a abro. Sinto na hora o cheiro do pântano, aquele fedor pré-histórico, embora não esteja tão forte quanto de costume. A água cintila em nosso quintal, mais profunda que o habitual, e é então que noto uma lua cheia refletida em sua superfície, como se existisse um globo qualquer submerso ali. A intensidade desse brilho espalha uma luz sinistra em nosso quintal – algo escuro e radiante ao mesmo tempo – e me lembro de meu pai ter falado sobre isso uma vez. O nome é maré viva. Quando terra, lua e sol estão em perfeito alinhamento, algo extremo acontece.

Eu me viro e vejo Margaret aconchegada na cama, encolhida como um tatu-bola. Ela parece pequena nessa posição, compacta. Sei que dormir na mesma cama só vai servir para nos deixar com mais calor, mas também sei que a mente de Margaret é seu pior inimigo. Minha irmã se sente mais segura quando tem companhia.

— Não esqueçam de rezar — minha mãe avisa, sentada na beirada do colchão. Eu me deito na cama, ao lado de Margaret, e sinto o calor de seu corpo aquecendo o lençol. Ela está abraçada na boneca, aqueles olhos fixos penetrando minha alma. — Minhas duas lindas meninas.

— Esqueceu Ellie — Margaret reclama, fazendo biquinho.

Olho para minha mãe e registro sua expressão – os olhos cansados e o sorriso caído; aqueles dedos finos e delicados que tocam o lábio sob a pele suada, como se estivesse tentando conter alguma coisa, impedindo as palavras de sair.

— Sim, é claro — diz mamãe, e pigarreia. — Não podemos esquecer Ellie.

Margaret sorri, fecha os olhos com força e une as mãos, os dedos rígidos como se estivessem colados.

— *Agora que me deito para dormir, oro ao Senhor para minhas preces ouvir.*

Dou uma olhada no termostato brilhando no canto, vejo a coluna que marca a temperatura subindo – vinte e nove, trinta, trinta e um – e penso até onde poderia chegar. Quanto ainda conseguimos suportar.

Depois olho de novo para Margaret, que continua de olhos fechados.

— *Se antes de acordar eu morrer, peço ao Senhor para minha alma receber.*

Minha mãe sorri, beija cada uma de nós na testa e apaga meu abajur antes de se levantar e sair do quarto. Ficamos no escuro, envoltas pelo manto da noite, mas ainda estou olhando para Margaret. Para a forma como o luar entra pela janela como um holofote, lançando sua luz diretamente sobre ela.

# CAPÍTULO VINTE E TRÊS

## AGORA

No início, é estranho ter Waylon em casa, como se o companheirismo confortável que construímos durante a semana se dissolvesse assim que atravessou a porta. Passamos as primeiras duas horas pisando em ovos, nos evitando, como amantes de fim de noite que esqueceram o nome um do outro.

Ele se ofereceu para preparar o jantar de hoje, uma forma de agradecimento, penso, por ter sido recebido em minha casa. Foi fazer as compras mais cedo e, quando começou a cozinhar, retomamos a camaradagem descontraída que senti durante toda a semana. Acho que é a maneira como fico relaxada na cozinha, observando Waylon se mover de um lado para o outro, cuidando das frigideiras borbulhantes e da água fervente. Cozinhar é um fardo quando se faz por obrigação – não pelo sabor ou pela apresentação, apenas pela sobrevivência –, mas quando você acrescenta outra pessoa à situação, vira atividade, passatempo. Prazeroso, até. Uma intimidade na rotina.

— Tinto ou branco?

Waylon tira duas garrafas de vinho de uma grande sacola de papel e ergue ambas no ar. Aponto para o tinto, e ele concorda com a cabeça, removendo a rolha e servindo uma dose razoável em uma taça, que empurra em minha direção.

— Obrigada. — Seguro a taça pela haste. Um silêncio relaxado se prolonga entre nós enquanto ele desembala o restante das compras, e me pego pensando em como nos conhecemos naquele avião; o contraste bizarro entre *antes* e *agora*. Nunca teria imaginado que, em apenas uma semana, estaríamos aqui: não mais desconhecidos, mas parceiros. Talvez até amigos.

— Que caso você solucionou? — pergunto, me lembrando disso de repente. — Você mencionou que resolveu um caso arquivado. No avião.

— Ah, é verdade. Outro caso de criança desaparecida.

Ele desvia o olhar enquanto pica alguns dentes de alho, e me pergunto se está evitando me encarar por algum motivo. Se é porque sabe que não vou querer ouvir a sequência dessa história.

— Esse caso se arrastava há trinta anos — Waylon continua, depois de um silêncio prolongado. — A família *não* tinha respostas. Nenhuma. Não havia pistas. Mas conseguimos descobrir a verdade.

— E o que aconteceu?

Ele me encara, e vejo em seus olhos um pedido de desculpas.

— Ela morreu — diz, com um torpor prático. — Foi levada por um guarda de trânsito da cidade. Ele a manteve no porão de casa por alguns meses antes de matá-la e enterrá-la na floresta.

Engulo em seco, olhando pela janela na direção da casa do vizinho.

— Como o encontrou?

— Achamos uma testemunha. — Waylon serve vinho em sua taça. — Outra criança que viu ela ser levada. Na época, esse menino ficou apavorado. Devia ter uns sete anos, então nunca contou para ninguém. Conversei com todo mundo naquela cidade, *todo mundo*, até que o encontrei.

— Então, o quê... depois de trinta anos, a polícia simplesmente acreditou no depoimento de uma testemunha que estava no segundo ano do fundamental quando tudo aconteceu?

— Não. — Suspira. — Mas dei a dica, e eles conseguiram um mandado. Revistaram a casa dele – Guy Rooney, era esse o nome do homem. Morou no mesmo lugar durante toda a vida adulta, desde que se divorciou na década de setenta, e encontraram algumas... *coisas*... no porão. Coisas dela que ele guardava.

Assinto com a cabeça, mordendo a boca por dentro, ainda com os olhos na janela. O céu começa a mudar de cor, pinceladas de preto e azul que lembram um hematoma.

— Ele confessou na hora — Waylon continua. — Levou os policiais ao bosque, quase como se estivesse aliviado por ter sido descoberto. Por tirar aquilo do peito. Depois de todos esses anos, ele ainda lembrava onde estava o corpo. Onde a tinha enterrado.

— E ninguém nunca suspeitou? — pergunto. — Ninguém imaginava o que acontecia naquela casa?

— Não, nunca — responde Waylon. — Isso é o mais assustador. Ele e a ex tinham um ótimo relacionamento, dividiam a educação dos filhos. Ela até se lembra de ter estado lá uma vez e notado que a porta do porão estava trancada com cadeado. É provável que a menina ainda estivesse lá... mas ela nunca pensou em nada disso, sabe como é.

Estremeço, tentando não imaginar o que seria pior: não ter uma solução para o caso de Mason ou ter uma solução como essa. A história me deixa ainda mais curiosa sobre meu vizinho e aquele homem na varanda; deve ter algum motivo para ele ter se comportado daquele jeito hoje de manhã. Para não me querer perto da casa dele. Para os dois terem se recusado a falar comigo, e para ele ter ido na vigília segunda-feira, observando tudo a distância.

— Mas chega de falar sobre isso — Waylon decide, mudando de assunto. — Vamos comer primeiro. Espero que goste de frango marsala, é minha especialidade.

— Você tem uma especialidade? — pergunto, bebendo um pouco do vinho. Ainda estou pensando em como abordar o assunto do meu vizinho; sei que, sem nenhuma prova concreta, um registro de antecedentes ou até um nome, isso não passa de uma sensação. Um instinto. — Então não me peça para cozinhar para você. Minha especialidade é espaguete. Nuggets de frango, quando me sinto mais requintada.

Waylon olha para mim e sorri, mas é um sorriso triste. Tenho certeza de que está pensando em Mason. O tipo de jantar que eu costumava fazer para ele: salsicha picada e macarrão com queijo, comidas fáceis de servir em pratinhos de plástico com divisórias para impedir que se misturassem.

— Receita de família, na verdade — continua. — Não posso levar muito crédito. Sou italiano.

— Italiano — repito, brincando com a taça. — Não sei bem o que sou, para ser honesta. Sulista? Isso conta?

— Acho que sim. — Ele pega uma frigideira e a sacode um pouco, espalhando na cozinha o aroma de alho e azeite de oliva, orégano, cebola e sal. — Sua família sempre esteve aqui, então?

Olho para ele. Cada vez que menciona meu passado, minha família, é de um jeito muito casual – como se não se importasse em conhecer a história e, em vez disso, apenas quisesse me conhecer. Ainda não sei se é genuíno, se *realmente* não sabe, ou se apenas finge bem. Queria descobrir.

— É — respondo. — Mas tenho certeza de que você já sabia disso.

Ele parece surpreso, como se fosse se desculpar, mas, antes que consiga dizer alguma coisa, dou uma gargalhada e bebo mais um gole de vinho.

— Estou brincando. Sim, nasci e cresci em Beaufort. Meu pai também, e o pai dele, e o pai do pai dele. Até onde se pode chegar, acho. Os Rhetts eram como a realeza naquela cidade.

Tenho certeza de que ouviu o *eram*, o uso intencional do verbo no passado, mas não faz perguntas.

— O que te trouxe a Savannah?

— Vim por causa de um emprego — conto, e me acomodo melhor na cadeira. Agora estou ficando mais à vontade, essa conversa descontraída em minha própria casa é algo que parecia tão distante nos últimos tempos, tão alheia. Senti falta disso. — Mas fiquei por causa de um rapaz, por mais idiota que possa parecer.

— Ben?

— Sim, Ben.

— Como vocês se conheceram?

— Nesse emprego. — Dou uma risada, olhando pela janela de novo. Não consigo deixar de pensar que, se alguém passar pela minha casa e espiar pela janela iluminada, não vai ver só uma pessoa sentada à mesa, comendo sozinha. Vai ver duas pessoas. — Ele era meu chefe. Como pode ver, sou um clichê ambulante.

— Eu não ia dizer isso. — Waylon sorri.

— Mas não nos conhecemos no trabalho — acrescento. — Nós nos conhecemos antes.

— E você se demitiu do trabalho para ficar com ele?

— Mais ou menos isso. Parece horrível quando você coloca nesses termos.

— Gostava do trabalho?

— Amava. Mas amava ele também.

Waylon joga alguns cogumelos na frigideira, e ela assobia, ganhando vida. Ficamos quietos por um tempo, e observo enquanto ele cozinha, misturando vinho Marsala, caldo de galinha e creme de leite. As pessoas sempre me julgam quando descobrem isso – e para ser franca, se tivesse acontecido com outra pessoa, eu também julgaria. Nunca pensei em mim como *esse* tipo de garota: o tipo que se diminui de propósito para se encaixar na vida de outra pessoa.

Mas não foi assim com Ben. Não foi.

Nunca pensei no que tínhamos como um caso. Era uma palavra forte demais – muito suja, *errada* — e acho que era porque o relacionamento que começou a se desenvolver entre nós estava em algum lugar nebuloso: não era exatamente errado, mas também não era certo, com toda a certeza. Era algo que desafiava definições, algo que só nós podíamos entender. Não cruzamos nenhuma linha concreta; não quebramos nenhuma regra. Nunca fizemos sexo – nem nos beijamos, exceto naquela noite no rio, o que, na minha cabeça, nem contava.

Nunca me vi como *a outra* em relação ao Ben, porque eu não era – mas, ao mesmo tempo, era. Sei que era.

Para Allison, era. Ou pelo menos teria sido, se ela soubesse.

Agora parece ingênuo, talvez intencional, mas, aos vinte e cinco anos, tinha uma ideia formada na minha cabeça sobre o que era *traição*, e ela praticamente reproduzia o conceito apresentado na TV a cabo: quartos baratos de motel pagos em dinheiro vivo, celulares pré-pagos, encontros clandestinos que terminavam em vergonha, lágrimas e mentiras. Mas não era assim com Ben, nunca foi. Era tomar café juntos todas as manhãs, os rostos muito próximos em nosso café favorito. Decorar os pedidos um do outro e escrever apelidos no copo. Eram as piadas internas e as conversas que duravam horas, alternando sem esforço entre papos superficiais e o compartilhamento dos pensamentos mais íntimos, dos desejos mais profundos, como se nos conhecêssemos há anos, não há meses. Dividir um coquetel depois do trabalho, quando todo mundo já tinha ido para casa, seguido de uma troca de mensagens tarde da noite – *não consigo dormir* –, a indicação implícita de que ele estava deitado ao lado dela, acordado, mas ainda pensando em mim. De certa forma, a natureza inocente do nosso relacionamento o tornava ainda mais íntimo, mais real. Era como um amor da adolescência que ainda não tinha sido manchado pelo sexo, algo inocente e puro. Não me fazia pensar se o aspecto físico era tudo que ele buscava, tudo que importava. Não me fazia questionar se ele era apenas aquele tipo de homem – *um traidor* – e não me obrigava a me olhar no espelho e decidir se eu gostava do que via.

Na época, parecia quase nobre, para ser honesta: a recusa de Ben em avançar para a proximidade física. Como naquela primeira vez à beira d'água, ele foi embora e continuou se retirando sempre, todas as vezes. Eu ficava obcecada com a forma como sua boca pairava a centímetros da minha quando conversávamos; o jeito como ele recuava ligeiramente, lambendo os lábios como se tentasse sentir meu gosto no ar entre nós. O jeito como olhava por cima do ombro uma última vez quando saía do escritório à noite, me observando atrás da mesa e gravando minha imagem em seu cérebro antes de ir para casa, para ela. Tudo isso fazia Ben parecer um homem, um homem nobre.

O tipo de homem que, se eu pudesse *ter*, sempre me trataria bem.

É claro que, na época, não percebi a ironia: ele não era um bom homem para Allison, me seduzindo daquele jeito. Não a estava tratando bem. Mas, na minha cabeça, aquilo era diferente. *Ela* era diferente. Eles não tinham o que nós tínhamos.

*Eles* não eram *nós*.

Porém, subestimei uma coisa: o perigo de deixar que ele preenchesse cada brecha na minha vida. Ele era como água, invadindo e se infiltrando nos espaços vazios. Era minha vida pessoal e minha vida profissional – ele era *tudo* para mim –, mas, no fundo, eu sabia que não era tudo para ele. Sabia que, apesar do que tínhamos, Allison ainda tinha mais. Tinha o sobrenome dele, afinal. Uma aliança no dedo. O corpo dele na cama. Passei a pensar nele como um livro de biblioteca, que só fazia parte da minha vida durante o tempo do aluguel. Algo de que poderia desfrutar por algumas horas, aninhada e confortável, devorando o máximo que podia dele antes que nosso tempo acabasse. E como ele não era meu, eu não podia fazer anotações nas margens ou escrever meu nome na lombada; não podia deixar nele minha marca, não de maneira visível. Às vezes, quando se levantava da banqueta no bar – o ambiente ao nosso redor escuro e silencioso, seu copo vazio –, eu o sentia me bebendo devagar, como se sorvesse sangue de uma ferida aberta.

Quando ele abria a porta e mergulhava na noite, eu ficava com um vazio esmagador, como se tivesse deixado de existir.

— Passei a trabalhar como freelancer — conto a Waylon, tentando fazer a escolha parecer empolgante. Tentando convencê-lo de que trabalho, na verdade. — Passei a escrever para todo tipo de publicação. Até viajei um pouco, conheci diferentes regiões do país.

Waylon assente, despejando o conteúdo de um pacote de massa na água fervente.

— É bom ser autônomo. — Seu tom é educado, contido, como se falasse sobre o clima. — Trabalhar por conta própria. Tem uma liberdade nisso.

— Ben era casado quando nos conhecemos — disparo e olho para o lado. Não quero ver a expressão no rosto dele, o julgamento em seus olhos. Não quero contar isso a ele, não de verdade – não é algo de que me orgulho –, mas sei que vai acabar descobrindo, se é que já não descobriu. Vai conversar com meus amigos e vizinhos. Com o detetive Dozier. Prefiro que saiba por mim. — Mas eu não... nós não, você sabe. Não ficamos *juntos* quando eles estavam juntos.

— Eles se divorciaram? — Sua voz é firme, clara. Agora estamos falando sobre coisas pessoais, passando com rapidez de uma conversa amena para algo mais profundo. Nenhum de nós olha para o outro.

— Não — respondo, deixando o silêncio se prolongar por um instante longo demais. Depois olho para ele e respiro fundo. — Ela morreu.

# CAPÍTULO VINTE E QUATRO

Ben não aparecia no escritório havia três dias.

Estava começando a me preocupar, pensando se isso tinha a ver comigo. Talvez alguém tivesse descoberto – *mas descoberto o quê, exatamente? Não fizemos nada de errado* – ou ele estava arrependido, me evitando. Tentando descobrir como acabar com essa coisa que havíamos começado, o que quer que isso fosse. Não respondia às minhas mensagens; não tinha me contado sobre férias imediatas. Não havia nenhuma viagem de trabalho na agenda.

Tudo que eu sabia era que na segunda-feira ele estava lá. E depois não estava mais.

— Ficou sabendo?

Kasey passou por minha mesa com um lápis preso atrás da orelha. Desviei o olhar da porta fechada da sala dele, da escuridão das janelas lá de dentro, e olhei para ela, sentindo o pânico se espalhar em meu peito. Kasey sempre teve aquela expressão fácil de ler. As emoções apareciam entre as linhas de seu rosto como anotações em um pedaço de papel, e nesse momento elas me diziam que havia acontecido alguma coisa.

— Não — respondi. — O quê?

— Allison morreu.

— O quê?

— Allison Drake. Esposa do Ben. Ela *morreu*.

— *O quê?* — arfei, levando a mão ao peito como se tivesse sido atingida por um tiro.

— É isso. Ela morreu.

— *Como?*

— Suicídio — sussurrou no meu ouvido. Seu hálito era morno e terroso, como sempre que ela bebia café puro. Talvez fosse isso que tivesse feito a manhã toda – se entupido de cafeína enquanto fazia a ronda no escritório, espalhando a última fofoca como uma jornalista importante, revelando os fatos que ficava sabendo primeiro. — Ou overdose acidental. De qualquer maneira, foram comprimidos. Tipo, uma tonelada deles.

Senti as palavras coagularem na garganta; abri a boca, tentei falar, mas não saiu nada. Kasey levantou as sobrancelhas, abaixou o queixo.

— Horrível, não é?

— Não pode ser verdade — respondi. — Por que ela...?

— Pois é — Kasey me interrompe, balançando a cabeça. — Não faço ideia. Devia ter algum problema que a gente não sabia. Às vezes isso acontece com as donas de casa. Muito tempo livre.

Invoquei a única lembrança real que tinha de Allison: nós duas naquele terraço, ela tocando meu braço enquanto Ben se mantinha de lado, nos observando. O jeito como se inclinou para mim, compartilhou um segredo e piscou. Despertou em mim a sensação repentina de fazer parte de algo especial.

— Ela parecia feliz.

Assim que disse isso, me senti uma idiota. Sabia que aquele momento que compartilhamos não era suficiente para que a tivesse conhecido – conhecido *de verdade* –, mas o que realmente pensava era: como ela poderia *não* ser feliz? Allison tinha Ben.

Kasey deu de ombros.

— Todos nós temos segredos.

Vi quando ela se afastou, deu alguns passos até a próxima fileira de mesas e se inclinou, voltando a cochichar. Depois olhei para a sala de Ben e pensei nas vezes que imaginei os dois juntos: Ben e a esposa dele. Todas as noites, depois que nos despedíamos, eu entrava no meu apartamento e aquele vazio fazia com que me sentisse ainda mais solitária que o normal. Sentava-me na bancada da cozinha ou me encolhia em minha banheira minúscula, a água morna que mal tocava meu peito, e ficava imaginando o que estariam fazendo naquele exato momento: bebendo um coquetel na varanda, talvez, ou cozinhando alguma coisa sofisticada para o jantar, enquanto eu esquentaria uma refeição congelada que há muito tempo estava esquecida no freezer. Imaginava os dois transando sobre bancadas caríssimas de granito enquanto a água fervia e transbordava no chão. Aquilo tudo me dava vontade de gritar.

Mas, naquele momento, uma constatação se alojou em meu estômago como vômito engolido, estragado e azedo: eu não sabia nada sobre ela. Não sabia nada sobre *eles*. Os detalhes íntimos da vida dos dois eram um completo mistério para mim, e agora Allison estava morta. A esposa de Ben estava *morta*. O que significava que Ben agora era viúvo.

*Todos nós temos segredos.*

Fiquei me perguntando o que Kasey quis dizer com isso, o que estava sugerindo. Se estava insinuando que *Allison* tinha segredos – um problema com remédios, uma dependência química, algo que a levou a tirar a própria vida; uma depressão que saiu do controle, guiando a mão que abriu o frasco enquanto Ben estava trabalhando – ou se estava sugerindo que *outra pessoa* tinha segredos. Segredos que talvez ela tivesse descoberto.

Segredos com os quais não suportou mais viver.

# CAPÍTULO VINTE E CINCO

O clima muda quando menciono Allison, sua morte. Como quando os cachorros começam a choramingar ao sentir a aproximação de uma tempestade, sentindo o perigo iminente. A eletricidade no ar.

Waylon serve a comida, os olhos voltados para baixo conforme entra na sala de jantar e deposita um prato na minha frente.

— Parece delicioso — digo, e pego o garfo. — Obrigada.

— Não foi nada. — Ele se senta na cadeira ao meu lado, desdobra o guardanapo e o coloca no colo. Depois suspira, olha nos meus olhos. — Então, isso é barra pesada.

— Sim — concordo e espeto um cogumelo. — Foi horrível.

— Suicídio?

Pego um pouco de massa, girando o garfo sem desviar os olhos do prato.

— É, acho que sim. Ou uma overdose acidental, nunca foi determinado. Não encontraram bilhete, nada.

— O que acha que aconteceu?

Deixo o garfo cair, e o barulho do metal contra o vidro faz Roscoe pular sob a mesa, sacudindo minha cadeira. Olho para Waylon e encontro seus olhos grandes me encarando.

— Se tivesse que arriscar um palpite — insiste.

— Não sei. — Respiro fundo, tento estabilizar as mãos. Por algum motivo, estão tremendo. Um tremor leve. Talvez seja a conversa sobre Allison, a culpa que sempre senti em relação à morte dela. Ou talvez eu esteja com fome, só isso; muita cafeína de estômago vazio. — Se *tivesse* que opinar, diria que foi acidental.

Não sei se acredito nisso, mas, por alguma razão, essa hipótese faz com que eu me sinta melhor.

— E Ben?

— Ele nunca realmente me contou o que pensa — respondo, e é a primeira vez que me dou conta disso. — Nunca falamos muito sobre ela, e eu nunca quis perguntar. Mas ele ficou arrasado, claro.

— Hum. — Waylon olha para o prato de novo. Dou uma olhada para ele e noto a maneira como está mexendo na comida, como se tentasse dissecá-la.

— Enfim, só quis te contar — resumo. — Antes que ficasse sabendo pelos vizinhos. Ou pelo detetive Dozier.

— Sim — diz. — É, obrigado. É bom saber.

— Mas não houve suspeita de qualquer crime ou algo assim. Quero que saiba disso também. Foi um caso simples, solucionado.

— É que... — Ele para, parece considerar se deve ou não continuar, concluir o pensamento. Por fim, desembucha. — Você nunca pensou que a morte dela foi muito... conveniente?

— Como assim? — pergunto, mesmo sabendo o que quer dizer. Só quero ouvi-lo dizendo.

— É que, bom... É complicado. Ele tinha um caso...

— Não era um caso.

— Havia outra mulher. E então a mulher dele morre em circunstâncias suspeitas...

— Não teve nada de suspeito. Foi uma overdose.

— ... e agora o *filho* dele desaparece em circunstâncias suspeitas, e vocês dois não estão mais juntos...

— Ok — falo, colocando o garfo sobre o prato com todo o autocontrole. — Olha, entendo que fazer perguntas é seu trabalho, mesmo. Mas Allison teve uma overdose. Acontece. E Ben e eu nos separamos porque nosso mundo desabou, entendeu? Éramos felizes antes de Mason ser levado. Estávamos *bem*.

Encaro Waylon, desafiando-o a insistir. Vejo seu lábio tremer – como se estivesse à beira de retaliar, de fazer outra pergunta que não posso responder –, mas, em vez disso, ele contrai a mandíbula, como se tivesse que se controlar fisicamente para não falar.

— É difícil para um casal sobreviver a uma coisa dessas — continuo, regurgitando as palavras do dr. Harris. Como se o fato de ele as ter dito fizesse delas um fato. — É difícil para uma *pessoa* sobreviver a uma coisa dessas.

— Tudo bem, me desculpa. Você tem razão.

Comemos em silêncio, o barulho dos talheres amplificando a quietude desconfortável que se instalou na casa.

— Conte alguma coisa sobre Mason — Waylon diz, mudando de assunto. Parece intencional, como se quisesse sair desse assunto delicado e ir para outro melhor, mais leve. — Algo pessoal.

Olho para a mesa e lembro que ainda ontem havia sobre ela todo aquele equipamento piscando entre nós. A experiência me fez pensar naqueles primeiros depoimentos gravados na delegacia, no gravador antiquado de fitas cassete com rodinhas que giravam como olhos. No detetive Dozier na direção oposta, e em como andava de um lado para o outro tentando me desestabilizar.

— Vejamos — digo, pegando a taça e girando a haste entre os dedos. — Ele ama dinossauros. É obcecado por eles, na verdade. Temos aquele livro...

— Isabelle — Waylon me interrompe, inclinando-se sobre a mesa. — Alguma coisa pessoal.

Mordo a língua, sentindo o coração bater forte no peito. Estou acostumada a calcular minhas colocações, tentando agradar quem quer que seja meu interlocutor – dizendo apenas as coisas certas, as coisas *boas* – e, ainda assim, isso nunca parece importar. No entanto, Waylon parece enxergar através disso. De algum jeito, sabe quando não estou sendo cem por cento sincera. Quando tenho algo mais a dizer.

Olho para ele de novo, para a bondade em seus olhos, e me pergunto se dessa vez poderia ser diferente.

— Honestamente? — pergunto. — Era duro. — A admissão é como soltar o ar depois de passar muito tempo prendendo a respiração.

— Como assim? — questiona.

— Ele sofria muito com cólicas quando era bebê, estava sempre chorando. Nada o acalmava. *Nada*. Eu passava muito tempo em casa, sozinha, enquanto Ben estava no trabalho, e lembro que havia momentos, durante aquelas primeiras noites...

Paro, decidindo que talvez não seja do meu interesse ser honesta *demais*. Ainda não, pelo menos. Descrever a maneira incomum como Mason veio ao mundo ou o pânico daquelas madrugadas é revelar muitos detalhes. O desespero que se espalhava em meu peito quando ficávamos sozinhos no escuro, seu corpinho se contorcendo em meus braços, os membros como gravetos que podiam se partir com facilidade. Ainda me lembro daqueles pensamentos turvos, insones; o tipo de reflexão que nem parece real. O tipo que nenhuma mãe jamais admitiria para si mesma, muito menos em voz alta. Mason berrava à noite, e eles apareciam de repente, *violentamente*: fantasias sombrias sobre tudo que eu poderia fazer para ter silêncio. E eu as deixava entrar, mesmo que só por um segundo. Deixava-me entreter por um instante – mas, depois, pela manhã, as ignorava de novo, fingia que nunca tinham estado ali. Sentia o rosto queimar de vergonha quando o tirava do berço e o cobria de beijos, empurrando os pensamentos tenebrosos para o fundo da mente, onde viviam outros sentimentos banidos: cruéis e noturnos, encolhidos naquela caverna úmida do subconsciente, à espreita até que o sol se pusesse mais uma vez e fosse seguro sair do esconderijo.

— É difícil — continuo. — Ser mãe. Não é o que a gente espera que seja.

Ninguém te previne contra o rancor que surge à noite, quando você tem que funcionar depois de dormir apenas duas horas.

Ninguém fala sobre o ressentimento que você começa a sentir pela pessoa que criou. Uma pessoa que depende de você para tudo.

Uma pessoa que nunca pediu por nada disso.

Waylon se ajeita na cadeira, pouco à vontade, antes de beber um grande gole de vinho e voltar sua atenção para o prato. Tenho certeza de que estava imaginando algo diferente: uma daquelas lembranças cor-de-rosa que as mães compartilham com os olhos cintilantes, fazendo todo mundo se sentir insuficiente. Não sei o que me levou a falar sobre isso – a intimidade desse jantar, talvez, de compartilhar uma refeição com alguém em minha própria casa, pela primeira vez em meses. Ou talvez seja porque Waylon foi a primeira pessoa que realmente me ouviu em muito tempo, que *acreditou* em mim, e estamos pisando em ovos em torno desse tipo de honestidade crua desde aquele dia no avião, quando ele colocou o cartão sobre meu joelho.

Seja o que for, a sensação é boa, a de reconhecer a verdade, embora eu saiba que isso não é o que as pessoas querem ouvir. A sensação de ser honesta.

Finalmente, alguma coisa honesta.

O fato é que nunca fui capaz de ser honesta. Nem com Ben, nem com meus pais ou com as outras mães na creche – *em especial,* com as outras mães. Antes mesmo de Mason ser levado, antes de conhecer Ben, sempre tive segredos, e os engolia cada vez que o arrependimento subia como bile por minha garganta. Aprendi depressa que, quando as pessoas perguntavam como eu estava, como estava *aguentando*, não queriam realmente uma resposta – pelo menos não uma resposta real –, então eu apenas ignorava aquela tensão que travava a mandíbula, a ameaça das lágrimas iminentes, e forçava um sorriso, oferecendo a elas a resposta que sabia que esperavam: que tudo estava indo bem, tudo estava ótimo.

Na verdade, não. Estava tudo *perfeito*.

# CAPÍTULO
# VINTE E SEIS

Horas depois, Waylon e eu ainda estamos na sala de jantar, a mesa afastada para podermos sentar no chão e olhar para a parede. Entre nós está a pasta do caso de Mason, ao lado de duas garrafas de vinho – vazias. Desde então, passamos para os destilados: um uísque com gelo para ele e, para mim, uma vodca soda com uma fatia de limão.

— Nunca deixou uma chave reserva do lado de fora? — pergunta. É tarde, quase uma da manhã, e sua voz soa um pouco arrastada, como se a língua estivesse dormente. As pálpebras dele estão pesadas e, embora eu tenha certeza de que o álcool não está ajudando muito seu estado geral, acho que ele está sobretudo cansado. Precisa dormir. — Uma cópia que alguém possa ter tomado conhecimento?

— Não. — Balanço a cabeça. — Ben nunca concordou com isso. Desde que nossa cópia desapareceu do capacho.

Waylon levanta as sobrancelhas, mas eu balanço a cabeça de novo.

— Isso aconteceu há anos — digo. — Mason tinha uns seis meses de idade.

Waylon abaixa a cabeça, assente, e eu ainda consigo lembrar como a marca do contorno vazio da chave fez meu estômago revirar. Ben foi categórico, garantiu que a tínhamos perdido – talvez tivesse caído do meu bolso em um dos passeios com Roscoe ou deslizado entre as tábuas do assoalho de madeira da varanda –, mas não adiantou. Aquilo nos apavorou: a ideia de que outra pessoa pudesse levantar aquele pedaço de tecido e entrar em nossa vida com tanta facilidade, quase como se a tivéssemos convidado. O incidente me fez perceber que éramos muito confiantes; que, com muita frequência, presumíamos que ninguém tinha a intenção de nos prejudicar. Que ninguém estava nos observando andar pela casa à noite, persianas abertas, as luzes de dentro iluminando cada movimento nosso. Que quando saíamos e trancávamos a porta, deixando a chave embaixo de um vaso ou atrás de uma pedra, ninguém iria pegá-la assim que nos afastássemos.

Que a violência não está sempre procurando uma porta de entrada – sempre aparecendo e bisbilhotando em nossa vida, procurando um ponto fraco onde cravar os dentes.

— E a babá eletrônica? — pergunta em seguida, e me viro para encará-lo.

— As pilhas acabaram. Lembra, eu contei...

— Sim, desculpa — diz, e esfrega os olhos. — O que quis perguntar é se o monitor guardava gravações anteriores. As imagens ficavam salvas? Como um sistema de segurança?

— Sim, ficavam. O monitor era conectado no wi-fi, então o vídeo era sincronizado com nossos celulares e com o notebook. Era tudo controlado por um aplicativo.

— Ainda tem essas imagens?

— Devo ter — respondo, falando devagar. A polícia havia pedido as imagens daquela noite, a noite em que ele foi levado, mas como as pilhas tinham acabado, não pude ajudá-los. Mas eles nunca pediram imagens *anteriores*, e eu nunca pensei em examiná-las. Não pareceu importante olhar o interior da casa. Eu passava o tempo todo olhando para o lado de fora. — Por quê?

— Só para o caso de ter alguma coisa para ver nelas — diz. — Nos dias anteriores ao sequestro. Nunca se sabe.

Assinto, me levanto do chão e vou pegar o notebook em cima da mesa. Levo o computador para perto de Waylon, que está bebendo mais um gole de uísque, inspecionando algo no fundo do copo. Abro o notebook, digito minha senha e localizo a pasta que contém as gravações antigas, enterradas no fundo do disco rígido. Há centenas de arquivos ali, todos organizados por data, cada um deles armazenando uma noite da vida de Mason.

— Acho que vou começar... uma semana antes? — pergunto. Ele dá de ombros, assente, então clico duas vezes no arquivo "Qui_fev_24_2022" e prendo a respiração enquanto espero o vídeo carregar.

Começa às seis da manhã, com Mason dormindo. O ar fica preso em minha garganta quando vejo, do canto do quarto onde a câmera está instalada, seu corpinho deitado, imóvel no colchão.

— Ele é fofo — diz Waylon, e olho por cima do ombro na sua direção, vendo que está olhando para a tela. Ele sorri para mim. — Cabeludo.

— É — confirmo, sentindo aquela ardência familiar nos olhos.

Depois de alguns minutos, ele começa a se mexer, e alguns segundos depois vejo a porta abrir lentamente. Entro no quarto, me debruço sobre o berço e o pego no colo. Beijo seu rosto, o balanço um pouco e o faço rir, antes de sair com ele e deixar o quarto vazio.

— Esperava que desse para ver a janela — diz Waylon, apontando para a tela. — Mas parece que não. Não desse ponto de vista.

— Não — confirmo. — A câmera está instalada atrás do berço, de frente para a porta. A janela fica ao lado do berço, não dá para ver.

Clico no timer na base do vídeo, avançando algumas horas de gravação do quarto vazio. Por volta do meio-dia, eu me vejo pôr Mason no berço para um cochilo, depois à noite, quando o carrego até a estante, escolho um livro e leio uma história para ele na cadeira de balanço do canto, embalando seu sono.

Ficamos em silêncio por um tempo até eu limpar a garganta tentando conter as lágrimas que ameaçam escorrer.

— Obrigado por isso — Waylon diz, em voz baixa. — Valeu a tentativa. Bom, vou dormir. E você deveria fazer o mesmo. Continuaremos pela manhã.

Balanço a cabeça para concordar com ele, ofereço um sorriso de boca fechada e o vejo deixar o copo na pia, atravessar o corredor e fechar a porta. Ouço os movimentos no quarto de hóspedes – ele afastando o cobertor, tirando a roupa – e espero até a luz se apagar, até ver a fresta embaixo da porta escurecer.

Olho de novo para o notebook – para Mason no berço. Poderia ficar horas vendo ele dormir.

Levanto-me com o notebook e me aproximo da mesa, sentando-me em uma das cadeiras. Clico sobre o timer e arrasto o ponteiro outra vez, acelerando as imagens da noite, vendo Mason se mexer em alta velocidade. O quarto vai ficando mais escuro, um brilho suave emanando da lâmpada noturna do canto, até que, de repente, começa a clarear de novo. O dia amanhecendo. Então, às seis da manhã seguinte, a gravação para.

Encosto na cadeira e penso no que acabei de ver. É muito simples – só um dia; apenas um dia normal, comum –, mas, ao mesmo tempo, tão difícil de processar. Às vezes é atordoante pensar em como minha vida é diferente agora. Como é solitária, com o quarto de Mason vazio, acumulando poeira; um esqueleto despido de vida.

Olho para o relógio na parede. Uma e meia da manhã. Olho de novo para o notebook e decido assistir a outro vídeo.

Clico em uma data aleatória, alguns meses antes da última gravação, e vejo mais uma vez minha vida se desenrolar diante de mim como um tapete velho e empoeirado, aberto depois de anos de negligência. Faço o mesmo que antes, vendo as partes onde Mason aparece e acelerando o vídeo nos outros trechos. Quando este termina, escolho mais um. Vejo Mason recém-nascido, muito pequeno, e decido avançar para a época em que aprendeu a se equilibrar no berço sobre os joelhos, cada vez mais forte. São esses os pequenos momentos que perdi – os momentos escondidos atrás de uma porta fechada, que aconteciam enquanto eu dormia –, mas agora não quero perder nenhum deles. Não quero perder nem um segundo.

Começo outro vídeo – este do início de dezembro, três meses antes de ele ser levado – e desta vez vejo Ben embalando Mason até ele pegar no sono. Sussurrando alguma coisa em seu ouvido, várias vezes, antes de se aproximar do berço e colocá-lo deitado de lado.

Eu o vejo se afastar, apagar a luz, e começo a adiantar o vídeo mais uma vez, pronta para ver o timer parar e o vídeo terminar – até que, de repente, percebo um movimento.

Pauso o vídeo e olho para o timer. Três e vinte e dois. Olho de novo para a imagem congelada, apertando os olhos para descobrir de onde vem o movimento, e então entendo: está vindo da fresta embaixo da porta. O movimento é no corredor.

Dou *play* e noto uma sombra sutil passando embaixo da porta, como se alguém estivesse andando do outro lado. Ben indo ao banheiro, talvez, ou indo pegar um copo de água. Mas então vejo a porta se abrir lentamente, e eu entro no quarto.

*Mason devia estar chorando*, penso, embora ele pareça dormir profundamente. Aumento o volume e não ouço nada além do som do equipamento, uma espécie de sussurro baixo, como aproximar uma concha do ouvido e ouvir o sangue correndo nas veias. Chego mais perto da tela, hipnotizada, e me vejo andando pelo quarto, chegando perto do berço... e então, de repente, eu paro.

— O que estou fazendo?

Falo em voz alta sem perceber, porque é muito estranho me ver desse jeito, parada no meio do quarto de Mason, imóvel... e então a memória volta com força total.

Cubro a boca com a mão para sufocar um grito.

— *O que eu estava fazendo?*

Margaret e eu deitadas na cama, a bochecha dela pressionada contra o travesseiro, me encarando com os olhos arregalados, apavorada.

— *Só ficou lá parada. De olhos abertos.*

Assisto ao vídeo durante mais um minuto, esperando meu corpo fazer alguma coisa na tela, mas continuo parada. Meus pés estão colados no lugar; meus olhos estão abertos, fixos para a frente.

— *Isso me assusta.*

Quero tanto me ver em movimento; quero que eu faça algo, *qualquer coisa*, que não seja ficar ali como se estivesse em coma. O branco dos olhos brilham na câmera como os de um animal diante dos faróis de um carro. Não suporto mais. Clico no timer e começo a avançar, vendo meu corpo rígido balançar em um ritmo espasmódico enquanto o relógio avança.

Três e quarenta e cinco, quatro e quinze, quatro e quarenta e cinco e cinco e cinco da manhã.

Por fim, às 5h43, vejo meu corpo dar meia-volta e retornar ao corredor depois de duas horas parado no mesmo lugar. Saio e fecho a porta. Então, olho para Mason, que continua dormindo no berço sem saber de nada, e dezessete minutos depois o vídeo é cortado e a tela fica preta.

# CAPÍTULO VINTE E SETE

## ANTES

É uma manhã sonolenta. Acordo devagar, como se meu cérebro estivesse se arrastando pela lama. Sinto o gosto de sono na boca, pesado e denso, e uma camada de muco na língua, como aquela pele que se tira de um ovo cozido. Tenho que piscar algumas vezes até meus olhos se ajustarem à luminosidade, o mundo surgindo em meio a uma névoa turva, mas, quando começo a enxergar um pouco melhor, sei que algo está errado.

A primeira coisa que percebo é o silêncio. Não há cigarras cantando do lado de fora da janela, nem pássaros sinalizando o começo de um novo dia. É quase como se o mundo tivesse parado de girar e eu estivesse presa nessa quietude, flutuando. Há também o cheiro do pântano. Está mais forte que na noite passada, quase sufocante, como se a água tivesse entrado pela janela e se espalhado pelo tapete.

Imagino isso por um segundo: a maré enchendo até alcançar a casa. A água marrom subindo dois andares, entrando por cada fresta e rachadura, por cada janela e porta. A água nos prendendo lá dentro, nos levando para baixo. Afogando todos nós.

Pigarreio.

— Dormimos demais.

Minha voz está meio rouca, como um instrumento sem uso, e viro de lado para olhar Margaret. Espero ver seu rosto no meu travesseiro – aqueles olhos azuis grandes me encarando de volta –, mas ela não está lá.

— Margaret?

Eu me sento. Percebo que é por isso que tudo está tão quieto. Margaret não está ali. Em geral, quando acordo antes dela, ouço sua respiração estável; um ronco leve vibrando na garganta. O roçar de suas pernas nos meus lençóis velhos, ásperos.

Olho para o banheiro da suíte, mas a porta está escancarada. Ela também não está lá.

Tiro os pés da cama, piso no tapete e sinto uma umidade por entre os dedos. Levanto os pés e olho para baixo, para as pequenas poças que se formaram com a pressão, como pegadas na areia molhada.

— Margaret?

Saio da cama e começo a andar em direção ao banheiro. O tapete está úmido e, por um segundo, penso mais uma vez naquela visão estranha – a água do pântano entrando no meu quarto –, mas sei que isso não é possível. Nunca chegaria tão alto. Acendo a luz do banheiro e estreito um pouco os olhos diante da claridade, notando mais água no chão – uma poça gigantesca se espalhando até as paredes – e algumas toalhas encharcadas amontoadas no canto. Já estão cheirando mal.

*Isso foi do nosso banho?*, penso, dando mais um passo em direção à cena. Talvez tenhamos feito uma bagunça maior do que pensei. Imagino Margaret saindo do banho, a água escorrendo pelas beiradas da banheira antes de minha mãe pegar uma toalha e enxugá-la, jogando a toalha no canto. Ela nos ajudando a vestir o pijama e apagando a luz, deixando a bagunça para o dia seguinte.

Mas então me vejo no espelho e sei que há algo errado nisso também.

Olho para baixo, seguro o tecido da camisola com as duas mãos. A que estou usando é diferente da que coloquei na noite passada.

Eu *sei* que é diferente. Eu me lembro das margaridas na camisola de Margaret, de como seu corpo parecia um campo florido quando se deitou no colchão. A minha também tinha margaridas, só que maiores, como se minha mãe quisesse que nossas roupas sinalizassem nossa idade.

Mas a que visto agora é branca, sem estampas.

— Margaret?

Alguma coisa está errada. Eu *sei* que alguma coisa está errada. Eu sinto, é um pulsar nos ossos, como acordar depois de um estirão de crescimento. Como se meu corpo ameaçasse rasgar a pele e ficar maior que ela.

E de novo sinto aquela *sensação*, aquela inquietação dentro da minha mente, desafiando-me a lembrar.

Levanto os braços e toco o pescoço, sentindo meu pulso na jugular. Estou tentando relaxar, diminuir o ritmo da respiração, e então sinto algo atrás da minha orelha, sob minha mandíbula, aquele trechinho de pele delicada. Abaixo a mão e olho para os meus dedos, para uma mancha marrom clara, e os aproximo do nariz, inspirando devagar.

Eu reconheceria aquele cheiro em qualquer lugar, cheiro de morte e decomposição.

É lama do pântano.

Jogo o cabelo sobre um ombro e me inclino para o espelho, tentando enxergar meu pescoço. E ali, bem embaixo da minha orelha, vejo três riscos paralelos. Como marcas de dedos.

Corro de volta para o quarto, sentindo o coração bater na garganta. De lá, vou para o corredor e desço a escada, pulando os degraus de dois em dois. Meus pensamentos estão girando ao meu redor, densos e pesados como uma nuvem de mosquitos. A maré viva, a água no chão e as pegadas no tapete. Eu, de olhos abertos, caminhando na escuridão. A pintura da minha mãe, meus dedos dos pés mergulhados no pântano.

Margaret sempre me seguindo, mesmo quando está com medo.

Chego ao térreo e corro para a cozinha, esperando vê-la ali. Margaret, sentada à mesa, com a boneca no colo. Estou esperando ela registrar minha chegada. Sua expressão azedar, ela revirar os olhos e balançar a cabeça.

— *Estava fazendo aquilo de novo.*

Em vez disso, vejo meus pais.

Estão sentados à mesa da cozinha, e há duas canecas de café entre eles, o olhar de ambos fixo no chão.

— Pai?

Eles não levantam a cabeça; nem notam minha presença. Por um segundo perturbador, sinto como se estivesse morta. Como se fosse apenas mais um fantasma assombrando esse lugar, meu corpo feito mofo preso nas paredes.

— Mãe?

Vejo os ombros de minha mãe ficarem tensos, como se minha voz fosse um tapa forte e frio contra sua pele. Como se precisasse se preparar fisicamente, se proteger de mim. Seus dedos apertam a caneca de café com mais força, o suficiente para que eu veja os nós dos dedos aparecendo sob a pele. Ela levanta a cabeça devagar.

— Cadê a Margaret? — pergunto, mas, de repente, tenho a sensação de que não quero ouvir a resposta. A expressão de minha mãe torna isso claro: o abatimento no olhar, os olhos vidrados, vermelhos, como naquela noite no escritório do meu pai. Como se tivesse chorado de novo. Como se estivesse com medo.

— Sua irmã sofreu um acidente.

Olho para meu pai. Sua fala é firme e controlada, como sempre.

— Que tipo de acidente? Ela está bem?

Minha mãe empurra a cadeira para trás com violência, e pulo de susto ao ouvir o barulho do atrito com o chão. Ela se levanta e passa por mim, olhos fixos à frente, sobe a escada e bate a porta do quarto dela.

— O que a mamãe tem?

Meu pai suspira, abaixa a cabeça de novo. Depois cobre os olhos com as mãos, os aperta com força, e vejo quando endireita o pescoço e se obriga a olhar para mim.

— Isabelle, a polícia está a caminho. Acho que seria melhor você ficar em seu quarto.

# CAPÍTULO
# VINTE E OITO

AGORA

— *Izzy sempre teve... problemas. Com o sono.*

Inclinado para a frente na cadeira, dr. Harris me estuda como se eu fosse um rato de laboratório. Ao meu lado, Ben mantém a mão no meu joelho.

— *Antes mesmo da insônia. O problema era meio que o oposto, na verdade.*

As lembranças me inundam lentamente, como se eu estivesse me afogando nelas: pisco três ou quatro vezes, o rosto de meu pai se materializa na escuridão. As mãos dele em meus ombros, a testa franzida.

Parada na grama, segurando a mão dele, vendo o brilho alaranjado das chamas que se espalharam por nossa casa enquanto dormíamos. O calor no meu rosto como febre, os olhos ardendo.

Acordando na cozinha, todas as luzes apagadas. Uma poça de leite derramado no chão.

Minha mãe, a confusão nebulosa. O ângulo de seu pescoço quando olha para mim, tentando determinar se estou acordada. Se sou real.

Mas acima de tudo: Margaret.

— *Quanto tempo vai continuar fazendo isso?*

Lembro-me das pegadas no quarto; como tentei escondê-las esfregando o pé na sujeira, espalhando as manchas no tapete. Implorando para que desaparecessem. Aquela estátua de pedra com os olhos bem abertos, vomitando alguma coisa escura. Meus pais me levaram ao médico, é claro. Mas, segundo ele, não havia motivo para preocupação. Disse que era comum, inofensivo. Muitas crianças superavam esse quadro na adolescência.

— Isabelle?

Ouço a voz, mas minha mente ainda está em outro lugar. Em algum lugar distante. Está em Margaret, em como era sentir seu corpo pequenino junto ao meu. Um emaranhado de membros escorregadios, o cheiro de suor nos lençóis.

— *Agora que me deito para dormir, oro ao Senhor para minhas preces ouvir.*

Acordando na manhã seguinte, o lodo manchando meu pescoço como marcas de dedos tentando me segurar, ou me empurrar.

— *Se antes de acordar eu morrer, peço ao Senhor para minha alma receber.*

— Ei, Isabelle.

Pisco algumas vezes, viro a cabeça. Waylon está parado ao meu lado, com o ar preocupado. Esqueci que ele estava aqui.

— Passou a noite toda acordada?

Pisco de novo, olho em volta. Estou na sala de jantar, sentada à mesa, o notebook desligado à minha frente e papéis relacionados ao caso espalhados pelo chão. Observo a parede, todos aqueles olhos me encarando, e de repente não é mais como se eu os estudasse; é como se *eles* estivessem *me* analisando. Como a plateia da TrueCrimeCon, olham para mim com expectativas, esperando que cometa um deslize. Revele alguma coisa sombria e perigosa, como se *eu* guardasse o segredo. Como se *eu* tivesse alguma coisa para esconder.

E tenho, suponho.

Olho para a janela – está claro lá fora –, depois olho de volta para Waylon. Ele parece ter tomado banho, está pronto para um novo dia, e eu pigarreio.

— Não — respondo, tentando me reorientar. Não tenho ideia de quanto tempo passei sentada ali. — Não, eu... dormi no sofá. Vestida.

— Sei. — Ele me encara. — Precisa de alguma coisa?

— Não. Só vou... tomar um banho. E me vestir. Desculpa.

— Posso fazer alguma coisa para comer?

— Sim. — Fico em pé, subitamente constrangida. — Sim, seria ótimo. Obrigada.

— Desculpa. Não queria... — Ele para, e percebo que está desconfortável. Como se tivesse sido flagrado bisbilhotando o armário do banheiro, lendo minhas receitas médicas. Testemunhando algo que deveria ser privado. — Você estava aí, sentada, olhando para o nada. Quis ter certeza de que estava bem.

— Sim, estou bem — afirmo, empurrando o cabelo para trás e tentando sorrir. — Não queria te assustar. Só desliguei por um segundo.

Peço licença e vou para o banheiro, entro e tranco a porta. Depois me aproximo da pia e abro a torneira, deixando a água correr enquanto vejo meu reflexo no espelho. Estou horrível; pior que nunca. A maquiagem da noite passada derreteu, os olhos têm aquele tom vermelho raivoso habitual, mas há algo no meu rosto que parece diferente, atormentado. Uma palidez sobrenatural, como se alguém tivesse drenado meu sangue durante a noite.

Levo as mãos ao rosto, toco as bochechas com delicadeza, depois deslizo os dedos até a nuca, atrás da orelha, sentindo aquele trecho de pele lisa logo abaixo da mandíbula. Estou começando a me recompor, como se me recuperasse lentamente depois de acordar em um lugar novo –, mas, de repente, não sei mais se quero acordar.

Penso em todos os sentimentos que têm se intensificado nos últimos doze meses; sentimentos de culpa inexplicável, de *saber* alguma coisa que não consigo reter na mente. Todos aqueles pequenos momentos com Mason – aqueles momentos sombrios e vergonhosos que me recusava a reconhecer de manhã – e o jeito como me vi na tela do notebook, em pé ao lado do berço no escuro.

As semelhanças entre *antes* e *agora* que de repente parecem tão óbvias.

Penso no dinossauro de pelúcia encontrado na margem do pântano; no cheiro familiar de lama podre pela manhã, no silêncio gélido dos meus pais, um silêncio que parece nunca derreter. No olhar desconfiado do detetive Dozier toda vez que nos encontramos, e como Ben se afastou de mim tão depressa, quase como se eu tivesse feito alguma coisa. Algo imperdoável.

Quase como se soubesse algo que não sei.

— Você precisa se controlar — sussurro, fechando os olhos.

Respiro fundo algumas vezes e jogo água fria no rosto, tentando usar o choque para voltar à vida.

# CAPÍTULO VINTE E NOVE

Decidimos ir ao centro da cidade depois do café da manhã e dar uma caminhada para espantar a ressaca que começava a bater. Waylon não mencionou esta manhã: como me encontrou lá sentada, olhando para o nada. Quando saí do banheiro, cabelo molhado e maquiagem borrada sob os olhos, ele estava na cozinha assobiando e batendo ovos.

— Deve ter sido difícil para você — comenta enquanto andamos pela cidade segurando copos descartáveis de café. — Ver aquele vídeo.

— Sim — confirmo. Ele está falando sobre o vídeo que vimos juntos, aquele em que nada aconteceu, mas só consigo pensar em como apareci na tela do outro vídeo, o que vi *depois* que ele foi para a cama: meu corpo ereto e rígido; meus olhos brilhando como duas brasas quentes. Fico feliz por ele não ter ficado para ver aquilo. Não sei como teria explicado a cena. — Foi um pouco incomum ver tudo de novo. Mas foi bom, até. Poder lembrar.

— Imagino que sim — diz, olhando para os próprios sapatos.

Queria ter vídeos assim de Margaret: registros panorâmicos de como passava seus dias. Alguma coisa para me ajudar a recordar as pequenas coisas que, a essa altura, já estão há muito tempo esquecidas: a tonalidade exata do cabelo dela, entre o loiro e o castanho com reflexos cor de mel quando o sol batia no ângulo certo; o cheiro de sua pele, e como até mesmo seu suor tinha uma doçura sutil. Aquela risada contagiante que sempre explodia de algum lugar profundo de seu peito. Mason também está se apagando para mim, e sei que não há nada que eu possa fazer sobre isso. Tenho apenas que deixar acontecer, deixar minha memória me trair, transformar os dois em sombras de suas versões anteriores. Está ficando cada vez mais difícil me lembrar de tudo: o cheiro dele, a risada. Os detalhes. Todos os dias, as lembranças que tenho dele ficam mais apagadas, como uma mancha que aos poucos desaparece sob a pressão da água corrente, do meu polegar esfregando o tecido.

Logo ele terá sumido por completo. Como se nunca tivesse existido.

— Ei — Waylon fala, de repente, tocando meu braço. — Não é o Ben ali?

Olho na direção indicada pelo olhar de Waylon e vejo que ele está certo: Ben está a alguns metros de nós, segurando a porta aberta para um casal de idosos que sai de uma lanchonete. Às vezes esqueço que ele agora mora no centro da cidade; logo depois que nos separamos, comprou um apartamento novo e requintado perto da redação da *The Grit*.

Tento não pensar nisso. Não quero saber o que ele faz lá; quem recebe.

— É — respondo, olhando para o perfil dele. Ben está virando à esquerda, na mesma direção para onde vamos, o que me faz pensar que estamos seguros. Ele não vai nos ver.

— Quem é aquela?

No mesmo instante em que Waylon faz a pergunta, vejo uma mulher sair do restaurante e segurar o braço de Ben, apertar seu bíceps. Ela sorri, claramente orgulhosa do lugar que ocupa a seu lado. Como eu me sentia antes.

— Não sei — minto, mas sei quem ela é. A nova namorada de Ben, a mulher de quem ele me falou. Parece familiar, embora não consiga entender o motivo, mas meu palpite se confirma quando vejo Ben se inclinar e beijá-la nos lábios.

Sinto um aperto no peito – raiva, ciúme – e cerro a mandíbula quando a mão dele desce por suas costas, parando na linha da cintura.

— É bem o tipo dele, não é?
— Como assim? — pergunto, e olho para Waylon. Ele me encara como se eu fosse maluca.
— Como assim pergunto *eu*. Não me diga que não está vendo.

Olho de novo para os dois. Estão se afastando de mãos dadas, mas consigo ver o perfil dela – o nariz arrebitado; o sorriso largo e o brilho jovial – e de repente percebo que Waylon está certo.

— Ela é parecida com a Allison — digo, abalada com a constatação. Por *isso* parecia tão familiar. Eu sabia que havia alguma coisa. — Allison, porém mais nova.

Os traços principais estavam lá, os que atraíam o olhar a distância. É alta, magra. Pele bronzeada e cabelo castanho-escuro – mas então sinto um frio na barriga, uma sensação parecida com a de estar em um elevador que despenca de repente.

Subitamente compreendo que Waylon não está falando de Allison, porque não a conhece. Nunca viu Allison.

Não sei como nunca notei isso antes.

— Allison? — pergunta, como se lesse minha mente. — Isabelle, ela é parecida com *você*.

# CAPÍTULO TRINTA

Eu não queria ir ao velório de Allison. Parecia inadequado, como dançar sobre a sua sepultura. Como se me gabasse, desrespeitasse a morta, comemorasse a vitória em algum jogo que ela nem sabia que estava jogando.

Desde que soube da existência dela – naquele dia no escritório, quando vi as fotos da vida perfeita do casal exibidas com orgulho sobre a mesa de Ben, como se fossem troféus –, passei a vê-la com uma estranha mistura de inveja e ressentimento; de fascínio e admiração. Queria *ser* ela e, para ser ela, queria que ela sumisse. Mas, agora que havia partido, não sabia como deveria me sentir.

Entretanto, todos da revista iriam à cerimônia para demonstrar solidariedade, e não consegui pensar em um jeito de escapar disso sem parecer insensível ou rude.

— Vai durar só uma hora — Kasey comentou enquanto andávamos pela calçada, puxando a bainha do vestido para baixo. Era justo demais para a ocasião, o tipo de coisa que eu usaria em um bar, mas não podia julgá-la. Ninguém nunca tem a roupa certa para comemorar a morte. — Não vai ter caixão aberto, você não vai precisar *olhar* para ela, nem nada parecido. Graças a Deus.

Kasey estava confundindo meu nervosismo com algum tipo de medo de funerais, mas não era isso. Nunca foi. Era uma ideia que não conseguia afastar: agora que Allison estava morta, ela *sabia*. Allison *sabia* sobre mim e Ben. Nosso segredo. Assim que entramos, tive aquela sensação de novo. Aquela sobre a qual minha mãe costumava me prevenir: a sensação de ser observada, os olhos de Allison me seguindo pela casa, como se ela estivesse no telhado, vendo tudo.

Paramos no saguão e olhamos em volta antes de avistar a mesa do bar e seguir diretamente para lá, pegando duas taças de champanhe. Achei estranho servir isso em uma cerimônia fúnebre, demasiado comemorativo e leve, ainda mais naquelas circunstâncias. Mas precisava de alguma coisa para relaxar um pouco. Algo que me ajudasse a respirar.

— Ben está lá dentro — Kasey falou, apontando para a sala de estar. — *Aceitando condolências*.

— Devemos entrar?

— Acho que sim. — Bebeu um gole de champanhe e fez uma careta. Parecia uma bebida barata, tinha um tom de amarelo que brilhava de um jeito artificial. — A família dela também está lá. Acho que precisamos dizer alguma coisa.

— A família de Allison?

Eu já esperava, é claro – era evidente que a família dela estaria na cerimônia; esta era a casa deles, afinal –, mas não estava preparada para isso. Para a realidade de encará-los: a mãe, o pai, os irmãos, os avós. Olhar nos olhos deles, tentar forçar um tremor nos lábios, talvez até derramar uma lágrima. Recitar as palavras que sabia que deveria dizer – *sinto muito por sua perda* –, mas consciente de que, no fundo, a perda deles era meu ganho.

— Sim, a família de Allison. Quem mais?

Soltei o ar lentamente, bebi um gole generoso de champanhe e passei a língua pelos lábios.

— Acho que vou lá fora um segundo. Preciso de ar.

Eu me lembro de atravessar a sala de jantar cheia de gente, sorrindo com timidez para colegas de trabalho. Era estranho vê-los ali, vestidos de preto. Ver suas expressões solenes e as roupas mal ajustadas; o jeito como permaneciam agrupados, com os ombros tensos, em trios. Era quase como se eu não tivesse nem percebido que eles existiam fora das paredes do escritório, embora tivéssemos participado de eventos sociais tantas vezes antes. Isso me fez pensar em uma ocasião em Beaufort, quando entrei na loja de bebidas e encontrei o pastor da minha infância; ele segurava uma garrafa de vodca às nove da manhã, a pele flácida, e nem se deu ao trabalho de disfarçar. Aquilo me fez perceber que gostamos de organizar as pessoas em nossa vida em pequenos compartimentos, mantendo-as lá para nos sentir seguros. Ver meus colegas de trabalho *ali, daquele jeito* – arrancados de nossas baias e salas de reuniões despidas de emoção, limpando o nariz na manga da roupa e com os olhos vermelhos – me pareceu antinatural e errado e me fez enxergar a realidade daquilo tudo.

Abri a porta dos fundos e saí para a varanda, sentindo a brisa fresca no rosto. Estava quente lá dentro, abafado. Era uma casa pequena para tanta gente. Caminhei até a escada e me sentei no degrau, deixando a taça de champanhe no chão e apoiando a cabeça nas mãos.

— Isabelle?

Olhei para trás com a mão no peito, consciente de que não estava sozinha. Ben estava parado ao lado da casa, escondido atrás de alguns arbustos, mas reconheci sua voz assim que a ouvi.

— Ben. — Fiquei em pé. — O que está fazendo aqui?

Ele levantou um braço para mostrar o cigarro aceso entre os dedos, e deu de ombros.

— Não sabia que você fumava.

— Não fumo.

Dou alguns passos para a frente, olho pelas janelas no fundo da casa. Não tem ninguém olhando para fora; estão todos ocupados demais socializando, reunidos perto de uma mesa de petiscos com bandejas de plástico cheias de queijo e minicenouras com textura de cotovelo ressecado. As pessoas olhavam para as fotos de família que cobriam as paredes – Allison em um campo de futebol, com um chapéu de formatura, de vestido de noiva – e balançavam a cabeça enquanto murmuravam as mesmas frases batidas.

— Ben — repeti, descendo a escada da varanda e pisando na grama, chegando mais perto dele. Estávamos escondidos ali, atrás da casa, embaixo das árvores. Ninguém sabia que estávamos lá fora; ninguém podia ver. — Sinto muito. Nem sei o que dizer.

— Obrigado — respondeu, suspirando. Ele inclinou a cabeça para trás, olhando para o céu. — Eu só precisava sair de lá. Sair de perto de... todo mundo.

— Eu entendo.

— Não imagina com quantas pessoas tive que conversar nesses últimos dias — desabafou, olhando para mim mais uma vez. Seus olhos pareciam tão cansados, como se não tivesse dormido a semana inteira.

— Posso imaginar — respondi e dei mais um passo à frente. E *podia* imaginar. Passei por isso antes; ou por algo semelhante, pelo menos.

— E o tempo todo — disse, dando outro trago no cigarro, as veias de seu pescoço saltando — só pensei em quanto queria falar com você.

Paro no meio do passo, sem saber se o ouvi direito.

— Sei que não deveria dizer isso, ainda mais aqui... mas, porra, Isabelle. Não me importo mais. Não mesmo. A vida é muito curta.

Um estrondo veio de dentro da casa, um barulho alto, como se alguém tivesse derrubado um copo. Ouvi um choro, olhei ao redor e vi um alvoroço pela janela, pessoas correndo na direção de alguma coisa – ou melhor, de *alguém* – no chão. Era a mãe de Allison. Estava ajoelhada sobre cacos de vidro – uma taça de vinho quebrada – e chorava com os joelhos ensanguentados.

Apontei para a porta dos fundos com a boca meio aberta, como se Ben devesse voltar para dentro, mas ele não se moveu. Não saiu do lugar. Só continuou olhando para mim, continuou falando.

— Esses últimos dois anos com Allison foram difíceis — disse. — Ela lutava contra um problema, Isabelle. Um problema com o qual eu não sabia como lidar. Tentei ajudar, mas...

Ele parou, apertando o nariz na região entre os olhos. A ponta vermelha do cigarro estava muito próxima da pele, e tive certeza de que ele podia sentir o calor queimando sua testa.

— Cheguei em casa depois do trabalho na segunda-feira à noite e a encontrei no chão do banheiro. Ela estava pálida. De olhos abertos. Não era a primeira vez que ela... você sabe... mas dessa vez, quando a vi naquele estado, soube que...

Não esperei ele terminar a frase. Em vez disso, percorri a distância que ainda nos separava e o abracei.

— Tudo bem — falei. — A culpa não é sua.

Conseguia imaginar isso também. Como ele se sentia. Ser responsabilizado.

— Quis te contar isso tantas vezes. — Podia sentir o calor de sua respiração em meu pescoço, o cheiro de cigarro, e me dei conta de que nunca nos atrevemos a estar mais próximos que isso desde a noite no bar de ostras. Era a primeira vez que realmente nos tocávamos desde aquela noite. — Todas aquelas vezes que conversamos, e eu evitava ir para casa, estava evitando ter que lidar com isso, só queria te contar tudo. Desabafar. Não estávamos felizes, Isabelle. Não funcionávamos mais juntos.

— Tudo bem — repeti, porque não sabia o que mais poderia dizer.

— Eu *tentei* — continuou, se afastando um pouco de mim. O desespero em seu olhar me fez compreender que queria que eu acreditasse nele. *Precisava* que eu acreditasse nele. — Eu me esforcei muito para fazer isso dar certo. Todas aquelas vezes que estivemos juntos, sabe, eu quis... mas obviamente não *fiz*.

— Sei que tentou, Ben. Não precisa me convencer de nada.

Tirei as mãos de suas costas e segurei seu rosto com firmeza. Olhei em seus olhos; nossos rostos separados por poucos centímetros, e antes que eu percebesse o que estava acontecendo, o espaço entre nós desapareceu. Os lábios de Ben tocaram os meus, a boca se movendo frenética, as mãos puxando meu cabelo. Senti o cigarro cair no chão, tocando meu braço na queda, e o beijo foi longo, intenso e desesperado, a culminação de seis meses de espera, de dúvidas, de lembranças da primeira vez à beira d'água.

Esqueci onde estava naquele momento, o que estava fazendo. A mãe de Allison no chão, lá dentro, abalada demais para se importar com o vidro cortando sua pele. Todos os meus colegas de trabalho – meu futuro, minha carreira — a um passo de nos descobrir, de arruinar tudo. Mas eu não me importava com nada disso. Tudo que importava era estar com ele.

Ele era *meu*, finalmente.

— Ben?

Ouvi a porta dos fundos abrir, o ranger das dobradiças. Passos caminhando pela varanda, a poucos metros de onde estávamos.

— *Ben, você está aí fora?*

Em um instante, Ben se soltou dos meus braços, tirou as mãos do meu cabelo e limpou a boca, removendo qualquer vestígio meu de sua pele. Em um segundo estávamos colados, entrelaçados, inteiros – no outro, ele tinha ido embora.

— Sim, aqui fora — respondeu, voltando à varanda sem olhar para trás. — Tomando um ar.

Ouvi o som de um tapa nas costas dele. Aquela mesma voz, envolta em preocupação.

— Você está bem?

— Sim — respondeu, e limpou a garganta. — Sim, tudo bem.

Ouvi Ben entrar na casa, seus passos no assoalho de madeira, mas soube, de alguma forma, que a pessoa que nos interrompeu ainda estava ali. Sentia sua presença persistente do outro lado da parede. Fui me refugiar entre os arbustos, senti os galhos arranhando a pele, enroscando no cabelo, e prendi o fôlego, esperando ser encontrada. Ele deu alguns passos à frente, e vi a parte de trás de sua cabeça surgir quando se aproximou dos degraus, as mãos escondidas nos bolsos, os olhos voltados para o chão. Ele viu minha taça de champanhe suada no calor da noite, as bolhinhas explodindo na superfície. Abaixou-se e a pegou, inspecionando a marca de batom na borda.

Eu me virei e corri.

# CAPÍTULO TRINTA E UM

AGORA

Waylon e eu passamos o resto do fim de semana gravando. Está começando a fluir com mais naturalidade: aquelas conversas que antes pareciam roteirizadas agora acontecem sem esforço, como se fôssemos dois velhos amigos tomando um café, colocando o papo em dia.

É segunda-feira de manhã, e observo Waylon andar pela cozinha com uma caneca em uma mão e uma torrada na outra. A cena me faz lembrar de mim e Ben, pouco mais de um ano atrás. O caos confortável de uma manhã durante a semana. O ritmo natural de duas vidas interligadas, crescendo juntas como vinhas: eu, beijando seu rosto enquanto ele escovava os dentes; os dedos de Ben acariciando minhas costas enquanto, sentada na beirada da cama, eu me dobrava para a frente para passar creme nas pernas. Ajudando Ben a barbear aqueles pedacinhos mais complicados do pescoço, minha lâmina alcançando a pele mais delicada.

— Vou passar na delegacia primeiro — Waylon avisa, limpando um pouco de pasta de amendoim dos lábios. — Quero ver se consigo falar com Dozier logo cedo.

— Sim. — Pisco para afastar o devaneio. — Boa ideia.

Neste fim de semana, também contei a ele sobre meu vizinho. Sobre o confronto na varanda e a aparição na noite da vigília; o velho na cadeira de balanço, com uma vista direta para meu quintal. Ainda não tenho nenhuma evidência, nenhuma prova, mas preciso mudar o foco com urgência depois de me ver naquela tela do notebook.

*Preciso* acreditar que existe outra explicação, outra resposta, além daquela que começa a se desenvolver em minha mente como uma aparição ganhando forma no escuro.

— Telefono mais tarde? — pergunta. — Talvez a gente possa se encontrar para almoçar?

Sorrio e concordo com a cabeça, aceno para me despedir e respiro fundo assim que ele fecha a porta.

Vou até a mesa e abro meu notebook, clico em outro vídeo da babá eletrônica e me obrigo a assistir. Sou grata pela ajuda dele – sou mesmo, de verdade –, mas algumas coisas ainda prefiro fazer sozinha. Como esses vídeos. Preciso ver mais deles, e prefiro fazer isso sem Waylon.

Sinto um aperto no peito conforme me vejo pôr Mason no berço. Começo a adiantar o vídeo e o relógio avança com obediência: nove horas, dez horas, meia-noite, duas da manhã. Olho para a luz da lua que passa pela fresta da porta fechada, esperando outro movimento. Outra sombra. Enfim, me permito um suspiro de alívio quando o sol começa a aparecer, iluminando o quarto dele, e o relógio marca seis horas.

O vídeo para. Cheguei ao amanhecer. Nada aconteceu.

Eu me recosto na cadeira, pensando. Não consigo tirar aquela imagem da cabeça: eu, parada no quarto de Mason, olhando para o nada. Tinha a impressão de que o sonambulismo havia parado desde que fui para a faculdade. Fiquei apavorada quando me mudei para o alojamento, imaginando que um dia acordaria nua no meio do corredor, ou debruçada sobre a cama de um garoto qualquer. Tomando um banho no banheiro comunitário – entrando na água em silêncio, vendo as bolhas subindo à superfície, até que, de repente, param – ou, Deus me livre, esquecendo que dormia no nono andar e saindo pela janela. Mas nada disso jamais aconteceu.

Os episódios foram diminuindo depois que cheguei à adolescência, como o médico disse que aconteceria, e, quando saí de casa, desapareceram por completo.

Ou não, pelo jeito.

E tem outra coisa que está me incomodando; outro pequeno detalhe que parece insignificante –, mas que, ao mesmo tempo, também parece alguma coisa. Quando Ben e eu nos conhecemos, eu era parecida com Allison – meia década mais nova, sim, mas a semelhança estava lá. Eu não percebi isso na época. Estava tão fascinada por ela, por tudo que tinha a ver com ela, que não teria me reconhecido naquela mulher de jeito nenhum. Sua idade me intimidava; seu corpo me intimidava. Ela era uma *mulher*, e eu, uma garota. Recém-chegada no emprego, lutando contra uma paixão ingênua pelo chefe, inferior a ela em todos os aspectos que importavam – mas agora, oito anos mais tarde, olho para o espelho e consigo ver: cabelo castanho, pele morena. O formato amendoado dos olhos e os braços caídos junto do corpo, longos e magros, como se não soubéssemos onde colocá-los.

E agora, quem quer que seja essa garota, ela se parece *comigo*.

É evidente que Ben tem um tipo, e não consigo decidir se isso faz com que me sinta melhor ou pior. Talvez seja passageiro, um caso rápido para ajudá-lo a superar um casamento fracassado e um filho perdido... mas então isso significa que *eu* também fui um prêmio de consolação? Uma muleta para que ele superasse Allison? Acho que não é nada incomum ter um tipo – muitas pessoas têm –, mas, por alguma razão, isso me faz pensar naquelas pessoas que compram um cachorro exatamente igual quando o outro morre. Em vez de tentar chorar a perda e seguir em frente, experimentar algo novo, decidem substituí-lo e recriar a vida anterior. Fingem que nada aconteceu.

Sei que não é justo, mas, ao mesmo tempo, não consigo deixar de imaginar agora no que ele estava pensando naquela noite, quando nos conhecemos no bar de ostras: ele estava infeliz, Allison estava infeliz, a vida doméstica do casal era um desastre. Ele havia saído sozinho e foi literalmente atropelado pela versão mais jovem, mais saltitante e mais animada da esposa. O que deve ter sentido naquela noite, olhando para mim e imaginando que estava saindo com a esposa, a esposa *feliz*, uma esposa que estava interessada nele de novo, flertando com ele de novo, ouvindo cada palavra que dizia. Uma esposa que não precisava afogar a insatisfação da vida conjugal com comprimidos; uma esposa que o encontrava para tomar café e coquetéis e piscava para ele em segredo.

Então, foi isso que ele viu em mim; sempre quis saber. Não foi por *mim* que ele se sentiu atraído. Não foi nada disso. Eu só era parecida com *ela* – porém mais radiante, mais nova, uma versão atualizada, ainda intocada pelas tormentas do tempo.

Ou pelo menos era o que ele pensava.

Expulso essa ideia da cabeça e saio do vídeo que estava vendo, escolhendo outro. Depois outro. Vejo as gravações de uma semana inteira, e então decido ver alguns registros um pouco mais próximos da data do desaparecimento de Mason: dois meses antes. Até agora, não voltei a me ver e começo a me perguntar se foi só um evento isolado. Estou na metade de mais um vídeo – neste, é pouco mais de uma da manhã e Mason está deitado de barriga para cima, respirando profundamente – quando ouço Roscoe entrar em alerta do outro lado da sala de estar. Ele começa a latir, e levanto o olhar para ver a sombra de um homem se aproximando da porta da frente.

— Já vou — grito, e dou *pause* no vídeo antes de me levantar da mesa.

Imagino que seja Waylon, que ainda não está à vontade para entrar em minha casa sem permissão – afinal, faz só uma hora que ele saiu, tempo suficiente para ir até a delegacia, ser ignorado e voltar de mãos vazias –, porém, quando abro a porta, não é ele que vejo.

— Bom dia. — O detetive Dozier está parado com as mãos na cintura. — Posso entrar?

# CAPÍTULO TRINTA E DOIS

Por um segundo, fico tão atordoada que não consigo falar. Dozier não deveria estar aqui. Deveria estar na delegacia, conversando com Waylon sobre meu vizinho.

— Recebi seus recados — explica quando não respondo. — E seus e-mails. Em vez de retornar as ligações, achei mais fácil passar por aqui a caminho da delegacia.

— Ah, obrigada — respondo, recuperando a voz. — Sim, por favor, entre.

Abro a porta completamente, e Dozier entra, oferecendo a mão para Roscoe cheirar.

— Que história é essa sobre o vizinho? — pergunta, indo direto ao ponto. — Catty Lane, 1742?

— É — confirmo, e me sento no sofá. Faço um gesto convidando-o a se sentar também, mas o detetive permanece em pé. — Não é exatamente meu vizinho, na verdade, ele mora na rua paralela à minha, mas outro dia passei por lá e notei que tem uma visão direta para o meu quintal. Pode ver a janela de Mason da varanda.

Abaixo a cabeça e vejo que estou de punhos cerrados. Abro as mãos, flexiono os dedos algumas vezes.

Continuo:

— Quando tentei conversar com ele sobre isso, o homem adotou uma atitude defensiva. Basicamente, me pôs para fora de sua propriedade, como se não gostasse de me ouvir fazendo perguntas. Não quis nem me dizer o nome dele.

Dozier transfere o peso do corpo de um pé para o outro. Vejo quando morde o lábio, como se pensasse em alguma coisa.

— Falei com ele uma vez no ano passado e não vi nada de suspeito — continuo, insistindo no assunto. — Mas tem alguma coisa no jeito como ele *falou* comigo...

— Pode parar por aí — Dozier me interrompe, levanta uma das mãos. — Já deixei bem claro que não deve interrogar mais ninguém por conta própria, sozinha.

— Eu não estava *interrogando* o homem — respondo. — Só queria perguntar...

— ... se ele sequestrou seu filho sem nenhuma causa provável ou prova?

— Não. — Começo a ficar agitada. — Mas não entendo por que ele não aceitaria *conversar* comigo, pelo menos, a menos que tenha algo a esconder...

— Talvez porque na última vez que tentou *conversar* com alguém, você quebrou o nariz do sujeito.

Paro, penso naquele supermercado. No velho de avental e nos meus punhos voando, acertando o rosto dele com toda força. O rangido úmido de cartilagem e as mãos envelhecidas e enrugadas protegendo a cabeça, tremendo como uma criança em uma simulação de tornado. A pele fina dos braços já manchada de hematomas, e o sangue escorrendo pelo queixo, espesso e pegajoso, formando uma poça no chão e escorrendo para os rejuntes dos azulejos.

— Eu não queria fazer aquilo — murmuro. — Já disse isso antes.

— Sim, mas fez. Então, talvez não devesse se surpreender se algumas pessoas ficam um pouco tensas quando você aparece de surpresa. O que estava fazendo na varanda dele, afinal?

Hesito. Uma parte de mim não quer contar sobre o homem que vi antes. Ainda consigo visualizar o roupão marrom e o cabelo grisalho despenteado; o jeito como olhou para mim, através de mim, com os olhos turvos de catarata, como se nem me visse.

Mas não foi como das outras vezes. Eu sei que não. Ele não era apenas uma sombra ou uma silhueta turva dançando na minha visão periférica; um ruído que minha mente privada de sono inventou e projetou no mundo. Um amigo imaginário.

Não, esse homem era *real*.

— Havia outra pessoa — revelo, por fim, me obrigando a continuar. — Eu estava passeando com o cachorro pela vizinhança. Era tarde, tipo uma da manhã, e havia um homem idoso sentado naquela varanda.

Espero Dozier responder, mas ele fica em silêncio.

— Ele estava só *sentado* lá — continuo. — Olhando para o nada. Nunca o tinha visto antes. E por que ele estaria lá fora tão tarde, de madrugada? E se esteve lá na noite em que Mason foi levado? E se ele viu alguma coisa, ou...

— Você costuma andar pela vizinhança a uma da manhã? — o detetive pergunta, me interrompendo. — É um pouco estranho, mesmo com o cachorro.

Suspiro, levo as mãos ao rosto. Essa conversa está me lembrando o último mês de março, o jeito como esse homem me levou ao limite. O jeito como conseguiu, de alguma maneira, transformar tudo que eu dizia em algo ruim, errado. Digno de culpa.

— Tenho dificuldade para dormir, ok? — Deixo as mãos caírem no colo e lanço um olhar fulminante para ele. — Pensei que você também tivesse, considerando que meu filho ainda está desaparecido e você ainda não o encontrou.

Ficamos em silêncio, nos encarando, até que Dozier suspira. Ele se aproxima de mim e se senta na beirada do sofá, tomando cuidado para manter alguns metros de distância entre nós. Como se eu fosse uma doença que ele não quer pegar.

— É muito improvável que aquele homem tenha visto alguma coisa na noite do desaparecimento — diz, mantendo as mãos sobre as coxas. — Ele não mora lá.

— Como sabe disso? — pergunto, sentindo um aperto no peito. — Conhece o dono da casa?

Dozier fica quieto, me encarando, e percebo que está escondendo alguma coisa. Algo importante.

— Posso descobrir por conta própria — aviso. — Mas vai ser mais fácil se me contar.

O detetive suspira, belisca a pele entre os olhos e finalmente diz:

— O dono da casa é Paul Hayes. Sabemos quem é porque está em condicional, mas faz anos que tem sido um cidadão cumpridor da lei. O oficial de condicional que o acompanha o visita uma vez por mês, e posso garantir que ele mora sozinho. Não tem mais ninguém naquela casa. Não sei quem você viu, mas essa pessoa não mora lá. Não estava lá na noite em que Mason foi levado.

— Paul Hayes — repito, testando a sonoridade do nome. Parece familiar de novo, talvez porque o conheci no ano passado. Um nome esquecível para uma pessoa esquecível. — Por que ele está em condicional?

— Nada violento. Infrações envolvendo drogas.

— Pode falar com ele? — peço, lembrando o que Waylon disse sobre o caso que resolveu. Aquela garota encontrada no porão; a prova escondida na casa do culpado. — Conseguir um mandado, talvez...

— Não, não posso conseguir um mandado. — Ele se irrita. — Jesus, não posso interrogar ninguém sobre um sequestro sem ter algum tipo de causa provável. E *ver alguém* na varanda do homem à noite não é causa provável.

Não gosto de como diz isso, *ver alguém*, como se fizesse aspas com os dedos. Como se isso não tivesse acontecido de verdade; como se eu estivesse inventando, ou, pior, imaginando.

— Tem mais alguma coisa? — pergunta.

— Sim — respondo com um tom incisivo. — Tem mais uma coisa. O e-mail que mandei...

— Certo. — Ele se levanta do sofá com um gemido. — Dei uma olhada no artigo e não vi nenhum comentário suspeito.

— Pois é, aí é que está. — Também fico em pé. Caminho até a mesa e me sento, pego o notebook e abro o artigo. — O comentário que eu queria que você visse... desapareceu. Por que alguém escreveria um comentário e depois o apagaria?

— O que dizia?

— *Ele está em um lugar melhor.*

O detetive Dozier me encara em silêncio antes de suspirar e caminhar até a sala de jantar. Evito seu olhar enquanto examina a parede, as fotos, o mapa e os artigos recortados cobrindo toda a superfície.

— Cristo — murmura. Provavelmente o mural tem o triplo do tamanho que tinha na última vez que o viu, se expandindo aos poucos como uma mancha de sangue.

— Por que alguém escreveria isso? — pergunto de novo, ignorando sua reação. — Por que alguém *diria* isso?

— Há muitas razões — diz, debruçando-se sobre a mesa para olhar a tela. — Talvez tenha sido algum fanático religioso bem-intencionado que percebeu como o comentário era insensível e o apagou. Ou você se confundiu. Era esse?

Ele aponta para a tela, para o último comentário: *Que caso bizarro.*

— Não. — Balanço a cabeça. — Não me enganei. O comentário era *"Ele está em um lugar melhor"*.

— Olha — diz o detetive, se levantando de novo. Observo enquanto se dirige à saída, coçando a cabeça de Roscoe com uma das mãos enquanto abre a porta com a outra. — Não há nada que eu possa fazer sobre isso. Você está inventando pistas onde elas não existem e está desviando recursos de outras frentes. Tem ideia de quantas vezes me telefonou na semana passada?

Ficamos em silêncio. Sinto meu rosto queimar, e a imagem do detetive Dozier vendo meu nome na tela de seu celular e ignorando a chamada fica gravada em minha cabeça.

— Não se meta com Paul Hayes — avisa, por fim. — E como sempre, eu telefono para você se tiver novidades.

Ele havia decidido que a conversa estava encerrada. Que, mais uma vez, desperdicei seu tempo. Está quase saindo, puxando a porta atrás de si, quando algo que não consigo controlar toma conta de mim, subindo de dentro de mim como acidez estomacal.

— Eu não matei meu filho! — grito. — Não o machuquei.

Não sei por que digo isso, mas, nesse momento, sinto que é necessário. É a mesma sensação que tenho sempre que estou no palco, recebendo todos aqueles olhares da plateia: olhares de dúvida, de desconfiança. Como se estivessem só esperando eu cometer um deslize, com as câmeras preparadas, prontos para documentarem meu fracasso por um prazer pessoal mórbido e postá-lo na internet para que o mundo inteiro veja. Ou talvez seja a indiferença com que esse homem me trata há um ano – o jeito como olha para mim com arrogância e desdém, como se soubesse algo que eu não sei – ou como recebe todas as minhas perguntas com gemidos e suspiros, em vez de me dar respostas. Como se não acreditasse que algum dia vai pegar o responsável – porque, na cabeça dele, a pessoa responsável sou *eu*.

Ou então – depois de me ver na tela do notebook e mergulhar em todas aquelas lembranças de Margaret tão cruas e reais – talvez eu também precise acreditar nisso.

— Não fiz nada de errado — continuo, agora falando mais baixo, constrangida com o som da minha própria voz.

O detetive Dozier para e se vira lentamente. Ainda com a mão na maçaneta, olha para mim e levanta as sobrancelhas, e um esboço de sorriso satisfeito levanta os cantos de sua boca, como se ele tivesse acabado de vencer algum tipo de desafio entre nós.

— Eu nunca disse que você fez.

# CAPÍTULO TRINTA E TRÊS

ANTES

Estou sentada na beirada da cama, ainda de camisola. Fechei a janela mais cedo, mesmo que ainda esteja quente dentro de casa – mesmo que, sem essa brisa, o ar esteja pegajoso e parado. Não suporto mais o cheiro do pântano. O cheiro de morte, a maneira como se infiltra pelo vidro rachado, serpenteando sob minhas narinas como um dedo me chamando para perto.

— Você vai ter que me ouvir com muita atenção — meu pai diz, o tom de voz urgente, baixo. Não consigo encará-lo, sentado ao meu lado na cama, então olho para o tapete. — Izzy, a polícia vai chegar a qualquer momento. Eles vão querer falar com você sobre o que aconteceu ontem à noite.

— Mas eu não sei o que aconteceu ontem à noite...

— Isso mesmo — confirma. — Você não sabe. Estava dormindo.

Olho para ele com a testa franzida. Suas palavras não ditas pesam entre nós, uma sugestão de que seria sensato fazer exatamente o que ele diz.

— Mas, às vezes, sabe... — Paro, olho para baixo e tento encontrar as palavras certas. — Às vezes, eu me levanto e faço coisas...

— Não ontem à noite — afirma, e balança a cabeça. — Ontem à noite, você dormiu o tempo todo. Não precisa nem tocar nesse assunto.

— Mas quando acordei...

— Quando acordou, você desceu e encontrou sua mãe e eu sentados na cozinha — ele me interrompe. — E foi então que contamos o que havia acontecido.

— Mas o que *aconteceu*? — pergunto, a voz aguda. Estou cansada de dar voltas; cansada de falar em código. Tenho a sensação de que, no fundo, já sei qual é a resposta, mas preciso ouvir meu pai dizer. — Papai, o que aconteceu com Margaret?

— Ela... se foi, Isabelle. Ela morreu.

Eu soube pelo jeito como meus pais olharam para mim na cozinha - minha mãe com aqueles olhos sem brilho, e pelo jeito como passou por mim, furiosa. Soube no momento em que me virei e percebi que Margaret não estava na cama. Foi como um instinto, algo quase imperceptível. Como se o mundo estivesse de alguma forma diferente, menor, sem ela ali. A morte assombra este lugar – sempre assombrou. De certo modo, é quase como se estivesse nos eliminando, um a um. Como se fosse uma espécie de pedágio, e nossa dívida ainda não tivesse sido quitada.

Ouço o repentino bater de portas de um carro lá fora, o sinal de que a polícia havia chegado. Meu pai se levanta depressa e bate de leve em minha perna, olhando para mim uma última vez.

— Só fale quando falarem com você — diz. — Não diga nada, a menos que seja para responder a uma pergunta.

Assinto.

— Faça exatamente o que eu disse — insiste. Depois sai e fecha a porta.

Estou ouvindo os ruídos lá embaixo há um bom tempo: murmúrios, sussurros. O som de pessoas andando pela casa, inspecionando coisas. Até que alguém bate à porta do meu quarto – batidas suaves e educadas que anunciam: *não preciso da sua permissão; vou entrar de qualquer jeito*. É nada mais que uma cortesia, eu sei. Uma oportunidade para me preparar, controlar a respiração.

Olho para a porta.

— Isabelle, querida, este é o chefe Montgomery. — Meu pai aparece na fresta da porta antes de abri-la por completo. Vejo outro homem ao lado dele: alto e magro, a cabeça com o formato e o brilho de uma bola de bilhar. — Ele veio fazer algumas perguntas.

Assinto, olho para minhas mãos entrelaçadas no colo e repito mentalmente as falas do meu pai. Não parece que é uma mentira, porque não sei o que aconteceu – eu nem saberia se *estivesse* mentindo – mas, de algum jeito, também não sinto que é a verdade.

— Oi, Isabelle. — O chefe Montgomery entra no quarto, senta ao meu lado na cama. Ouço o ranger das molas, sinto meu peso pender na direção dele. — Posso sentar aqui?

Balanço a cabeça, embora ele já esteja sentado.

— Pode me contar o que se lembra da noite passada? Aconteceu alguma coisa incomum?

Olho para o homem, vejo como a testa se prolonga sem interrupções até o couro cabeludo, ambos brilhantes e lisos de suor. Ele me lembra de uma cobra que Margaret e eu encontramos uma vez no quintal, uma cabeça-de-cobre: o nariz pontudo, os olhos estreitos como fendas. Margaret queria ficar com ela, dar-lhe um nome, mas papai a decapitou com uma pá sem pensar duas vezes. Nunca vou me esquecer do som do metal em contato com a cobra; os fios mucosos de sangue e entranhas que pendiam do pescoço dela como macarrão cozido demais. O jeito como o corpo continuou se movendo por um minuto, se contorcendo pelo chão como se não soubesse que estava morto.

Olho para meu pai, vejo o aceno sutil que faz com a cabeça.

— Nada incomum — respondo, e é verdade, mais ou menos. O ar-condicionado estava desligado e Margaret dormiu no meu quarto. Isso era incomum. — Tomamos banho, depois fomos para a cama.

— Muito bem — diz o chefe Montgomery. — E por volta de que horas foi isso?

Dou de ombros.

— Nove?

— Saiu da cama por algum motivo? Para ir ao banheiro, talvez, ou para beber água?

Olho para meu pai de novo, e imediatamente volto o olhar para baixo outra vez.

— Não. Dormi a noite toda.

— Certo. — Ele assente. — Certo, e Margaret? Você a viu sair da cama?

— Não — repito. — Estava dormindo.

— Ouviu alguma coisa?

— Não.

— Nem por aquela janela?

Olho para o homem. Ele está apontando para a parede voltada para o pântano, para minha janela.

— Não — falo, mais uma vez. — Estava fechada.

— Por que estava fechada? Está quente aqui. — Ele tira um lenço do bolso e limpa a testa, como se quisesse enfatizar que está suando. Na mesma hora, vejo gotinhas de suor voltarem novamente à superfície, como se o couro cabeludo dele fosse de um tecido poroso. — Tenho certeza de que ia gostar de uma brisa, não? E se a janela estivesse aberta, talvez pudesse ouvir alguma coisa na água? Movimentos ou gritos?

— Não — insisto. — Não estava aberta. Eu... não gosto do cheiro.

Chefe Montgomery assente.

— Tudo bem — diz, o suor escorrendo por seu pescoço. — Tudo bem. E a que horas se levantou esta manhã?

Quero olhar para o meu pai de novo, mas alguma coisa me diz que não devo continuar fazendo isso. Devo olhar para a frente, para o homem ali sentado.

— Sete?

— Sempre acorda tão cedo?

— Acho que sim.

— E Margaret estava acordada quando você se levantou?

— Não sei.

Ele se move no colchão, cruza as pernas, e não gosto de como o movimento me faz escorregar para perto dele de novo. Nossas pernas se tocam, e quero me afastar, mas ao mesmo tempo tenho medo de me mover.

— Isabelle, vou precisar da sua ajuda com isso, ok? Eu soube que você e sua irmã eram próximas.

Concordo com a cabeça – *éramos* – e, antes que eu possa desviar o olhar, sinto uma lágrima escapar, descer por meu rosto. Levanto o braço e a enxugo com o dorso da mão.

— O que aconteceu hoje de manhã, depois que você acordou? Consegue se lembrar de alguma coisa incomum? Algo fora do lugar?

Penso em como me levantei, cambaleante e lenta, sentindo o cheiro forte do pântano no quarto, que desde então já havia se dissipado. A água no tapete entre meus dedos do pé, agora quase seca. Corri para o banheiro e encontrei toalhas no chão; toalhas que meu pai recolheu e jogou na máquina de lavar roupas, deixando tudo arrumado. Penso também que estou usando uma camisola diferente daquela com que fui me deitar, no lodo seco que senti atrás da orelha. Levanto a mão e toco aquele mesmo trecho de pele. Está limpo. Antes de a polícia chegar, esfreguei e limpei todas as manchas. Apaguei as marcas dos dedos como tinha tentado apagar as pegadas no tapete.

Como se fazê-las desaparecer significasse que nunca estiveram lá.

— Não — falo, por fim. — Nada diferente. Desci, fui para a cozinha e encontrei meus pais. E foi então que... foi quando eles me contaram sobre Margaret. Disseram que ela sofreu um acidente.

— Tudo bem. — Assente. — Ok, querida, isso é tudo de que preciso. Você foi ótima.

Ele bate de leve no meu joelho antes de se levantar e voltar para perto do meu pai. Os dois sorriem para mim antes de saírem e fecharem a porta.

Fico sentada por um tempo, olhando para a parede à minha frente, meu coração batendo forte no peito. Nunca gostei de mentir. Sempre me faz sentir tão errada, tão envergonhada, mas, hoje mais cedo, quando meu pai conversava comigo, ele disse que às vezes uma mentira pode ser uma coisa boa, se for contada pelas razões certas.

Isso me fez lembrar de uma mentira que contei por Margaret uma vez, no ano passado, depois que ela quebrou o vaso de cristal da minha mãe. Ela sabia que não deveria tocar nele – era uma antiguidade; como muitas outras coisas na casa, proibidas para nós –, mas ela mexeu no vaso mesmo assim, subindo em um banquinho e ficando na ponta dos pés, tentando alcançá-lo com as mãos esticadas. Margaret tinha acabado de pegar algumas flores para a mamãe lá fora, mas, antes que pudesse colocá-las no vaso, seu pé direito escorregou e aquela coisa caiu no chão, estilhaçando. Mamãe ficou brava, é claro – *furiosa* –, mas eu sabia que Margaret não tinha feito de propósito. Ela não teve a *intenção* de quebrar nada. Por isso, naquele momento, bem no meio da bronca, eu assumi a culpa.

Talvez isso seja parecido, refleti. Uma mentira boa. Talvez meu pai queira que eu minta para proteger Margaret. Mas de alguma maneira, no fundo, sei que isso não é certo. Sei que não é Margaret que ele está protegendo.

De algum jeito, sei que sou eu.

# CAPÍTULO TRINTA E QUATRO

### AGORA

Não posso continuar assistindo a esses vídeos – não depois da visita de Dozier. Eu me sinto inquieta, agitada, como se minhas veias tivessem se transformado em fios desencapados vibrando com a energia elétrica.

Tenho dificuldade em processar tudo que ele acabou de me dizer: que aquele comentário pode ter sido um produto da minha imaginação; que Paul Hayes mora sozinho. Suponho que seja possível que ele estivesse com companhia – que talvez o velho na varanda fosse uma visita, um hóspede durante essa semana, alguém inofensivo –, mas mesmo assim... Por que ele estava sentado lá fora no meio da noite? Por que me ignorou? Será que ao menos me viu ali?

E ainda mais aterrorizante: será que *ele* estava mesmo lá?

Balanço a cabeça, ando de um lado para o outro, tento relaxar. Vou voltar àquela casa esta noite, ver se ele ainda está lá. Talvez deva levar Waylon, só para ter certeza de que ele também o vê. E se ele o vir, eu vou saber. Vou saber que não estou louca.

Pego o celular e abro o aplicativo do Facebook. Digito o nome dele: Paul Hayes. Logo percebo que há muitos Paul Hayes por aí – um advogado no Texas com um chapéu de aba larga; um adolescente no Oklahoma com uma caminhonete enorme. Há até alguns aqui em Savannah, segurando veados, peixes e outras coisas mortas, mas nenhum é ele.

Em seguida abro o Instagram, faço a mesma busca e rolo a página. Nada. Coisa nenhuma.

Abaixo o celular, mordo a bochecha por dentro e penso. Paul Hayes parece não existir para o mundo exterior – e de repente, questiono se é de propósito. Eu me pergunto se é esquecível por alguma razão. Quando falei com ele no ano passado, bati naquela porta com o cartaz de Mason na mão, ele foi a combinação perfeita de alguém desinteressante: educado, sem ser simpático, cooperativo, mas não útil. Como alguém que não queria levantar suspeitas. Alguém que queria desaparecer nas sombras.

Alguém que tem algo a esconder.

Suponho que não seja crime gostar de privacidade, mas... Ele tem antecedentes criminais. Está em liberdade condicional. Estava na vigília. Sua varanda tem vista direta para o meu quintal.

É alguma coisa – um indício, definitivamente. E preciso saber mais sobre isso.

Também preciso saber mais sobre meu sonambulismo. Tenho que descobrir se isso significa algo e... – engulo em seco, fecho os olhos – se posso ter feito alguma coisa outra vez. Alguma coisa de que não me lembro. Olho para o telefone e digito o número do dr. Harris, deixando chamar até cair no correio de voz. Então, gravo uma mensagem rápida pedindo um encaixe o mais depressa possível.

Desligo, mas, antes de deixar o aparelho de lado, sinto-o vibrar em minha mão.

— Waylon. — Atendo imediatamente ao ver o nome dele na tela. — Você nem imagina...

— Oi, Isabelle — ele me interrompe, e parece ofegante e agitado. — Acabei de trocar algumas palavras com o detetive Dozier.

Paro e olho para o relógio, boquiaberta. Dozier acabou de sair daqui, faz poucos minutos. Ele não pode ter chegado à delegacia tão depressa.

— Ah. — Sinto o rosto esquentar, o coração bater mais depressa. — E como foi?

— Ótimo. Ele é muito cooperativo, mas disse que não sabe nada sobre seu vizinho. Sinto muito.

Abro a boca para responder, mas as palavras não saem.

— Vou almoçar um pouco mais cedo — avisa, sem saber sobre os pensamentos que se atropelam em minha mente. — Ainda quer me encontrar?

Estou perplexa, paralisada, tentando entender as implicações dessa conversa. O que tudo isso significa.

— Isabelle?

— Sim — consigo murmurar uma palavra, mesmo que almoçar com Waylon seja a última coisa que quero fazer agora. — Sim, vai ser bom.

— Ótimo — diz. — Encontro você no Framboise em meia hora. Conto tudo lá.

Ele desliga, e fico em silêncio, ainda com o celular grudado na orelha. Então engulo, abaixo o braço lentamente. Um cobertor de medo me envolve quando olho em volta, vejo as coisas de Waylon amontoadas na sala da minha casa: o paletó pendurado no encosto de uma cadeira na sala de jantar, a mala em um canto do corredor. A caneca dele no balcão, a borda ainda manchada pelas gotas de café que tocaram seus lábios. Há pedaços dele por todos os lados, essas pistas microscópicas de outra vida em minha casa como poeira nos móveis, visível apenas quando você olha para elas sob a luz certa.

E é nesse momento que a gravidade de tudo isso me atinge.

Waylon foi atrás de mim naquele avião. Em um instante de clareza, tenho certeza absoluta disso. Ele estava procurando por mim, *especificamente*; talvez tenha ido à TrueCrimeCon para me conhecer. Encontrou-me lá sentada, aquele assento vazio ao meu lado, e se apresentou. Deixou seu cartão. Depois veio aqui e me deu uma amostra do que sabia que eu queria: alguém para me ouvir, alguém para me entender. Alguém para se *importar*. Mas foi só uma amostra. O suficiente para saciar a fissura. E depois ameaçou ir embora, me deixando desesperada: uma viciada aflita por mais uma dose, e ofereci minha casa para que ficasse.

Agora, esse homem que entrou em minha vida há uma semana conseguiu se infiltrar nela tão completamente que percebo que não foi por acaso. Não existe a menor possibilidade de não ter sido planejado.

Penso de novo sobre a violência, como já fiz tantas vezes ao longo desse último ano. Às vezes, ela se apresenta como um tiro, barulhenta e desordenada, espalhando sangue nas paredes –, mas outras vezes é tão silenciosa quanto um sussurro: um punhado de comprimidos ou um grito embaixo d'água. Um estranho que entra pela janela à noite e desaparece sem deixar rastros. Mas também há outras ocasiões em que chega disfarçada. Quando é convidada a entrar, passa pela porta da frente usando um disfarce: um aliado, um amigo.

Pensei que Waylon se importasse. Pensei que quisesse ajudar. Mas agora não sei por que está aqui. Não sei o que ele quer.

Agora sei que está mentindo. Sei que ele também tem um segredo.

# CAPÍTULO TRINTA E CINCO

A caminho do Framboise, recebo outra ligação. Dessa vez, é o dr. Harris retornando minha chamada.

— Isabelle — diz, e parece contente por ouvir minha voz. Tenho evitado ele, eu sei, faz meses. Com médicos, há essa expectativa de que com a ajuda deles as pessoas deveriam se sentir melhor; de que todos os problemas deveriam se dissolver como sal na água, deixando para trás apenas o gosto amargo do que existia antes. Mas não estou melhor, é óbvio. Nada se dissolveu por aqui. — Desculpe por não ter atendido sua ligação, estava com um cliente.

— Ah, oi — digo, segurando o telefone entre o rosto e o ombro. Estou no carro, a dez minutos do restaurante. — Não tem problema. Estava pensando se posso marcar um horário...

— Sim, a mensagem que deixou no correio de voz pedia um horário *o mais depressa possível*. Está tudo bem?

— Estou bem — minto. — Só tenho algumas perguntas. Queria sua ajuda.

— Pode ser hoje à tarde? Um cliente cancelou.

Olho para o relógio do painel; já passou do meio-dia.
— Que horas?
— Uma e meia?

Tamborilo os dedos no volante. Quero ouvir o que Waylon tem a dizer – não, eu *preciso* ouvir o que Waylon tem a dizer – sobre esse encontro fictício com o detetive Dozier, sua mentira sobre Paul Hayes. Preciso saber o que ele quer, por que está aqui. Por que está mentindo para mim. Mas ao mesmo tempo sei também que o verei hoje à noite. Não há como evitar isso agora. Não há como evitá-lo.

— Combinado — respondo, tomando a decisão intempestiva de cancelar o almoço para ir à consulta. Afinal, por mais medo que eu tenha de todos os motivos para Waylon estar mentindo para mim – do que ele está fazendo na minha casa, na minha vida –, tenho mais medo do que vi na tela do notebook. — Estarei aí a uma e meia.

Quando chego, o consultório parece familiar, mas estranho, como aquela sensação de entrar na sua própria casa em um sonho. Eu costumava vir aqui com tanta frequência – duas vezes por semana, todas as semanas, desde julho passado – que conhecia cada centímetro desse lugar. Mas agora tantas pequenas coisas mudaram, que a sensação é de que não é a *mesma* coisa. Sei que são alterações sutis, uma redecoração lenta ao longo dos últimos seis meses, mas de repente é chocante, como ver as mudanças drásticas em uma criança depois de um longo tempo de afastamento.

Tudo isso me deixa pouco à vontade, como se estivesse no lugar errado.

— Tem conseguido dormir? — Dr. Harris pergunta, inclinando-se em minha direção. Seu cabelo está um pouco mais comprido do que na última vez que o vi, a penugem que antes brotava no queixo formando o início de uma barba. — Melhor que antes?

— Sim, melhor — minto. — Muito melhor.

— Isso é fantástico — afirma, satisfeito consigo mesmo. — Está seguindo meu protocolo? Fazendo exercício, evitando álcool e cafeína...

— Sim — minto de novo, porque não quero repetir tudo isso com ele. Preciso de cafeína para conseguir fazer alguma coisa durante o dia; sem ela, sou como um zumbi. E o álcool... bom, sinto que preciso dele também, de vez em quando. Só que por motivos diferentes.

— Tem criado uma rotina noturna relaxante, como já falamos? Evitando eletrônicos, gatilhos estressantes...

— Sim.

As mentiras agora fluem com facilidade, mas como vou criar uma *rotina noturna relaxante* vivendo como eu vivo – sempre sozinha, sempre no limite, sempre esperando Mason voltar para casa? Minha existência inteira é um gatilho de estresse; minha casa é a cena de um crime que continua sem solução.

— Tem evitado os cochilos durante o dia?

Penso em todos os meus episódios de microssono; minutos ou horas pelos quais não me responsabilizo. Pisco e, na sequência, vejo alguém me encarando – Waylon ou um desconhecido – com cara de preocupação. Mas não faço isso de propósito. Não é como se tivesse algum controle. Então, assinto de novo.

— E os comprimidos para dormir? — pergunta. — Tem tomado?

— De vez em quando — respondo. — Mas ainda acho que é meio fraco.

— Você toma a dosagem mais alta.

— Eu sei.

Dr. Harris olha para mim, se ajeita na cadeira.

— Então, sobre o que queria falar comigo? — pergunta, girando uma caneta entre os dedos como se fosse um bastão. — Disse que tem algumas perguntas.

— Sim. Mas não é sobre a insônia. É sobre o sonambulismo, na verdade.

— Ah. — Ele se recosta na cadeira com um sorriso brincalhão. — Você era sonâmbula, certo? Lembro que conversamos sobre isso.

— Quando eu era criança. Acontecia com bastante frequência.

— Isso não é incomum na adolescência.

— O que desencadeia as crises, exatamente?

— Ah, muitas coisas — comenta. — Fadiga, horários irregulares de sono. Febre alta, alguns medicamentos, trauma, genética, estresse. Mas na maior parte das vezes apenas acontece.

— Sem nenhum motivo real?

— Sim. Durante os estágios três e quatro do sono profundo. Algumas partes do cérebro estão dormindo enquanto outras ainda estão acordadas.

— Estive pensando... — Olho para minhas pernas. Cada vez mais, isso traz de volta a sensação daquela manhã com o chefe Montgomery: ele, no meu quarto, sentado perto demais, e eu escondendo a verdade. Desviando o olhar. Com muito medo do que ele poderia encontrar ali: meu segredo, minha mentira, encolhido em um lugar profundo dos meus olhos, como um animal em hibernação. — É possível alguém fazer alguma coisa ruim enquanto está dormindo? E não saber? Não lembrar?

— Defina *ruim* — diz, apoiando o queixo na mão. — Às vezes as pessoas urinam no closet, por exemplo, ou se arriscam fora de casa. Até mantêm conversas completas. Isso pode ser constrangedor.

— Não, estou perguntando se elas podem fazer alguma coisa... perigosa. — Olho para ele. — Violenta.

— É raro — fala, devagar. — Mas as pessoas podem tentar dirigir um carro ou pular janelas, às vezes, e isso é muito perigoso, é claro...

— E com outras pessoas?

Dr. Harris para de falar. Olha para mim com mais atenção.

— Por que está perguntando isso?

— Acho que posso ter começado com isso de novo. — A história que elaborei no carro a caminho daqui flui de meus lábios com toda a naturalidade, do jeito que ensaiei. — Outro dia, acordei e algumas coisas haviam sido mudadas de lugar na minha sala de estar, coisas que não me lembro de ter rearranjado. Foi um pouco perturbador.

Eu me lembro de todas aquelas manhãs quando era mais nova, a sensação de encontrar minhas coisas fora do lugar: os sapatos em dois locais diferentes, a escova de cabelo na lavanderia. O jeito como recolhia tudo, examinava os objetos com curiosidade, como se tivessem criado pernas durante a noite e andado pela casa por conta própria.

— Tenho certeza de que foi isso — responde. — Mas fique tranquila, você não tem com que se preocupar. Só mantenha as portas trancadas para não sair de casa, instale um alarme, talvez. Cerca de dois por cento das crianças continuam a ser sonâmbulas na idade adulta. Considerando sua história, não estou surpreso.

— Entendo — digo, e assinto. — Bom saber. Então ninguém nunca... sei lá, *matou alguém* enquanto dormia?

Sorrio, forço uma risadinha, tento sinalizar que estou brincando. Que não acredito que isso seja possível. Que não estive pensando nisso, especulando desde criança, que apenas apaguei isso da mente – como aquelas pegadas, aquela lama –, fingi que o pensamento nunca passou por ela.

— *Sonambulismo homicida.* — Dr. Harris sorri de volta. — Acredite ou não, mas aconteceu. Mas, de novo, é muito raro.

Sinto aquela dor no estômago familiar, como se alguém estivesse usando um moedor de carne nas minhas entranhas, transformando meus órgãos em espuma.

— O caso mais famoso é o de Kenneth Parks — continua. — Assassinou a sogra e tentou matar o sogro em 1987.

— O que ele fez?

— Dirigiu vinte e três quilômetros, entrou na casa deles com sua cópia da chave e espancou a sogra até a morte com uma chave de roda. Depois tentou estrangular o sogro, pegou o carro e foi embora.

— Tudo isso enquanto *dormia*?

Dr. Harris dá de ombros.

— Cinco neurologistas parecem pensar que sim. Ele foi absolvido.

— Como isso é possível?

— A mente subconsciente é, ao mesmo tempo, bela e misteriosa — diz, batendo na testa com a caneta. — O lobo frontal superior é a parte mais desenvolvida do cérebro, onde ficam os ensinamentos morais. No sonambulismo, essa parte do cérebro está adormecida. Então, um sonâmbulo pode fazer coisas *terríveis*, coisas que nunca faria se estivesse acordado. Eles não conseguem diferenciar certo e errado.

Engulo em seco e assinto, tentando me mostrar interessada, mas distante. Como se isso fosse uma simples curiosidade, nada mais.

— É como se o corpo estivesse no piloto automático, mas, é claro, a maioria dos casos não são tão extremos assim — o médico continua. — O sonâmbulo pode seguir sua rotina, talvez, como tentar dirigir até o trabalho, barbear o pescoço com uma lâmina e acabar matando alguém por acidente, ou se matando.

Penso no quarto de Mason – em mim, uma sombra vagando pelo corredor, parando na frente da porta. Abrindo a porta, entrando no quarto como tinha feito tantas vezes antes.

— Ou o sonâmbulo se assusta e ataca alguém que o observa — acrescenta. — Daí vem aquela história de *nunca acordar um sonâmbulo*.

De volta ao meu quarto, deitada com Margaret. Seus olhos arregalados cravados nos meus, o rosto colado no travesseiro.

— *Tentou me acordar?* — perguntei a ela, sentindo o calor da vergonha subir pelo pescoço como chamas lambendo uma parede.

— *Mamãe falou para não te acordar. É perigoso.*

— *Não é perigoso* — respondi. — *Isso é bobagem.*

— A pessoa se lembraria? — pergunto agora. — Se fizesse algo assim?

— A menos que acorde no meio do ataque, não, em geral não — informa. — É raro que um sonâmbulo se lembre de um episódio na manhã seguinte, embora possam lembrar, às vezes. É como recordar um sonho.

Pigarreio e me levanto da cadeira, desesperada para sair dali.

— Obrigada, doutor. Tudo isso foi muito útil.

— Tem certeza de que é só isso? — Ele também fica em pé. — Ainda tenho mais trinta minutos antes da próxima consulta.

— Sim, é só isso. Só queria ter certeza de que é seguro.

— Perfeitamente seguro, de modo geral. — Ele põe as mãos nos bolsos. Assinto, me viro para sair, mas sinto o olhar dele em minhas costas quando me dirijo à porta. — Mas, Isabelle...?

— Sim? — Olho para trás. Estou segurando a maçaneta; quase saindo.

— Sabe o que é mais perigoso que sonambulismo?

— O quê?

— Privação de sono. Sério. Isso provoca todo tipo de problema.

— Eu sei. — Sorrio. — Estou consciente disso.

— Estou falando sério — insiste, e me encara, como se não tivesse certeza de que deveria me deixar ir embora. — Não se trata de letargia, de problemas de memória e distúrbios sensoriais. Se for muito grave, pode provocar alucinações, delírios. Coisas bem ruins.

— Eu sei — repito, e mordo o lábio.

Ele me encara por mais um instante, como se tentasse me enviar algum tipo de mensagem, até que, enfim, senta-se e apoia as mãos na mesa.

— Tente dormir, está bem? Promete?

— Sim — digo. Depois abro a porta e saio. Tenho medo de como agora elas saem com facilidade, as mentiras, como se levantam do fundo do meu ventre e borbulham até a boca, saindo dela como a alga preta que transborda daquela grande boca de pedra.

— Prometo.

# CAPÍTULO TRINTA E SEIS

Depois do velório de Allison, Ben apareceu na minha casa. Ele não disse que viria; eu não o havia convidado. Mas quando ouvi as batidas na porta naquela noite, já tarde, sabia que o encontraria do outro lado. Nunca perguntei como descobriu meu endereço, e honestamente não me importava. Apenas abri a porta e dei um passo para trás, deixando que ele entrasse como o havia deixado entrar em minha vida tantas vezes antes. Sem questionar.

Lembro que estava vestido com o mesmo terno – aquele que usou de manhã para enterrar a esposa – e que, minutos depois, estava sendo despido por mim. O paletó caiu no chão, abandonado ao lado dos sapatos com os quais eu havia andado quase cinco quilômetros até minha casa, cujos saltos gastos deixaram meus pés ensanguentados e cheios de bolhas. Havia uma espécie de urgência desajeitada naquilo, meus dedos atrapalhados puxando os botões de sua camisa, como se estivéssemos caindo de um penhasco. Como se, caso não mergulhássemos nele naquele exato momento – mentes vazias, corpos no piloto automático –, recobraríamos a razão e recuaríamos devagar. Pararíamos, pensaríamos no que estávamos fazendo e perceberíamos que tudo aquilo era terrivelmente errado.

Mas não foi o que fizemos. Não paramos.

Mais tarde, ficamos deitados em silêncio, de mãos dadas na cama. Eu ainda dormia no mesmo colchãozinho triste do meu quarto de criança, com o cheiro de Margaret entranhado nas fibras como uma mancha. Deitar ali com Ben fez com que eu me sentisse muito juvenil, e me fez lembrar de como minha irmã e eu puxávamos as cobertas sobre a cabeça e contávamos histórias uma para a outra com lanternas acesas, tentando encobrir as discussões sussurradas ou os gritos que vinham da sala.

— Você sabe que não podemos contar isso para ninguém — Ben falou, depois de alguns minutos de silêncio, afagando meu cabelo. Eu tentava ignorar a aliança de casamento que ainda podia sentir em seu dedo. O contato frio do metal na minha pele. — Ainda não.

Olhei para ele, estudei seu perfil no escuro.

— Tem o trabalho — esclareceu. — Posso perder o emprego. E você também.

— Ah, claro. Com certeza.

— Vamos encontrar um jeito — disse, beijando minha testa antes de se virar e levantar da cama com um gemido. — Com o tempo.

Eu o vi vestir a cueca e ir ao banheiro, bebendo-o com os olhos como se me preparasse para mais uma seca sem ele. Não sabia o que sentir naquele momento. Uma pergunta martelava minha mente o dia todo, aquela semente de dúvida que germinou no momento em que Ben me puxou para perto nos fundos da casa, lançando raízes que se espalhavam em meu cérebro, se aprofundando e crescendo muito depressa. Desde que seus dedos se entrelaçaram nos meus cabelos e seus lábios tocaram os meus, não consegui parar de pensar: se Allison *não* tivesse morrido, isso teria acontecido?

Se não tivesse morrido, Ben teria me escolhido?

Talvez fosse só o efeito do luto. Talvez ele não suportasse a ideia de ficar sozinho, voltar para uma casa vazia – a mesma casa onde a encontrou caída no chão, com um frasco de comprimidos vazio na mão e os lábios cobertos de saliva seca. Eu o imagino parado em minha porta, com aquelas olheiras escuras sob os olhos como água suja de chuva empoçada na rua. Talvez na manhã seguinte ele acorde, pigarreie, olhe para o chão e decrete que tudo isso foi um erro: algo que nunca mais deveríamos mencionar, como aquela primeira noite juntos.

Afinal, Ben já tinha enfrentado essa escolha antes, Allison ou eu, e escolheu Allison todas as vezes. Ele a escolheu naquela noite do bar de ostras, quando foi embora e me deixou lá. Ele a escolheu em todas as nossas noites secretas, quando bebia uma cerveja em silêncio, removendo o rótulo úmido da garrafa com a ponta dos dedos antes de se levantar, acenar com a cabeça e me deixar sozinha no bar. Quando Allison estava viva, ele a escolheu, em vez de mim, muitas e muitas vezes, isso ficou muito claro. Então, de certa forma, enquanto ficava ali deitada no escuro – imaginando Allison sendo enterrada, sua pele bronzeada agora pálida e sem vida; os lábios que um dia sussurraram um segredo em meu ouvido, agora selados e imóveis –, uma parte de mim estava contente. Porque eu sabia que Ben não teria mais que escolher. A escolha tinha sido feita por ele.

Na verdade, ele nunca teve opção.

# CAPÍTULO TRINTA E SETE

Eu disse a Waylon que estava com virose. Essa foi minha desculpa para desmarcar o almoço – e passar o dia todo trancada no quarto, fingindo dormir para me recuperar.

Quero falar com ele, sim. Preciso ouvir a mentira que vai contar sobre a visita que fez a Dozier na delegacia, tentar descobrir o que ele está fazendo aqui. O que ele quer. Mas, primeiro, tenho que elaborar uma estratégia. Preciso pensar em como reagir; se vou confrontá-lo, exigindo respostas, ou se apenas me faço de boba, sustentando a farsa para ver aonde isso vai me levar.

Pego o notebook assim que chego em casa, vou para o quarto e fico na cama esperando o momento certo. Ouço os ruídos de Waylon se movendo pela casa: a descarga do banheiro, uma tosse. Consigo sentir sua presença do outro lado da porta do quarto de vez em quando. Imagino sua mão se aproximando da maçaneta, considerando se deve ou não bater à porta, antes de decidir se afastar. Não posso deixar de me perguntar o que está fazendo com toda essa liberdade dentro da minha casa: olhando minha correspondência, talvez, ou vasculhando o lixo. Tentando descobrir detalhes íntimos da minha vida ao analisar as marcas de temperos que compro ou os compromissos que anotei na agenda.

As pessoas tendem a esconder seus segredos mais sujos nos lugares mais comuns.

Enquanto isso, fiquei assistindo a mais gravações do quarto de Mason, analisando cada dia de maneira metódica. Eu me vi mais algumas vezes, entrando no quarto no meio da noite, em silêncio: parando, olhando. Mas é só isso. Não me aproximo, não vou além da metade do quarto; não faço mais do que ficar ali, parada, balançando um pouco, até que, a certa altura, dou meia-volta e saio.

São duas da manhã no vídeo que estou vendo agora, e lá estou eu de novo: de pijama, com os braços rígidos ao lado do corpo, o cabelo comprido caindo sobre os ombros como algas emaranhadas. É perturbador me ver ali. Ver meu sonambulismo gravado pela câmera. Mas até agora não fiz nada alarmante. Cada vez que me vejo entrar no quarto, meu estômago se contrai; mas então, toda vez que me vejo sair, ele relaxa novamente, como um músculo espetado por uma agulha.

Em algum momento, começo a pensar se talvez eles não estejam certos. Todos eles. O detetive Dozier me acusando de inventar pistas onde não existem; o dr. Harris dizendo que é seguro. *Eu sou* normal.

Começo a pensar se isso não é perfeitamente inofensivo. Talvez não tenha com que me preocupar, afinal.

Ouço um barulho na sala de estar e pauso o vídeo, a imagem do meu corpo congelado na tela. É o sofá que range quando Waylon se levanta, desliga a televisão e joga o controle remoto sobre as almofadas. É tarde, bem mais de meia-noite, e ouço os passos dele no corredor, passando na frente da minha porta a caminho do quarto de hóspedes, onde entra e fecha a porta.

Prendo a respiração e escuto. Os passos dele no quarto ao lado, o ruído do interruptor de luz. O guincho das molas quando ele vai para a cama. Imagino-o puxando as cobertas sobre o peito, o corpo ficando pesado, relaxando no colchão.

E espero.

Vinte minutos depois, deslizo para fora da cama e me aproximo da porta. Roscoe levanta as orelhas, e estendo a mão para silenciá-lo antes que faça algum barulho. Encosto o ouvido na madeira e escuto mais um pouco. Não ouço sinais de vida; nenhum barulho vindo do outro quarto.

Só então decido que é seguro.

Abro a porta e me esgueiro pelo corredor, a casa mergulhada na escuridão. Roscoe pula da cama e vamos juntos até a cozinha. Tudo parece normal – há uma tigela de cabeça para baixo no escorredor de louça, vestígios do jantar solitário de Waylon; o leve aroma cítrico do detergente pairando no ar – até que olho para a sala de jantar, meus olhos pousando na mesa. O notebook e o equipamento de gravação de Waylon montados no mesmo lugar de antes; logo abaixo, sua maleta apoiada no pé da mesa.

Olho para a porta fechada do quarto de hóspedes, depois para a mesa outra vez.

Vou até lá em silêncio e me sento na cadeira, no escuro. Inclino o corpo, pego a maleta e a coloco no colo. Felizmente, não é do tipo que tem chave, então destravo as presilhas e dou uma espiada dentro dela. Há um caderno; algumas pastas cheias de papéis. Pego a carteira dele e a abro, olhando sua habilitação.

Pelo menos ele não deu um nome falso. Eu já tinha feito uma pesquisa no Google, é claro, mas a prova está bem ali – Waylon Spencer –, ao lado da foto dele e de um endereço em Atlanta.

Fecho a carteira, jogando-a de volta na maleta, e pego algumas pastas. Abro a primeira e vejo que são os relatórios do caso que entreguei a ele na semana anterior. Tudo parece estar ali – intocado, sem alterações – então passo à pasta seguinte e, quando a abro, fico paralisada.

É outra cópia do caso de Mason. Mas essa parece ser bem mais antiga.

Tiro a pasta da maleta e a coloco em cima da mesa, percorrendo as beiradas gastas com os dedos. Tem marcas de caneta e manchas de café; anotações nas margens e trechos destacados com marcadores de texto. Tem o pôster de *DESAPARECIDO* e as transcrições de entrevistas; o registro de criminosos sexuais e fotos da cena do crime. É óbvio que ele estudou o material; leu cada palavra – não uma, mas várias vezes. Continuo virando as páginas, vendo as mesmas coisas que Waylon viu naquele primeiro dia em minha sala de jantar, agindo como se estivesse vendo tudo pela primeira vez.

De repente, me lembro de como tentou devolver a pasta, como se não precisasse dela.

— *Pode levar* — eu disse, naquela ocasião. — *Tenho uma cópia.*

Parece que ele também tinha.

— Por que ele tem isso? — sussurro, sentindo o papel gasto entre os dedos. Por que teria uma cópia do processo? Suponho que não seja *impossível* – jornalistas sempre conseguem ter acesso a essas coisas –, mas por que não me contou? Por que fingiu?

Penso mais uma vez naquela primeira conversa gravada – como me repeti dizendo coisas que ele já sabia, e como ele foi convincente. Fez as mesmas perguntas, fingindo curiosidade; assentiu, levantando as sobrancelhas como se já não soubesse as respostas que eu estava prestes a repetir.

Ele mente bem, como eu.

Fecho a pasta e a enfio de volta na maleta, colocando-a no chão exatamente onde estava antes. Depois pego os fones de ouvido e os ajusto sobre as orelhas. Consigo ouvir meu coração batendo alto, minha respiração pesada e rouca. Olho para o estéreo e aperto o *play*, iniciando a gravação no ponto onde parou.

— *Parece difícil de acreditar.*

Sinto como um soco no estômago – eu conheço essa voz. É o detetive Dozier, e já sei que voz vou ouvir em seguida.

— *Bem, é a verdade.*

É a minha.

Essa não é a conversa que tive com Waylon. Ele não está editando o material em que trabalhamos juntos. Essa é uma entrevista gravada na delegacia de polícia. Um dos primeiros depoimentos; uma das primeiras vezes que separaram Ben e eu.

Quando fui entrevistada... não, *interrogada* sozinha.

— *Muito bem, vamos repetir isso mais uma vez.* — A voz de Dozier brota dos fones e entra em meus ouvidos, provocando um arrepio familiar na espinha. Ainda consigo visualizar seus olhos – aqueles olhos tão endurecidos e firmes. Tão incrédulos. Ainda consigo visualizar como estava, debruçado sobre a mesa entre nós, batucando com os dedos num ritmo calmo, regular. Como se tivesse todo o tempo do mundo. — *Você acordou às seis da manhã.*

— *Sim, isso mesmo.*

— *E só pensou em ir olhar seu filho depois das oito?*

— *Eu... pensei que ele estivesse dormindo. Não queria acordá-lo.*

— *Ele sempre dorme até às oito?*

— *Não... não, normalmente ele acorda mais cedo.*

Estremeço ao ouvir o som da minha própria voz. Consigo perceber o tremor, uma leve vibração na garganta.

— *A que horas ele costuma acordar?*

— *Por volta das seis e meia.*

— *E não achou estranho não ter ouvido nenhum barulho no quarto dele? Quase duas horas depois do horário em que ele costuma acordar?*

— *Acho que estava só torcendo para ele dormir um pouco mais.*

— *E por que torcia para ele dormir um pouco mais?*

— *Ah, ele às vezes é agitado, então estava esperando... acho que queria aproveitar um pouco a vantagem de...*

— *Desculpa, você acabou de falar em "aproveitar um pouco a vantagem" de seu filho não acordar?*

— *Não, desculpe, não foi isso que eu quis dizer... Eu só...*

Tiro os fones e os coloco em cima da mesa, apoiando a cabeça nas mãos. *Droga.* Sabia que os depoimentos tinham sido ruins, mas agora, conforme os escuto, percebo que foram até piores do que me lembrava. Ainda consigo sentir a adrenalina correndo nas veias, o medo que faz meus dedos tremerem como os de uma dependente química em síndrome de abstinência.

Os olhos do detetive Dozier cravados nos meus, tentando me fazer perder o controle.

Faço um esforço para entender o que tudo isso significa – Waylon ter uma cópia do caso; ouvir as gravações de Dozier me interrogando, um interrogatório duro. Pela lógica, sei que pode ser pesquisa para o podcast. Acho estranho que tenha escondido isso de mim, mas, ao mesmo tempo, é o trabalho dele.

De qualquer maneira, não é incriminador o suficiente para que eu o confronte. Preciso de algo mais.

Olho para o notebook dele, para a porta do quarto de hóspedes, ainda fechada, depois para o teclado. Aperto a tecla para ligar a máquina. Por milagre, não tem senha – talvez estivesse usando até pouco antes, e o computador não entrou em hibernação, só apagou a tela. Agora ela se ilumina no escuro. Meu coração bate forte no peito quando deslizo os dedos pelo trackpad, navegando primeiro pela área de trabalho. Há várias pastas organizadas em ordem alfabética: *Entrevistas, Finanças, Pesquisa, Pessoal*. Não tenho tempo para vasculhar o computador inteiro – ele pode aparecer no corredor a qualquer momento e me pegar aqui, bisbilhotando seus arquivos – então clico primeiro em *Pesquisa*.

Afinal, parece que Waylon pesquisou muito.

Encontro várias subpastas dentro dela, cada uma nomeada por episódio e temporada. Leio o título de cada uma até chegar ao fim da lista – à última pasta, cujo nome é simplesmente *X*.

Clico na pasta *X* e arregalo os olhos ao ver o que tem dentro dela. Há fotos minhas – dezenas de fotos – em vários estágios de vida. A foto da minha admissão na *The Grit* e uma foto do meu casamento com Ben; nossa primeira foto de família, com Mason entre nós, e até algumas selfies nossas que postei no Facebook anos atrás. No final, encontro uma foto espontânea em que Ben e eu aparecemos em um bar; foi tirada de longe, do outro lado do salão, e nela aparecemos em um momento íntimo, bem próximos. Sem saber que éramos fotografados.

Cubro a boca com a mão, paralisada pelo choque.

De repente, ouço um barulho no quarto de hóspedes e dou um pulo, me viro depressa. Quase espero encontrar Waylon atrás de mim, me observando no escuro, mas ainda estou sozinha. Prendo a respiração, olhando para a porta fechada e imaginando seu corpo mudando de posição no colchão velho, fazendo as molas rangerem.

Depois de alguns segundos, sinto que é seguro continuar.

Saio da pasta *Pesquisa*, pensando em fechar o notebook e deixá-lo onde estava, mas decido verificar mais uma coisa. Abro o navegador para ver o Histórico de Pesquisa, consciente de que tenho só mais alguns minutos, e leio a lista dos sites visitados nos últimos tempos. A maioria é inocente – e-mails, notícias – até que me deparo com o mesmo artigo do TrueCrimeCon que li na semana passada.

Não tem nada de inusitado em Waylon ler o mesmo material – ele está trabalhando no meu caso e *estava* no evento, afinal –, mas agora penso naquele comentário mais uma vez.

*Ele está em um lugar melhor.*

O comentário que desapareceu depois da nossa primeira reunião: antes do nosso jantar no Framboise, estava lá, mas quando cheguei em casa, não estava mais. Arquivo esse pensamento e continuo lendo o histórico, pronta para desistir, quando, de repente, sinto todo o ar sair dos meus pulmões.

É isso. Esse é o *algo mais* que eu estava procurando.

É um artigo do *The Beaufort News,* o jornal da minha cidade natal. Waylon o leu recentemente, no dia anterior, e minhas mãos tremem quando clico no link e espero a página carregar. O artigo é antigo, digitalizado de uma edição de 1999, e sinto as lágrimas inundarem meus olhos quando a manchete aparece:

**FILHA DE CONGRESSISTA HENRY RHETT TEM MORTE TRÁGICA EM AFOGAMENTO NO PÂNTANO**

# CAPÍTULO TRINTA E OITO

ANTES

Ouço a batida de uma porta e pulo da cama, atravesso o corredor e me debruço sobre a grade da escada. Consigo vê-los pela vidraça da porta da frente: papai e o chefe Montgomery na varanda, conversando. Subo a escada correndo, saltando os degraus, e destravo a janela da frente no andar de cima, empurrando-a lentamente.

— Agradeço por isso, Henry. Sei que não foi fácil.

Uma rajada de ar morno do começo de tarde traz a voz dissimulada do chefe de polícia, que percorre o corredor como óleo sobre água. Eu me abaixo e escuto.

— Ah, tudo bem. — Meu pai suspira. Não consigo ver o rosto dele, mas imagino que massageia o alto do nariz com o polegar e o indicador, como faz quando está nervoso ou pensativo. — Sei que só está fazendo seu trabalho.

— Vou redigir o relatório oficial ainda hoje, mais tarde — avisa. — Afogamento acidental.

— Obrigado.

— E Henry... — O chefe faz uma pausa, hesita, como se não tivesse certeza de que deveria continuar. Como se ultrapassasse algum tipo de limite, confundisse a fronteira entre pessoal e profissional. Por fim, inspira, decidindo prosseguir. — Lamento sobre tudo isso. Sua família... vocês são boas pessoas. Todos vocês. Sei que tem sido um inferno.

Ouço meu pai fungar, um ruído molhado que brota da garganta. O som me deixa desconfortável. Acho que nunca tinha ouvido meu pai chorar; nem perto disso.

— Obrigado — repete, e pigarreia.

— A culpa não é sua — o chefe continua. — Mais de quatrocentas crianças com menos de seis anos se afogam em piscinas todos os anos, principalmente em junho, julho e agosto. É o calor, Henry. Está mais quente que o inferno.

Meu pai fica em silêncio, mas posso imaginá-lo balançando a cabeça para concordar, limpando os olhos com o lenço que sempre leva no bolso de trás.

— Seu ar-condicionado está quebrado. Ela deve ter pensado em dar um mergulho, se refrescar. É provável que tenha sido arrastada pela correnteza, era maré vazante.

— É — meu pai concorda. — Sim, eu sei.

Fecho a janela e volto para o meu quarto com passos lentos, sentindo uma tontura me envolver enquanto processo o que acabei de ouvir. A história deles faz sentido. Está quente, Margaret estava com calor e reclamava disso o tempo todo. Eu me lembro dela no estúdio, o suor escorrendo pelo pescoço e o rosto vermelho como fogo. Lembro-me dela naquela banheira, a água gelada fazendo sua pele formigar. Ela havia pedido para dormir ao ar livre, olhava ansiosamente pela janela desejando que o vento que vinha da água lhe trouxesse algum alívio – mas, apesar de tudo isso, sei que é mentira. Eu *sei* que meu pai está mentindo, porque Margaret nunca teria ido lá fora sozinha: jamais decidiria ir ao pântano e entrar na água até ficar fundo demais para voltar. Nunca teria feito isso sozinha.

Mas teria ido comigo.

Eu me lembro dela no meu quarto na noite passada: me abraçando, chegando mais perto, mesmo quando estava com medo. Margaret me seguia o tempo todo; não fazia diferença quando ou onde. Ela era uma coisinha silenciosa me seguindo como uma sombra – e sombras não se movem por conta própria.

Levo a mão ao pescoço e toco a região atrás da orelha que esfreguei com força. Está ardendo. Tenho a sensação de que a pele está vermelha e esfolada, como uma queimadura de carpete, e fecho os olhos, tentando pensar. Tento falar com ela, invocá-la onde quer que esteja. Preciso que me diga o que aconteceu, o que devo fazer, como fazíamos antes: fechar os olhos, tentar recriar aquela sensação de arrepio na nuca. De saber que você não está sozinho.

Apesar do calor intenso, sinto um rastro de arrepio descendo pelas costas.

Esta manhã, quando acordei, havia água no tapete e no chão do banheiro. Toalhas úmidas empilhadas e uma camisola limpa no lugar daquela com a qual dormi na noite anterior. Lama fresca grudada na pele.

Penso em minha mãe, em como olhou para mim na cozinha: raiva, tristeza, os ombros rígidos e a boca desenhando uma linha fina no rosto. O jeito como se levantou, passou por mim e bateu a porta ao sair. Ela sabia, meu pai também sabia. Talvez tivessem ido lá fora, incapazes de dormir depois de Margaret ter contado a eles sobre as pegadas, e nos encontraram juntas no escuro, as camisolas brancas brilhando ao luar. Eu, em pé, na beirada do pântano, enquanto Margaret boiava ao meu lado de bruços, com o cabelo espalhado na superfície da água como uma mancha de tinta que se espalhava lentamente.

Imagino os dois correndo pelo gramado, gritando o nome dela. Tirando-a da água, seu corpo molhado e inerte, não mais quente, e sim, de repente, frio demais. Lodo grudado na pele, no cabelo. Aquele cheiro terrível, horroroso.

Imagino minha mãe carregando-a para dentro, deitando-a com delicadeza no chão frio da cozinha. Sacudindo seus ombros, implorando para ela acordar – ou talvez apenas fingindo que ela ainda dormia. Talvez não conseguisse lidar com aqueles olhos arregalados, imóveis, por isso baixou as pálpebras com os dedos e rezou para que eles abrissem por conta própria, como os daquela boneca.

E meu pai, levando-me para dentro, como na noite do incêndio: de mãos dadas, inconsciente, enquanto me despia, me enxugava. Conduzindo-me de volta à cama com o olhar vazio.

Consigo imaginar: Margaret acordando ao meu lado quando afastei o lençol, joguei as pernas para fora da cama no escuro. Ela me seguindo pelo corredor, escada abaixo, para o quintal. Tentando criar coragem para estender a mão, segurar meu ombro quando me aproximei da margem do pântano.

— *Tentou me acordar?* — eu havia perguntado.
— *Mamãe falou para não te acordar. É perigoso.*
— *Não é perigoso. Isso é bobagem.*

Ela ouviu. Margaret sempre me ouvia. Acreditava em tudo que eu dizia.

— *Não vou te machucar* — falei. E ela assentiu, crédula. Confiante.

Foi uma promessa que não consegui cumprir.

# CAPÍTULO TRINTA E NOVE

AGORA

Mal consigo respirar, sentada ali em silêncio, o notebook de Waylon brilhando no escuro como uma lua cheia. Continuo encarando a manchete, as lembranças me inundando como as águas de um dique que se rompeu, até ouvir um rosnado baixo em algum lugar da casa.

Fecho o notebook com tudo e me viro, aliviada ao perceber que é apenas Roscoe arranhando a porta dos fundos.

— Meu Deus — sussurro, sentindo a cabeça leve e aérea. — Desculpa, amigão.

Eu me levanto e vou até a cozinha, me sentindo culpada quando percebo que ele não saiu de casa o dia todo. Abro a porta e o deixo sair, decidida a ir para o quintal com ele. Preciso de um pouco de ar.

Fecho a porta e respiro fundo, tentando controlar o tremor em minhas mãos. Está abafado, o ar tem uma umidade sufocante que indica a chegada de chuva. Roscoe fareja tudo, seus sentidos aflorados depois de um dia inteiro preso dentro de casa, assim como os meus, porque tudo parece mais intenso esta noite, de algum jeito, como se eu olhasse o mundo através de um microscópio. Consigo ouvir o coaxar unificado dos sapos no pântano, alguns quarteirões a leste; as cigarras; o som da natureza de repente é ensurdecedor para mim.

Caminho um pouco por ali, meus olhos se ajustando à escuridão, e penso.

Waylon está investigando o caso de Mason, isso é verdade, mas parece que está nisso há mais tempo do que eu pensava – e, mais que isso, parece que está *me* investigando. O arquivo do caso e as gravações são uma coisa, mas as fotos e o artigo são inteiramente diferentes. É algo pessoal, direcionado.

Tudo que sei é que não posso mais confiar nele. Não posso acreditar que ele vai me ajudar.

Preciso começar a encontrar respostas por conta própria, sem ele, e de repente levanto a cabeça. Tenho uma ideia.

Eu me aproximo da janela do quarto de Mason e me movo um pouco para a direita, para o ponto exato que vi quando me sentei naquela cadeira de balanço, quatro dias atrás, e olhei nessa direção por entre as árvores. Percebo agora que, se Paul Hayes consegue ver meu quintal de sua varanda, isso significa que, se eu ficar no lugar certo, também posso ver a varanda dele daqui. Olho através do meu quintal pelo vão entre as folhas, além da cerca, e estreito os olhos. Está escuro, mas tenho a luz da lua, as estrelas cintilando em um céu sem nuvens. Há um poste de luz perto da casa dele, aquele que ilumina sua varanda, e é então que vejo: uma alteração sutil no ar, como o movimento de uma sombra ou o vai e vem suave de uma cadeira de balanço.

Ele está lá.

Com movimentos rápidos, levo Roscoe para dentro e o tranco em meu quarto. Pego o celular e saio de novo pela porta da frente. Dou a volta no quarteirão, caminhando em direção ao número 1742 da Catty Lane.

Eu me aproximo da casa com o coração disparado, pensando nas palavras do dr. Harris.

*Alucinações, delírios.*

Penso sobre o que o detetive Dozier me disse hoje de manhã: que Paul Hayes mora sozinho. Penso sobre o comentário que vi – ou *pensei* ter visto – e como de repente não estava mais lá. Mas será que esteve lá em algum momento? Honestamente, não tenho mais certeza. Não tenho certeza de nada desde que me vi na tela do notebook, em pé no quarto de Mason, no escuro. Não sei o que vou fazer se chegar à casa de Paul e encontrar a varanda vazia; se aquela cadeira de balanço estiver se movendo sozinha, empurrada pelas pernas fantasmas da brisa. Não consigo suportar essa possibilidade. Mas, quanto mais me aproximo, mais confiante me sinto: ele está lá. Consigo vê-lo olhando para a frente, encarando o vazio. O mesmo rosto envelhecido, enrugado, como couro deixado ao sol; os olhos saltados como pedrinhas foscas.

Esse homem, seja quem for, é minha melhor chance agora. Minha única chance.

Ando mais devagar conforme me aproximo da varanda, empurrando os avisos de Dozier para o fundo da mente. Então, me viro para encará-lo e pigarreio.

— Oi — começo, sem saber como prosseguir. — Nós nos conhecemos na quarta-feira à noite, quando eu passeava com meu cachorro. Lembra?

O homem continua olhando para a frente, ainda com o mesmo roupão, apertando os braços da cadeira com as mãos. Elas são muito magras, frágeis. Estou prestes a abrir a boca de novo, insistir um pouco mais, quando seu olhar se volta para mim.

— Ah, sim — diz, uma voz suave, úmida. — Eu me lembro.

Solto o ar e sorrio. Sabia que esse homem era real. Eu *sabia* que era. De repente, me sinto ridícula por ter duvidado.

— Espero que não se importe. Sei que é tarde, mas só queria fazer algumas perguntas. Tentei vir na sexta-feira durante o dia, mas...

— Não nos conhecemos na quarta-feira — diz. Sua voz é tão fraca, tão baixa, que tenho que dar alguns passos à frente e me esforçar para ouvir. — Pelo jeito, é você quem não se lembra. Ou queria que eu tivesse esquecido, talvez.

Dou mais um passo, confusa.

— Desculpe... já nos encontramos antes? — pergunto. — Não consigo lembrar...

O homem continua balançando, o olhar voltado para a rua de novo. Vejo um movimento sutil em seus lábios, e me pergunto se talvez esteja senil.

— Muitas vezes — responde, e, embora sua voz seja fraca, parece lúcida. Ele não parece confuso. — Você é Isabelle Drake.

O choque de ouvir meu nome em seus lábios, meu nome *completo*, me faz recuar um pouco, como se as próprias palavras me empurrassem para trás. É bem possível que ele me conheça – afinal, a cidade inteira sabe quem eu sou –, mas tenho a impressão de que é mais que isso.

O jeito como fala sugere que eu também deveria saber quem ele é.

— Quando foi que nos conhecemos? — pergunto, observando-o com atenção. — De verdade, não acredito que isso tenha acontecido.

— Dois anos atrás — afirma. — Você costumava fazer caminhadas à noite.

Sinto que meus olhos se arregalaram enquanto tento entender o significado do que ele diz. Nunca tive o hábito de levar Roscoe para passear à noite; isso começou há pouco tempo, depois que Mason foi levado. Depois que Ben saiu de casa. Depois que eu parei de dormir.

— Desculpe, acho que está enganado...

— Não, não estou. — Ele balança a cabeça e tosse, uma tosse baixa, carregada. — Você mora ali. — Ele acena com a cabeça na direção da minha casa, depois olha para mim de novo. — Posso ser velho, menina, mas não sou louco.

Penso no que o dr. Harris me disse mais cedo: como sonâmbulos podem ter conversas completas, às vezes, sem nem perceber. Como seus movimentos podem parecer naturais, conscientes.

— *Só mantenha as portas trancadas para não sair de casa.*

Isso já havia acontecido com Margaret: nós duas, sentadas no chão, brincando de boneca. Ela nem havia percebido que eu estava dormindo.

— Sobre o que conversamos?
— Nada especial — diz. — Você se apresentou na primeira vez, depois disso, apenas nos cumprimentávamos com acenos.
— Não pode ser...
— Por isso fiquei surpreso quando a vi na outra noite — continua. — Fazia tempo. Não pensei que voltaria... não depois de tudo que aconteceu, pelo menos.

Penso em como ele havia olhado para mim; os olhos vazios, fixos. Então tinha me visto, afinal. Só ficou confuso quando me apresentei, agindo como se não nos conhecêssemos. Como se nunca tivéssemos nos encontrado antes.

— E quando isso deixou de acontecer? — pergunto. — Quando deixei de passar por aqui? Quando foi a última vez?
— Acho que já tem essa resposta — retruca, e a cadeira range mais alto.
— Vamos fingir que não tenho.
— Faz um ano — diz, e assente.
— Um ano — repito. — Tem certeza disso?
— Ah, tenho certeza. Março do ano passado.
— E por que tem tanta certeza? — O chão começa a balançar sob meus pés.

O homem se vira e me encara, finalmente, com aqueles olhos de catarata parecendo duas bolas de cristal e uma expressão divertida, como se repetíssemos algum tipo de piada interna que não entendo. De repente, tenho a sensação de que essa dança entre nós, seja lá o que for, já foi feita antes. E é algo de que ele gosta muito.

— Porque — diz, por fim, e um esboço de sorriso se forma em seus lábios — naquela vez você estava com seu filho.

# CAPÍTULO QUARENTA

Volto ao meu quarto e bato a porta com força. Roscoe levanta a cabeça, confuso, e sei que estou fazendo barulho suficiente para acordar Waylon, mas já não me importo.

Nada mais importa. Nada além disso.

As imagens giram ao meu redor como a água do banho descendo pelo ralo: aquelas pegadas sujas no tapete e as marcas de dedos atrás da minha orelha; a janela aberta e o cheiro do pântano, o dinossauro de pelúcia coberto de lama. É cada vez mais difícil separar fato e ficção; sonho e realidade. Antes e agora.

Margaret e Mason.

Ouço batidas cautelosas e lentas na porta do quarto e me viro de lado. Waylon está no corredor.

— Isabelle? — chama. — Está tudo bem? Acho que ouvi a porta...

Murmuro um palavrão e considero ficar quieta, deixá-lo esperando mais um pouco até que seja forçado a desistir. Sinto a presença dele do outro lado da parede, hesitante. Cinco segundos, depois dez, e ainda vejo a sombra embaixo da porta, imóvel. Ele bate outra vez.

— Isabelle — repete, com a voz mais firme. — Sei que está acordada.

Roscoe pula da cama, se aproxima da porta e começa a arranhá-la. Suspiro, inclino a cabeça para trás e dou alguns passos à frente, me preparando antes de abrir a porta.

— Oi — digo. — Desculpa. Não queria te incomodar.

— Por que estava lá fora? — Ele está desarrumado, o cabelo todo bagunçado e os olhos vermelhos de sono. Há uma intimidade estranha em ver as pessoas no limite da consciência desse jeito, saber que estão vulneráveis. Como na primeira vez que um novo parceiro adormece sem querer na sua cama e você fica deitada ao lado dele no escuro, observando o suave subir e descer de seu peito, a pele nua do pescoço. Sabendo que, naqueles momentos preciosos, a pessoa está indefesa. Completamente exposta. — São... — Ele olha em volta, procurando um relógio que não encontra. — Sei lá, duas da manhã?

— Precisava tomar um ar — respondo. — Passei o dia todo no quarto.

Sei que ele não acredita em mim, mas é o melhor que posso fazer.

— Está tudo bem? — insiste. — Sinto que tem alguma coisa que não quer me contar. Você está... suando.

Toco minha testa e sinto a umidade fria. Vim praticamente correndo da casa de Paul, com medo de olhar para trás. Ver o olhar daquele homem me seguindo; enfrentar as acusações que vi girando em seus olhos.

— Estou bem — afirmo. — É só um mal-estar.

— Quer ir ao médico? Você não parece nada bem... sem querer ofender.

Olho para o lado, para o espelho pendurado sobre a cômoda, e quase me retraio diante do reflexo. Ele tem razão. Estou pálida, abatida, como se tivesse comido alguma coisa estragada; os olhos estão fundos, expondo a curva delicada do globo. A expressão dele me faz lembrar como o dr. Harris olhou para mim hoje, mais cedo – ou foi ontem, suponho; tudo começa a ficar confuso. Vi nos olhos dele essa mesma preocupação.

— *Sabe o que é mais perigoso que sonambulismo? Privação de sono.*

— Estou bem — insisto. — É sério.

— Ok. — Ele olha para mim sem se convencer, e acho que vejo um lampejo de tristeza surgir em seus traços antes de desaparecer com a mesma rapidez. Ou talvez seja pena. Pode estar pensando em como foi fácil entrar na minha vida desse jeito; como precisou apenas dizer as coisas certas, nas horas certas, para me fazer baixar a guarda por completo.

Waylon dá um passo em minha direção, e me retraio.

— Isabelle... você sabe que pode confiar em mim, não é? Que pode me contar se mais alguma coisa estiver acontecendo?

Não sei o que dizer. Não sei se posso confiar nele depois do que descobri –, mas também não sei se posso confiar em mim mesma. Então, em vez disso, abaixo a cabeça, olho para o chão. Ouço o tique-taque do relógio na sala de estar e Roscoe lambendo o próprio pelo em cima da minha cama com lambidas metódicas. O zumbido suave da lâmpada do teto, como um enxame de moscas sobrevoando alguma coisa morta.

— O que Dozier te disse? — pergunto, por fim. Minha voz é um sussurro.

— O quê?

— Na delegacia. — Olho para ele, tento ler sua expressão. Tento me manter firme e focada quando, na verdade, o medo me faz sentir que posso desmaiar. — Hoje. Você disse que conversou com ele.

— Ah. — Ele massageia a nuca. — Sim, mas não vamos falar sobre isso agora, está bem?

— Mas você disse...

— Agora não — repete. — Isso pode esperar. Você precisa dormir.

Respiro fundo, assinto, sei que é inútil tentar convencê-lo. São duas da manhã, afinal... muita gente está dormindo a essa hora.

A maioria das pessoas.

— Tudo bem — cedo, e meus olhos ardem quando penso em esperar até amanhã – ou melhor, até mais tarde – para ter algumas respostas. — Tudo bem, é melhor. Vou dormir.

Waylon sorri, sem saber que, assim que se retirar, assim que entrar no quarto e fechar a porta, nada vai mudar.

Ainda vou estar aqui, acordada, só que sem ele. Vou estar sozinha.

— Bem, boa noite — diz, e se vira para apagar a luz.

Fecho a porta rapidamente e ouço Waylon voltando para o quarto dele – depois escuto o estalo baixo da fechadura e percebo: acho que nunca o ouvi trancar a porta antes. Pergunto-me se é por minha causa. Se está com medo de mim – com medo de ficar sozinho comigo no escuro – do jeito que minha própria mãe tinha.

Volto para cama e me encolho embaixo das cobertas, olho para o notebook e o puxo para perto. Toco no teclado até que ele volta à vida, e lá estou eu de novo, do jeito que tinha deixado: parada no quarto de Mason, o vídeo pausado. Olho para a imagem congelada, para o meu corpo seguindo algum tipo de ritmo involuntário, como uma boneca de dar corda se movendo por conta própria, e penso: se entrei no quarto de Mason desse jeito, noite após noite, imagino que é possível que tenha saído de casa também.

Tento me imaginar andando pelo corredor, passando reto pelo quarto dele e, em vez disso, abrindo a porta da frente, vagando pelas ruas da vizinhança como um espírito incapaz de descansar, percorrendo um caminho conhecido e confortável. Penso mais uma vez naquelas pegadas no tapete do meu quarto; no fato de ter feito essas mesmas coisas antes –, mas mesmo que fosse o caso não poderia ter levado Mason comigo. Eu me vi nesses vídeos vezes o suficiente para saber: nunca toquei nele. Nunca passei sequer da metade do quarto. Aquele homem deve ter se confundido. Deve ter mentido para mim, brincado comigo, tentando me fazer acreditar em algo que não é verdade.

Aperto o *play* para retomar o vídeo e vejo meu corpo balançar como roupa em um varal exposto ao vento. Observo como Mason mexe os pezinhos enquanto dorme, a tela brilhando em um tom estranho de cinza de visão noturna, fazendo com que no escuro eu pareça um animal que caminha para algum tipo de armadilha. Finalmente, vejo minhas pernas se moverem: um passo, depois outro. Espero me ver dar meia-volta, caminhar para a porta, mas, em vez de sair do quarto, começo a me aproximar mais. Chego mais perto de Mason.

Inclino o corpo para a frente, e a luz do notebook faz meus olhos arderem. Vejo como me aproximo do berço e fico ali parada, silenciosa, olhando para baixo. Depois me curvo, estendo os braços.

*Não*, penso, incapaz de desviar o olhar, incapaz de me mexer, enquanto meu corpo inconsciente pega meu filho, seus pezinhos balançando no ar quando o levanto, o trago para perto. Eu o seguro contra o peito.

Fecho o notebook com força, morrendo de medo de ver o que vem a seguir.

# CAPÍTULO QUARENTA E UM

Um mês depois do velório de Allison, deixei meu emprego na *The Grit*.

Ben encontrou uma solução, como havia prometido, e isso envolvia que eu passasse a trabalhar como freelancer. Continuaria escrevendo para eles com contratos por projeto, e assim, quando assumíssemos publicamente o relacionamento, não seria tão ruim. Não pareceria um caso entre chefe e subordinada; não teria começado quando Allison ainda era viva.

Nós nos conectamos *mais tarde*, é claro. Depois da morte de Allison. Depois que me demiti.

Nosso casamento foi pequeno, íntimo. Ben decidiu que não se sentiria bem com uma recepção grandiosa, e concordei com ele. Afinal, era seu segundo casamento, menos de um ano após a morte de Allison. Além do mais, não havia muita gente que eu quisesse convidar.

Para ser franca, não havia ninguém.

A cerimônia aconteceu em Chippewa Square, os paralelepípedos do calçamento formando um corredor improvisado e um arco de salgueiros compondo o altar. Eu vestia branco, um vestido simples de verão, e me lembro de sorrir muito cada vez que alguém passava por ali e assobiava. Depois de muitos meses de segredo – de tentar ignorar um ao outro no escritório; de aparecer juntos em público, mas sem estar realmente *juntos* – era bom sermos reconhecidos pelo mundo.

Ser reconhecida.

Depois da cerimônia, fomos jantar, só Ben e eu. Comemos massa e bebemos duas garrafas de vinho rosé, radiantes e inebriados com a ideia de passar o resto da vida juntos. Tínhamos nos mudado para nossa casa alguns dias antes, mas os móveis ainda não haviam sido entregues, por isso passamos a noite de núpcias em uma cama improvisada com cobertores e travesseiros jogados no chão da sala de estar. Eu me lembro do conjunto de velas tremeluzindo sobre o console da lareira, das pétalas de flores que ele arrancou do meu buquê e espalhou no tapete. Foi apaixonante, romântico, emocional e verdadeiro.

Foi a noite mais feliz da minha vida.

Tínhamos falado sobre filhos, é claro. Nenhum de nós os queria. Ben era ocupado demais. A prioridade dele era o trabalho, sempre seria, e ele sabia que isso o tornaria ausente: um daqueles pais que nunca estava ali de verdade. Eu entendia – até me sentia grata, depois de ter crescido com um pai assim – e disse a ele que também nunca tinha me visto como mãe. E era verdade. Era uma coisa que me lembrava de Margaret, do que aconteceu quando outra vida foi deixada aos meus cuidados.

De como falhei na primeira vez.

Mas então algo dentro de mim começou a mudar. Foi uma revelação lenta, quase imperceptível, que levou anos para criar raízes, como sementes lançadas de um helicóptero que pairam no ar por muito tempo antes de tocar o chão. Eu gostava do trabalho de freelancer, de maneira geral, mas era diferente de estar na *The Grit*. Eu não tinha um escritório ou colegas de trabalho; passava a maior parte do tempo sozinha. Tinha que viajar um pouco, aqui e ali, mas ficava mais em casa, passava a maior parte dos dias olhando para o relógio, contando as horas até Ben entrar pela porta e eu finalmente ter alguma companhia.

E então, é claro, havia Ben. As mudanças sutis que aconteceram nele também. O jeito como parou de me olhar quando eu andava pela casa de robe curto, mais atento ao computador do que a mim. O jeito como parecia chegar em casa cada vez mais tarde, e o casamento, antes fresco, foi azedando. No começo, ele parecia tão empolgado por mim. Tão *vivo*. Mas, agora que me tinha, sentia que eu começava a perder o brilho aos olhos dele, como uma linda joia esquecida na gaveta por muito tempo. Tentei me convencer de que casamento era isso – uma lenta e inevitável decadência que acontecia à medida que os anos tiravam de nós a espontaneidade e a faísca –, mas eu não queria aceitar. Não queria aceitar que, depois de apenas quatro anos de casamento, as coisas já haviam estagnado.

Não queria aceitar que, depois de tudo que enfrentamos juntos – depois de perder Allison, meu emprego e todos aqueles pequenos sacrifícios que davam a esperança de que haveria algo *mais* – era só isso.

Eu me lembro daquela manhã nitidamente; a manhã em que aquela semente germinou e brotou como algo rebelde e vivo. Era como uma erva daninha que eu não conseguia mais conter, se espalhando em meu cérebro e tomando conta de tudo. Eu já pensava nisso há um tempo, na verdade. Pensava que um bebê talvez não fosse tão ruim – que talvez fosse até *bom*. Talvez fizesse Ben passar mais tempo em casa; talvez o levasse a mudar suas prioridades. Talvez nos reaproximasse – e talvez, *talvez*, seria minha chance de cuidar de alguém depois de ter fracassado ao cuidar de Margaret.

Minha chance de me redimir do passado.

E assim, certa manhã, entrei no banheiro e fechei a porta. O clique da fechadura fez meu coração bater na garganta. Ainda consigo me ver, parada na frente do vaso sanitário, empurrando as pílulas anticoncepcionais uma a uma para fora da embalagem de alumínio, jogando-as na água como se fossem uma espécie de sacrifício cerimonial. O frio na barriga quando dei a descarga, vendo os comprimidos girarem em espiral até desaparecerem. Arrancando as roupas de Ben assim que ele chegou em casa e deitando em silêncio depois do ato, pensando. Esperando. Tentando sentir, de algum jeito, aquilo acontecendo dentro de mim.

E senti culpa, sim. A vergonha de mentir e até uma pontinha de constrangimento por ter descido tão baixo, por ter recorrido a algo tão diabólico –, mas também a euforia de ter recuperado algum controle sobre minha vida.

De, pela primeira vez, ter tomado uma decisão por mim mesma.

Para ser honesta, não pensava que aconteceria – ou não tão depressa, pelo menos. Mas foi apenas uma questão de meses até eu sentir uma onda de náusea tão intensa que tive que estender o braço e me agarrar à bancada da cozinha. Eu me lembro de fechar os olhos, comprimir os lábios. Forçar o vômito a descer pela garganta antes de correr para o banheiro e desabar no chão.

Lembro-me de estender a mão para o teste, a caixa ainda fechada que escondi em um canto empoeirado, como uma ratoeira pronta para prender meus dedos.

— Ben? — gritei, olhando fixamente para aquelas duas linhas cor-de-rosa, sem saber se eram reais. — Ben, pode vir aqui?

Mas então lembrei: ele não estava lá.

Meses se passaram e as coisas continuaram mudando, mas não como eu esperava. Vi minha pele se estender e se modificar como massinha de modelar; meus tornozelos incharem e o umbigo saltar. Sorria quando antigas colegas de trabalho tocavam minha barriga, sentindo os chutes e comentando sobre minha pele viçosa, mas o tempo todo sentia como se estivesse escondendo alguma coisa: um segredinho sujo que elas não poderiam entender. Porque ainda conseguia me lembrar daquele momento no banheiro, da reação inicial que ganhou força com rapidez, como aquele primeiro episódio de náusea que engoli na mesma velocidade. Lembro como foi ficar sentada no chão frio, segurando a testa com a mão e olhando para aquelas duas linhas cor-de-rosa no silêncio da minha casa, da minha vida, um silêncio que ecoava à minha volta como um grito embaixo d'água – estridente e sufocado ao mesmo tempo.

Antes da chegada das lágrimas, da empolgação e da alegria, eu senti outra coisa. Algo que não esperava.

Tão rápido quanto um piscar de olhos, quase imperceptível, senti uma pontada de arrependimento.

# CAPÍTULO QUARENTA E DOIS

Há café pronto na cozinha. Ouvi Waylon se levantar hoje de manhã, atravessar o corredor e colocar uma cafeteira no fogo. Ouvi o borbulhar da água, o apito da chaleira. O tilintar das canecas de cerâmica que tirou do armário e pôs sobre a bancada, servindo-se de uma xícara e levando-a para a sala de estar. O aroma o seguiu antes de se espalhar pelo corredor e passar por baixo da porta do meu quarto, me procurando.

Passei a noite toda sentada na cama, com aquela imagem do notebook gravada na mente: eu, tirando Mason do berço no escuro. Segurando-o contra o peito enquanto ele se mexia e se agitava, ainda com o dinossauro de pelúcia nos braços.

Estive pensando no sorriso trêmulo e nos olhos turvos daquele velho, um olhar que invadia o meu e me desafiava a lembrar.

Saí do quarto lentamente, hesitante, como uma bêbada acordando depois de uma noite barulhenta e confusa.

— Bom dia — diz Waylon, erguendo a caneca para mim. — Conseguiu dormir?

— Sim — minto, evitando seu olhar. — Desculpa por ontem. Por ter te incomodado.

— Não se preocupe. Está melhor?

Ignoro a pergunta, pego a cafeteira e sirvo uma xícara para mim, segurando a caneca quente com tanta força que até dói. Então, vou para a sala e me sento com ele no sofá, puxando as pernas sobre as almofadas como uma criança pequena.

— Podemos conversar sobre isso agora?

Waylon ri, apoia a caneca sobre um descanso para copos e balança a cabeça devagar.

— Direto ao ponto, então?

— Bem, é por isso que está aqui, não é? Para me ajudar a encontrar meu filho?

Percebo uma leve alteração em sua expressão: aquela fração de segundo em que alguém se prepara para mentir. É fácil de reconhecer, desde que você saiba o que procurar: a tensão na mandíbula, o endurecimento dos olhos. Desaparece tão depressa quanto chegou, mas esteve ali.

— É claro que sim — responde. Pega a caneca de volta e se encosta no sofá, agitado. — Só pensei que podia querer um segundo para acordar de verdade, antes.

— Estou curiosa, só isso. Parece que você teve mais sorte com Dozier em uma semana do que eu em um ano.

— Às vezes, sangue novo ajuda.

— Sei.

Waylon olha para mim, seus dedos tentando remover um fio solto do sofá.

— Ele disse que me deixaria ouvir a gravação de alguns depoimentos, talvez usar alguns no podcast — comenta. — Li as transcrições.

Waylon bebe um gole de café e estala os lábios, claramente satisfeito com a resposta. E suponho que isso seja verdade – está apenas omitindo o fato de que tinha esse material antes.

— Que depoimentos? — pergunto. Minha caneca continua intocada, fumegando em minhas mãos.

— Ainda não sei. Há dias de imagens gravadas para filtrar. Vou passar lá mais tarde. Pegar o material.

Assinto, me lembrando das tardes inteiras que passei na delegacia. As garrafas de água vazias aos meus pés e meu reflexo cansado no espelho da parede, a sensação do olhar de outras pessoas atrás dele, me observando. Lembro da minha voz na noite passada, vazando dos fones de ouvido como água do pântano entrando por uma janela rachada. Por uma boca aberta.

— Posso ir com você? — pergunto.

— Não sei se seria uma boa ideia.

— Por quê?

Waylon exala, soltando o hálito de café pelos lábios.

— Olha — diz, por fim, cruzando uma perna sobre a outra —, sou muito grato por tudo que você fez... por me hospedar em sua casa e cooperar tanto comigo. Tem sido muito mais do que eu esperava.

— Mas?

— *Mas* — repete, e endurece o tom de voz — não quero pôr em risco a integridade do podcast.

— A *integridade*...

Waylon levanta as mãos, me interrompendo no meio da frase:

— Se alguém descobrir que estamos trabalhando nisso juntos, minha credibilidade vai ficar abalada. Ninguém veria essa investigação como objetiva. Sinto muito, mas...

— Mas eu sou uma suspeita — interfiro. — E você precisa me tratar como tal.

— Sim — concorda. — Bem, não. Só estou dizendo que pode *parecer* que estou tomando partido.

— Se estivesse realmente preocupado com sua integridade, não teria aceitado meu convite para ficar aqui — declaro, e me levanto do sofá. — Então, por que não me conta o que está procurando de verdade?

Waylon fica quieto, batucando com os dedos na lateral da caneca.

— Não sei bem o que está tentando dizer.

— Sei que mentiu sobre ter encontrado Dozier ontem. Eu sei, porque ele estava aqui.

Waylon entra em alerta, seus olhos se arregalando.

— Ele deve ter passado aqui depois que saí...

— E também sei que você mentiu sobre Dozier ter dito que não conhece meu vizinho, porque ele o conhece. O detetive me deu o nome do homem — revelo, impelida pela mistura de raiva e sentimento de traição. — Portanto, para com essa merda sobre *credibilidade*, porque nós dois sabemos que você não tem nenhuma. Por que está aqui?

— Eu... estou aqui para ajudar — diz, embora comece a soar menos convincente. Como se até ele soubesse que é inútil continuar mentindo. — Estou aqui para entender o que aconteceu com seu filho...

— *Mentira*. Mexi nas suas coisas ontem à noite. Vi tudo que está escondendo. Por que está aqui?

Ele fica quieto, a boca fechada e os lábios comprimidos enquanto nos encaramos em uma disputa silenciosa. Quando começo a pensar que ele não vai dizer nada, Waylon abaixa a cabeça e solta o ar que mantinha preso no peito.

— Isabelle, você viu as evidências — diz, por fim. — Você viu tudo.

— E daí?

— E daí que você sabe o que as evidências apontam. Quem levou Mason... saiu de dentro da sua casa.

Olho para ele, pisco algumas vezes. A implicação é clara, evidente. Sei o que está tentando dizer.

— A evidência não confirma a hipótese de uma invasão.

— Mas havia uma janela aberta... — começo.

— E nenhuma pegada no carpete — ele me interrompe, finalmente me encarando. — Se alguém tivesse entrado na sua casa por aquela janela, teria deixado terra no carpete. Lama, grama, *alguma coisa*.

— Há uma explicação simples para isso — retruco. — Ele pode ter tirado os sapatos...

— Por que Roscoe não latiu? — A pressão continua. — Ele late quando vê desconhecidos. Alguém teria ouvido. Você teria acordado. Por que ele ficou quieto?

— Ele não... não estava no quarto do bebê — digo, mesmo sabendo que é uma resposta ruim. O cachorro teria ouvido o barulho do mesmo jeito. — Talvez estivesse dormindo.

— Ele ficou quieto porque ninguém invadiu sua casa, Isabelle. Eu sei disso, você sabe disso, a polícia sabe disso. Não teve invasão.

Penso no detetive Dozier e em como está sempre desqualificando o que digo; como olha para mim como se soubesse algo que eu não sei. Como nunca me dá atenção.

Eu estava certa, então. É isso que ele pensa. É isso o que todos pensam.

— Acredita mesmo nisso? — pergunto, tentando não alterar o tom de voz. Tentando segurar o choro. — Todo esse tempo que esteve aqui, todas as conversas que tivemos...?

Nós dois estamos pisando em ovos, evitando falar diretamente, mas sua expressão mostra que ele sabe o que estou perguntando: *Você acha que matei meu filho?*

— Sim — responde, sem desviar o olhar do meu. — Sim, acredito.

Eu deveria ter antecipado isso. Sou uma contadora de histórias, afinal, e ninguém começa a contar uma história que não conhece de *verdade*. Sem ter uma ideia do que quer dizer. Você não começa às cegas, procurando respostas. Você *tem* as respostas – suas respostas, pelo menos; as respostas que quer – e está em busca de provas.

Desde aquela primeira conversa no avião, esse tem sido o ângulo de Waylon. Eu tenho sido seu ângulo. Pensei que ele fosse diferente, que se importasse, por isso o deixei entrar, contei coisas para ele. Coisas que nunca contei a ninguém. Mas esse sempre foi o jogo dele, não foi? Este era seu objetivo: me fazer relaxar, me abrir, preparar o jantar e servir vinho; me ouvir com total atenção e nunca me pressionar demais.

Mas, o tempo todo, era nisso que ele acreditava. Como todo mundo.

*Isabelle Drake é uma assassina de bebês.*

— Fora — digo, e aponto para a porta. — Quero você fora da minha casa.

Waylon fica em silêncio, os lábios entreabertos, como se quisesse retrucar.

— Quero que saia *agora*.

Por fim, assente em silêncio e vai para o quarto de hóspedes. Fico parada perto do sofá, com os braços cruzados e os olhos cheios de lágrimas, vendo-o pegar suas coisas. Dói: a traição, as mentiras. O fato de ter me permitido sentir que era ouvida. Sentir que não estava nisso sozinha.

Mas não é isso que dói mais.

O que mais machuca é que, mesmo depois de me conhecer, Waylon ainda acredita que existe em mim uma crueldade escondida. Que existe algo noturno que emerge na escuridão; algo com uma sede de sangue que precisa ser saciada. Ele realmente acredita que entrei no quarto de Mason naquela noite e fiz alguma coisa com ele, algo terrível. Alguma coisa tão horrível que minha mente consciente bloqueou as lembranças, recusando-se a lembrar, da mesma maneira que fiz com Margaret.

E isso ainda não é o pior.

O pior é que, agora, eu também acredito nisso com uma certeza assustadora.

# CAPÍTULO
# QUARENTA
# E TRÊS

Estou no centro da cidade, perto da redação da *The Grit*, em uma longa rua de edifícios históricos de tijolos, ladeada por carvalhos. Os apartamentos ali são caros, dá para perceber. O tipo de imóvel que as pessoas compram não pela casa em si, mas pelo que ela representa. O tipo de casa que exala dinheiro e status – mais ou menos como a própria *The Grit*, acho. Então, de certa forma, faz sentido que Ben tenha escolhido morar aqui. Combina com a imagem.

Chego à entrada do condomínio e subo a escada olhando para o relógio. Esperava conseguir encontrá-lo antes do trabalho, quando estivesse saindo, mas talvez tenha perdido a chance. Se ele não estiver aqui, vou ter que esperar. Respiro fundo e toco a campainha. Ponho as mãos nos bolsos quando ouço o ruído lá dentro. Depois de alguns minutos de silêncio, me preparo para dar meia-volta, descer a escada e tentar de novo mais tarde, quando, de repente, a porta se abre.

Ben está dando risada, como se estivesse no meio de uma conversa, e vejo seu sorriso desaparecer ao me ver ali.

— Isabelle — diz. — O que está fazendo aqui?
— Tem um minuto? Queria conversar.
— Hum, não. — Ele olha para trás. — Na verdade, não tenho, estou atrasado para o trabalho.
— É importante...
— *Ben?* — Ouço uma voz vinda de algum lugar dentro da casa. Uma voz feminina, jovem e provocante, e abaixo a cabeça tentando esconder meu rosto ficando vermelho. É ela. — *Ben, você está aí fora? Quem é?*
— Ninguém — responde por cima do ombro. — Só um segundo.

Ficamos em silêncio, ambos constrangidos demais para encarar o outro. *Ninguém.* Interrompi alguma coisa, é evidente. Uma manhã de terça-feira, juntos, e me pergunto se isso é apenas coincidência – se talvez beberam demais na noite anterior e vieram para cá, decidindo que dormir na casa dele era melhor que chamar um carro de aplicativo – ou se ela também mora aqui. Se ele apenas saltou de mim para ela, como saltou de Allison para mim.

Inclino a cabeça para o lado, tentando dar uma olhada na casa dele.

— O que é, Isabelle? — ele pergunta, se apoiando no batente para tentar esconder o interior. — O que veio fazer aqui tão cedo em plena terça-feira?

— Queria fazer algumas perguntas — digo. — Sobre aquela noite, sabe...

— Jesus — resmunga, abaixando a cabeça. Está pressionando a região entre os olhos, como se tentasse afastar uma enxaqueca. — Você está de brincadeira?

— É importante.

— Isabelle, você precisa *superar* isso.

— Você diz isso porque acha que vai ser melhor para mim? — pergunto. — Ou porque pensa que não quero descobrir a verdade?

Ben me encara, inclina a cabeça para um lado.

— Como assim?

Penso nas outras vezes que olhou para mim desse jeito – no divã do dr. Harris, com a mão no meu joelho; em nossa sala de estar ao entardecer, quando eu ficava parada diante da janela com os olhos vidrados –, procurando em minha expressão alguma coisa perdida há muito tempo: uma centelha de reconhecimento, talvez. Um lampejo de percepção. Uma memória alojada em algum lugar no fundo do meu subconsciente, tentando sair de lá.

— Acho que você sabe o que isso significa — respondo. — Ben, se você está tentando me proteger ou algo assim...

Paro, penso mais uma vez em Beaufort. No meu pai e na maneira como olhava para mim também. O jeito como me encobriu, mentindo por mim, porque sabia que a verdade me destruiria. Talvez seja por isso que Ben tem sido tão insistente em tentar me fazer seguir em frente. Talvez seja por isso que esteja tentando me convencer a parar de procurar, a não alimentar mais esperanças.

Porque sabe que é inútil. Ele sabe a verdade.

— Se sabe alguma coisa sobre o que aconteceu e está com medo de dizer... por favor — continuo, agora em um tom de súplica. — Eu preciso saber. Não posso viver com essa dúvida para sempre. Não posso...

Antes que possa responder, a porta se abre e uma mulher aparece atrás dele. Está vestida com uma camisa de Ben – uma camisa branca, com o colarinho meio levantado –, seu cabelo escuro preso em um coque no alto da cabeça. Ela sorri, educada, com o rosto lavado, linda, enquanto apoia a cabeça no ombro dele e se coloca à vista.

— Oi, Isabelle — fala. — É bom te ver.

Olho para a mulher na porta e vejo os ombros de Ben ficarem tensos ao toque dela. Queria saber se ele também percebe isso. A semelhança entre nós. O arco de cupido em nossos lábios; as maçãs do rosto mais angulosas, a mesma cor de cabelo. Queria saber se ele vê, se está constrangido, ou se isso está inteiramente em seu subconsciente. Se nem percebe que sinto como se olhasse para nós, meia década atrás, quando era eu quem vestia suas roupas, quem preparava seu café da manhã. Quem o fazia rir.

— Isabelle, esta é Valerie — ele por fim a apresenta. — Parece que vocês duas já se conhecem.

— Valerie — repito, notando os olhos escuros e o sorriso franco. De início, não sei do que ele está falando, não entendo o que quer dizer com *já se conhecem,* mas depois noto as covinhas, as duas linhas idênticas que emolduram seus lábios como parênteses. — Da igreja.

Penso na catedral na noite da vigília de Mason, nas pessoas que apenas passavam por lá e nas que foram para participar de verdade, e em como fechei os olhos e divaguei por um tempo. Quando voltei a abri-los, descobri que todos já tinham ido embora e caminhei até a sala dos fundos. A luz do interior que se derramava sobre a calçada como a lua sobre a água e o café barato sendo feito no canto da sala, que faziam meus olhos arderem. As cadeiras de metal arranjadas em um círculo triste e a mulher que me cumprimentou. E me convidou a ficar.

— Não tive a oportunidade de me apresentar antes — ela diz agora, e estende a mão para mim. — Devidamente, quero dizer.

Olho para a mão dela e me lembro do homem que nos interrompeu naquela ocasião, entrando com passos arrastados quando ela se preparava para falar. Não consigo apertá-la.

— Valerie, querida, só precisamos de um segundo — Ben avisa depois de um silêncio prolongado. Dá para perceber que ela quer ficar – quer consertar essa situação entre nós, seja ela qual *for* –, mas, em vez disso, ele beija sua cabeça, desce um degrau e fecha a porta, deixando-a lá dentro.

— Então… — digo, por fim, cruzando os braços depois de um instante de desconforto. — A terapeuta.

— Isabelle, por favor. — Ele suspira. — Agora não.

— Tenho que admitir, não esperava esse clichê. Não de você — continuo, e uma centelha de raiva começa a arder em meu peito. Sinto mais uma vez – sangue, moedas, o gosto metálico da ira subindo pela minha garganta. — Mas quem sou eu para criticar? Casei com meu chefe.

— Chega — diz. — Eu tentei te levar comigo. Eu *tentei*.

Penso naquelas cadeiras de novo, tentando imaginar Ben sentado em uma delas. A vulnerabilidade disso. Parece tão inadequado para ele, tão errado, e sinto uma pontada de culpa quando o imagino entrando naquela sala pela primeira vez, sozinho. Imagino a inquietação de seus dedos enquanto tentava encontrar as palavras; a voz, em geral tão imponente, começando a tremer.

A ficha cai em meu peito como uma faca se alojando entre as costelas, fria e afiada; eu deveria ter estado lá com ele.

— Ainda estávamos juntos, então — respondo, imaginando ele saindo de casa toda segunda-feira para passar a noite com ela, enquanto eu ficava sentada à mesa de jantar, meus olhos vorazes consumindo todas aquelas fotos na parede. Eu praticamente empurrei um para o outro, conduzi ele para os braços de alguém que poderia ajudar de verdade.

— Não estávamos juntos e você sabe disso — responde. — Não estávamos *juntos* havia muito tempo. Não de verdade.

— Isso é novidade para mim — digo. — Acho que é um pouco como você e Allison, que também não estavam juntos. *Não de verdade*.

Ben me encara, e percebo que isso o pegou de surpresa. Nunca mencionei Allison desse jeito antes. Nunca insinuei que o que ele fez com ela – o que *nós* fizemos juntos, pelas costas dela – foi errado em muitos níveis.

— E aí, ela te abraçou e te deixou chorar e te fez sentir melhor quando eu não consegui fazer nada disso? — pergunto. Ben fica em silêncio, me encarando, mas não consigo parar. Quero feri-lo, embora não seja justo. Apesar de saber que nada disso teria acontecido – *nada* disso – se não fosse por mim.

— Se quer saber, não começamos a nos encontrar até pouco tempo — diz, a voz baixa. Está reagindo à minha raiva com piedade, o que me deixa ainda mais furiosa. — Essa é a verdade. Não começou até eu parar de frequentar o grupo. Até sair de casa.

— Que gentil da parte dela esperar.

— Eu fui atrás *dela* — Ben admite. — Entendeu? Ela não começou nada. Não fez nada de errado.

Ficamos em silêncio, e sinto meu coração batendo forte embaixo da aliança dele, ainda pendurada sobre meu peito. Sinto uma vontade repentina de arrancá-la e jogá-la na cara dele, mas admitir que a mantive comigo como se ainda significasse alguma coisa é algo que não consigo fazer.

— Teria saído de casa, se não tivessem levado Mason? — pergunto. Preciso pôr isso para fora antes de ter a chance de engolir as palavras; antes de mudar de ideia e voltar a me esconder nas sombras, escolhendo a ignorância em detrimento de uma verdade que certamente vai acabar comigo. — Ou saiu de casa *porque* ele foi levado?

— Isabelle, não faz isso com você mesma.

— Saiu de casa porque eu fiz alguma coisa com ele? Algo de que não me lembro?

Ele me encara com a boca meio aberta, como se quisesse responder, mas não pudesse.

— *Responda*.

Ben suspira, olha para o chão e balança a cabeça.

— Acho que você deveria ir para casa — diz, por fim, enquanto se vira e abre a porta. Vejo Valerie lá dentro, sentada na beirada de um banquinho com cara de pena. — Não sei o que está procurando... mas não vai encontrar nada aqui.

# CAPÍTULO QUARENTA E QUATRO

Por mais que odeie admitir, Ben está certo.

Não vou encontrar aqui o que estou procurando. Tenho que começar do começo – e o começo não é a noite em que Mason desapareceu. Não é a noite em que Ben e eu nos conhecemos.

O começo está em Beaufort. O começo é a noite em que Margaret morreu. *Esse* é o começo... a queda da primeira peça de dominó. O efeito borboleta catastrófico que colocou toda minha vida em movimento. Não posso mais ignorá-lo. Não posso fingir que acredito nas mentiras do meu pai e continuar ignorando todas as evidências que vi com meus próprios olhos: a camisola, o tapete, a lama. Porque eu sei, já faz um tempo, o que parece. Para onde isso aponta.

Não só com Margaret, mas com Mason também.

Eu sabia, só me recusei a enxergar. Eu me neguei a acender a luz. Mas a verdade é que não posso mais viver minha vida no escuro. Não posso. Já faz tempo.

Agora estou no carro, dirigindo pelo litoral rumo ao norte. Vivo a menos de uma hora de casa, e mesmo assim é raro que volte para lá. Só quando é absolutamente necessário. Não telefonei, não avisei meus pais sobre minha chegada, porque, para ser honesta, não quero me comprometer com isso. Quero ter a opção de recuar ao ver aquela casa – minha casa – surgindo por trás do portão de ferro, dar meia-volta e retornar a Savannah, porque sei que a simples visão dela, e as lembranças, podem ser suficientes para eu mudar de ideia.

Atravesso o Port Royal Sound, olhando de relance para o vasto oceano, entro no centro da cidade e passo por muitos pontos de referência – todos eles, de certa forma, cenários da minha juventude: Bay Street, repleta de turistas, onde Margaret e eu costumávamos ir tomar sorvete nas noites quentes de sábado. Pigeon Point e aquele velho playground de madeira onde íamos a pé todo fim de semana, atravessando a rua movimentada de mãos dadas. Eu me lembro especialmente do escorregador. Aquele metal brilhante e a maneira como o sol o deixava tão quente quanto uma chapa de fogão, mas não nos incomodávamos. Subíamos a escada correndo repetidas vezes e descíamos deitadas de costas, de bruços, de lado. Eu me lembro de esfolar a pele quando a blusa levantava, o corpo guinchando até lá embaixo conforme grudava no metal como ovos em uma frigideira. Aquela pequena queimadura e os vergões vermelhos na ponta dos dedos que, com o tempo, formavam casquinha e descascavam.

Em seguida, passo pelo cemitério, um ponto de referência inevitável, e olho para o outro lado.

Finalmente, chego à minha rua. Reduzo a velocidade, quase me arrastando em direção ao balão de retorno, como uma prisioneira a caminho da forca tentando ganhar tempo. Minha casa fica bem no fundo, no fim da rua. Se seguir em frente, você cai no mar.

Paro no acostamento, estaciono na grama e saio do carro. O aroma de sal e lama me invade assim que abro a porta. O portão ainda está lá; a placa também, mas agora a trepadeira cresceu tanto que já não dá mais para ler a inscrição. O jasmim deveria estar florido nessa época do ano, perfumando o ar com seu cheiro de noz-moscada, mas os botõezinhos brancos, em geral finos e ramificados como estrelas-do-mar desbotadas pelo sol, estão secos e escuros, as pétalas se desprendendo como pele morta.

Nem as plantas conseguem escapar da morte desse lugar.

Caminho devagar até a casa. Para qualquer outra pessoa, essa seria uma paisagem serena, mas, para mim, prevalecem as lembranças. Vejo aquele enorme carvalho com galhos que parecem dedos, e as estátuas que dão a impressão de terem vida própria. O píer que se projeta para o pântano, as tábuas agora deformadas e rachadas em consequência da água salgada e do abandono. O enorme salgueiro no nosso jardim, com aquela vasta rede de raízes emergindo do tronco e crescendo sobre a grama em todas as direções antes de submergir sob a calçada da entrada como varizes, retorcidas e latejantes, rachando o calçamento.

Há uma doença nessa propriedade: algo perverso que pulsa na casa há séculos. Eu podia sentir isso mesmo quando era menina. Sentia esse pulsar viajando por todos nós.

Exalo, passo a mão entre as grades e solto o trinco. Então me dirijo à porta da frente, consciente de que eles estão em casa. Sinto o cheiro de lavanda do sabão de lavar roupas escapando pela grade de ventilação; vejo os carros estacionados nos fundos, carros que ninguém mais dirige. Crescer aqui me deu algo sobre este lugar – uma sensação, um *sentimento* – que está entranhado em mim, enraizado como uma farpa cravada na pele. Passei minha vida inteira tentando ignorar isso, tentando não perturbar essa coisa, e, com o passar do tempo, foi como se ela se tornasse parte de mim: algo errado aqui dentro penetrou tão fundo que meu corpo aprendeu a viver com aquilo. Cresceu em torno dele como um tumor.

Mas aqui, agora, sinto essa coisa despertar de novo, como se a mera visão desse lugar a atingisse no lugar exato.

Aperto a campainha e ouço o som do outro lado ecoando nas paredes, no espaço vazio. Espero, tento não ficar agitada. Sei que, quando abrirem a porta, vou ficar frente a frente com meus pais pela primeira vez desde que Mason foi levado. Enfim, ouço o ruído da fechadura; as velhas dobradiças rangem quando a porta pesada é aberta. Ouço o pigarro seco do meu pai – um hábito que ele adquiriu quando fumava e nunca conseguiu abandonar – e faço uma prece silenciosa de *gratidão* por ser ele quem vou ter que encarar primeiro.

— Oi, pai. — Ele levanta o olhar para mim, surpreso por me ver ali. Ofereço um sorriso tímido, dou de ombros e olho para o chão. — Posso entrar?

# CAPÍTULO QUARENTA E CINCO

ANTES

Faz seis meses que Margaret não está mais aqui e de algum jeito tudo e nada mudou.

Nós a enterramos no Cemitério Nacional de Beaufort. Eu me lembro de ficar lá parada, vestida de preto, olhando para as pequenas lápides brancas alinhadas com perfeição em fileiras retas e espaçadas. Elas me faziam pensar sobre presas, pequenas e pontiagudas, ou sobre estar dentro da boca de um tubarão gigante, perdida em meio às intermináveis fileiras de dentes irregulares. Todos nós, nada mais que pedaços de carne presos entre suas extremidades serrilhadas.

O pastor disse que era uma honra para ela estar enterrada ali entre alguns de nossos mais corajosos soldados – meu pai era um veterano, afinal, o que significava que, um dia, também se juntaria a ela naquele lugar. Mas eu não via honra nenhuma nisso. Achava que era uma *desonra* cruel, porque sepultá-la ali sugeria que havia algo de corajoso em sua morte – algo heroico e necessário – quando, na verdade, ela morreu sufocada com a água suja do pântano, o rosto na lama.

Estava chovendo, eu lembro, mas ninguém tinha pensado em levar um guarda-chuva, então ficamos ali, nós três, com a água pingando dos cachos da minha mãe enquanto víamos o caixão pequenino ser baixado em um poço de lama. A boneca dela também estava lá, encaixada sob seu braço. Mamãe não suportou a ideia de Margaret ser enterrada sozinha, mas para mim havia algo de sinistro naquilo, imaginar aqueles olhos de porcelana ainda abertos quando o caixão foi fechado, envolvendo as duas na escuridão. O tempo ia passar, o corpo de Margaret ia se decompor e apodrecer até não restar nada além de uma pilha de ossos, e lá, ainda encaixada em sua axila, estaria Ellie, sua bebê – olhos abertos, lábios sorridentes, enterrada viva.

Depois que acabou, voltamos para casa, quietos, e cada um se refugiou em seu canto silencioso da casa. Mamãe não conseguia parar de chorar; papai não conseguia parar de beber. Ele se aposentou alguns meses depois, decidiu ficar em casa comigo e com minha mãe por tempo indeterminado. Talvez a morte de Margaret o tenha feito perceber quanto da vida dela ele perdeu; talvez a divulgação sobre o afogamento tenha sido muito difícil de evitar, as perguntas difíceis demais de responder, então ele simplesmente decidiu se fechar.

Ou talvez minha mãe o tenha obrigado. Talvez estivesse com muito medo de passar mais noites sozinha comigo.

Em alguns aspectos, a vida continuou como se nada tivesse acontecido, como bater o dedinho do pé e continuar andando apesar da dor e das lágrimas nos olhos. As aulas recomeçaram em agosto, como sempre, e segui fazendo tudo de forma mecânica, como se estivesse tudo bem. Como se a pequena mochila de Margaret não continuasse pendurada ao lado da minha na entrada de casa, parcialmente fechada, com seu suéter favorito espiando pela abertura. Era como se todos nós quiséssemos mantê-la ali, caso ela rastejasse para fora daquele caixão e voltasse andando do cemitério, molhada, tremendo e coberta de lama, procurando algo para se aquecer. O quarto dela segue intocado, embora mamãe insista em manter a porta fechada. Meu pai diz que é porque ela não suporta vê-lo: a cama pequenina, as paredes cor-de-rosa, as cortinas brancas da cama de dossel descendo do teto como uma teia de aranha. Às vezes, paro diante da porta e tento imaginar o que ela deve ter sentido ao abrir os olhos e me ver ali, em pé, rígida e de olhos arregalados, uma silhueta no escuro.

O medo que deve ter sentido.

Em outros aspectos, porém, a vida depois de Margaret ficou muito diferente. As festas passaram e nós as ignoramos, fingimos que nem existiam, como se desconsiderar a passagem do tempo tornasse um pouco menos real o fato de o mundo continuar girando sem ela. Agora tudo me lembra Margaret: o sabor do chá doce, o cheiro do pântano. O silêncio na casa todas as manhãs quando desço a escada, um silêncio ensurdecedor, intensificado pelo fato de ela não estar aqui para preenchê-lo com seus passos, sua risada, sua voz.

Minha mãe parou de pintar, o estúdio no terceiro andar foi se transformando aos poucos em um depósito. Meu pai está sempre em casa, e seu rosto, antes perfeitamente liso, agora tem uma barba grisalha que foi crescendo devagar. De vez em quando recebemos visitas: o chefe Montgomery, que vem fazer sua checagem, os vizinhos que oferecem comida e condolências. Os turistas que espiam por entre as barras do portão agora parecem ainda mais sinistros, como se não quisessem ver a história, mas algo ainda mais sombrio. Uma semana depois da morte de Margaret, um homem careca de óculos oval começou a aparecer duas vezes por semana para ouvir minha mãe chorar. Ele assente e faz anotações em um bloquinho de papel enquanto ela fala – ou, o que é mais frequente, apenas fica em silêncio, as lágrimas pingando do queixo – e deixa vários frascos de remédio que vão se multiplicando em cima da bancada.

A maior mudança, porém, aconteceu no meu sono – quero dizer, na falta dele. Antes eu dormia profundamente; pegava no sono em um instante, como se fechar os olhos sinalizasse para o cérebro que era hora de desligar. Em parte, pelo menos. Mas agora fico acordada olhando para o teto, vendo meu quarto aos poucos se transformar do anoitecer ao amanhecer. É como se minha mente quisesse me fazer lembrar de alguma coisa; e não pretende desligar enquanto eu não o fizer. E quando por fim adormeço – depois de horas de violentos surtos e sobressaltos – tenho sempre o mesmo sonho.

Sonho com ela todas as vezes.

Sonho que estamos lá fora, a luz da lua fazendo nossas camisolas brilharem enquanto estamos à beira d'água. Sonho com a mão dela na minha, os dedos apertados, os olhos cravados em mim na escuridão.

Olhos francos, confiantes, antes de se virar para a frente, para o pântano.

E então ela dá um passo lento, os dedos dos pés provocam uma ondulação na água, e fico onde estou, vendo Margaret se afastar.

# CAPÍTULO QUARENTA E SEIS

## AGORA

Eu fui me acostumando com o silêncio desconfortável desta casa. Depois de Margaret, isso foi tudo que restou.

Meu pai me ofereceu algo para beber assim que entrei.

— Temos uísque, vinho... — Sua voz desapareceu antes de concluir a frase. Ficou constrangido, acho, quando percebeu que não era nem meio-dia.

— Café — escolhi. — Por favor. Obrigada.

Estamos na sala de estar, os três sentados em cantos opostos. Eu estou na beirada do sofá – o tipo de sofá comprado apenas por estética, as almofadas com a consistência de papelão e o estofado de um branco limpo e impecável – enquanto meus pais ocupam as poltronas, uma de cada lado da lareira. Há uma bandeja de cookies dispostos em círculo entre nós. Minha mãe que os trouxe – principalmente para ter o que fazer com as mãos, acho, uma desculpa para não encostar em mim. Sei que eles vão ficar ali, intocados.

E que ela vai jogar todos os biscoitos no lixo assim que eu for embora, fechando a tampa com força, como se minha presença fosse suficiente para estragá-los.

— Recebi o cartão — digo, por fim. — E o cheque. Obrigada.

— Imagina — meu pai responde, sorrindo. — Era o mínimo que poderíamos fazer.

— Mas não precisavam ter feito. Não *preciso* disso...

Ele acena com uma das mãos como se espantasse um mosquito.

— E o Ben?

Olho para ele e percebo os lábios cerrados e a mandíbula tensionada. Meu pai está pouco à vontade, tentando puxar conversa, dominado por uma confusão mental que, tenho certeza, começou no momento em que abriu a porta e me viu do outro lado. Ele nunca gostou de falar sobre problemas; nenhum dos dois gosta. Política e religião sempre foram assuntos bem-vindos em nossa casa, mas emoções e sentimentos, e todos aqueles outros temas complicados, eram enterrados sob pilhas de dinheiro e presentes, até desaparecerem por completo.

— Ele está bem — respondo depois de um instante de silêncio. É claro que eles não sabem sobre a separação. Nunca contei. — Ocupado com o trabalho.

— Bom — ele diz, e assente. — Isso é bom.

Deixo a xícara de café sobre a mesa lateral. Não bebi um gole sequer desde que me sentei ali. Tenho medo de derramar o líquido e manchar o sofá. Velhos hábitos são difíceis de superar. Então olho para minha mãe, a maneira como está sentada na poltrona, ereta e rígida, como se vestisse uma camisa de força. As mãos estão fechadas sobre o colo, um tornozelo enganchado no outro do jeito que aprendemos nas aulas de etiqueta. Eles mudaram muito desde a morte de Margaret. Minha mãe via o mundo em cores muito vibrantes. Eu lembro como me estudava com os olhos cheios de admiração – a cabeça inclinada para o lado, os dedos tocando o queixo, como se eu tivesse vindo ao mundo como uma obra de arte, encomendada por sua mão firme e, de alguma forma, tivesse saltado da tela. Adquirido vida própria.

Mas agora é como se o mundo dela tivesse desbotado, se pintado de preto e branco.

Sempre que olha em minha direção, seus olhos passam por mim como se eu não fosse mais que um espaço vazio.

— Então, o que podemos fazer por você, Izzy?

Meu pai se ajeita na poltrona, cruza e descruza as pernas. Ele também mudou. A voz retumbante se tornou um sussurro hesitante e inseguro. Costumava chamar atenção cada vez que entrava em algum lugar, mas agora parece procurar o canto mais próximo para se esconder, tentando se fundir com o papel de parede.

— Na verdade, eu estava passando por aqui — minto. — A trabalho. Estou escrevendo um artigo.

— Ah, que bom, meu bem.

Ele não pergunta sobre o que é a matéria; eu sabia que não perguntaria. Às vezes, me pergunto se isto os incomoda: o fato de eu ter seguido em frente com a minha vida quando a de Margaret teve um fim brusco e violento, como um carro se chocando contra um muro. Meu trabalho, meu marido, meu filho. Todos um lembrete do que ela não teria. Do que eu tirei dela.

Por outro lado, talvez encontrem algum conforto em saber que eu consegui destruir essas coisas por conta própria.

— Como você está, querida? — Minha mãe finalmente pergunta, e a entrada repentina de sua voz é inesperada e chocante. — Como tem lidado com tudo?

Olho para ela. De novo essa pergunta. Aquela que ninguém quer que você responda, na verdade.

— Eu... você sabe — respondo com um sorriso tenso. — Não muito bem, honestamente.

— Alguma informação nova sobre o caso?

Meu pai intervém, e sinto mais uma vez a alteração de forças na sala, quase como uma nuvem de tempestade alterando a pressão atmosférica, dificultando a respiração. Meus pais conheceram Mason, é claro – eu jamais os impediria de conhecer o neto –, mas, quando ele nasceu, a distância entre nós tinha se tornado tão grande que não havia nada que pudéssemos fazer para eliminá-la.

Lembro-me deles entrando em minha casa pela primeira e última vez, olhando em volta como se estivessem em um museu, com medo de tocar em qualquer coisa. Andando na ponta dos pés em meio a brinquedos espalhados e roupas sujas da mesma maneira como sempre andei entre seus vasos antigos e coisas frágeis, com uma atenção aguçada, embora a forte ironia disso parecesse ter passado despercebida para eles. Ben os recebeu enquanto eu amamentava Mason no sofá, vestida com uma camisa velha, manchada e com cheiro azedo. Nunca vou esquecer como minha mãe corou quando me viu naquela situação, baixando o olhar como se estivesse constrangida por nós duas. Durante toda a visita, foi meu pai quem segurou o bebê, cheirou sua cabeça e tocou seu rosto, enquanto ela permanecia sentada ao lado dele em silêncio. Em dado momento, ele ofereceu Mason para ela segurar, e senti um aperto no peito quando ela olhou para o bebê, depois para mim, murmurou um *com licença*, levantou-se e saiu.

Como se seu próprio neto a fizesse ter um episódio alérgico.

Ela estava pensando em Margaret, tenho certeza. Em como ela deveria estar ali – ou, mais precisamente, em como todos nós deveríamos ter vindo à cidade para conhecer o bebê dela. Tenho certeza de que minha mãe a imaginava cantando para aquela boneca, embalando seu sono. Sacudindo-a em seu colo, na cozinha.

Margaret teria sido uma boa mãe. Melhor que eu.

— Não, na verdade, não — respondo, por fim. E agora entendo: será que suspeitaram disso o tempo todo? O desaparecimento de Mason. Será que ouviram as notícias, viram meu rosto na tela da televisão e pensaram: *aconteceu de novo?*

Eu me pergunto se eles me imaginaram à noite, segurando-o no escuro da mesma maneira que devo ter segurado a mão de Margaret. Se estão me protegendo agora como me protegeram naquela época: com silêncio, segredos. Mentiras.

— Bem, mantenha-nos informados — meu pai diz, como se estivéssemos em uma entrevista de emprego. Nunca mais encontramos um jeito de interagir depois que Margaret nos deixou. Sem ela por perto para amortecer nossas interações, elas se tornaram irregulares e incômodas, como velhos amigos que se encontram por acaso no supermercado. Trocam cortesias enquanto mordem a língua, sentem o gosto de sangue e vasculham o cérebro procurando desculpas para ir embora.

— Passei pelo cemitério quando vinha para cá — comento, procurando uma abertura. — Estiveram lá recentemente?

Percebo um leve tremor sacudir o corpo de minha mãe, como se ela fosse atingida por uma rajada súbita de frio. Meu pai inclina a cabeça, como se não soubesse do que estou falando.

— Talvez eu pare lá mais tarde — continuo. — Nunca mais fui desde que...

— Vamos todos os domingos — meu pai me interrompe. — Depois da igreja.

— Que bom.

Silêncio outra vez. Minha mãe está arranhando o tecido da poltrona, arrancando fios caros com as unhas. Vejo meu pai olhar para o relógio de pêndulo, provavelmente tentando entender como um minuto pode passar tão devagar.

— Não falamos muito sobre isso — digo, incapaz de desviar o olhar do tapete. Era ali que costumávamos nos deitar, Margaret e eu: de bruços sobre o tapete oriental, folheando a *The Grit* e soletrando juntas as palavras. Descobrindo histórias de outro mundo, outra vida, imaginando que éramos arrancadas da nossa própria realidade e implantadas nas páginas. — Sobre aquela noite, o que aconteceu. Nunca conversamos sobre isso de verdade...

— O que tem para falar? Foi um acidente terrível.

Olho para minha mãe – ainda em silêncio, arranhando a poltrona – e depois de novo para meu pai. O tom de autoridade voltou à voz dele, só um pouquinho. O suficiente para assinalar que essa conversa é vetada.

— Foi — insisto. — Mas acho que seria bom para mim se pudéssemos *conversar* sobre isso. Mamãe perguntou como estou lidando...

— Muito bem — diz, e se inclina para a frente, apoiando o queixo na mão como se fosse um psiquiatra me estudando. — Sobre o que quer falar, Isabelle?

— Tenho... lembranças daquela noite, acho. Algumas coisas que têm me incomodado. Coisas que não fazem sentido.

Meus pais se entreolham.

— Por exemplo, quando acordei naquela manhã... tinha água no tapete. — Faço um esforço para continuar, empurrando as palavras para fora como vômito entalado na garganta. — Eu usava uma camisola diferente daquela com que tinha dormido. E havia lama...

— Isabelle, aonde você quer chegar? — A voz do meu pai fica mais branda, de repente. — Por que está desenterrando tudo isso?

— Porque preciso saber o que *aconteceu*! — grito, coisa que não pretendia fazer. Minha voz ecoa pelas paredes, pelo piano de cauda, um lamento agudo vibrando nas cordas. — *Preciso* saber.

— Sua irmã sofreu um acidente, querida. Ninguém teve culpa.

Eu me lembro de como ele me orientou naquela manhã, como recitou essas mesmas palavras sem parar. O jeito como minha mãe olhou para mim, com a cabeça inclinada para um lado, os olhos encobertos por uma luminosidade turva, como se pensasse que eu era um fantasma.

— Mas tenho a sensação de que eu estava lá. Eu *lembro*...

— Não faça isso — ele diz, repetindo as mesmas palavras que Ben me disse hoje de manhã. — Isabelle, não faça isso com você.

# CAPÍTULO QUARENTA E SETE

Eu havia esquecido como o sol se põe aqui. Devagar, no início, um azul-turquesa se transformando gradualmente em uma sobreposição de tons de pêssego, amarelo e tangerina que se fundem como aquarela – e depois, rápido como um piscar de olhos, como se alguém riscasse um fósforo e ateasse fogo ao céu, o fogo se espalhando pela tela como se estivesse encharcada de querosene. Estou no píer agora, vendo o sol mergulhar no horizonte. Com o anoitecer refletido na água, a sensação é quase a de estar sentada bem no meio dela: um cômodo em chamas, acima e abaixo de mim, me engolindo inteira.

— Fica para o jantar — meu pai havia me convidado, mudando de assunto com a rapidez do estalo de um chicote. Eu não queria, mas, ao mesmo tempo, queria, então olhei para minha mãe em busca de um sinal de permissão.

Ela esboçou um sorriso, um leve aceno de cabeça, e aceitei o convite.

A cozinha parecia diferente, os antigos azulejos, antes azul--cobalto, foram substituídos por peças menores de cerâmica, mais simples e brancas. Parte do revestimento teve que ser trocado depois daquele incêndio no verão, é claro, mas o restante, eu sabia, era uma tentativa de apagar as lembranças do passado. Havia pequenos vasos de ervas no parapeito da janela: manjericão, alecrim, salsa e sálvia, que espalhavam no ar um aroma de grama recém-cortada. Vi minha mãe cortar as folhas com sua tesourinha prateada. Não me lembro de vê-la cozinhando muito, mas parecia que ela sabia o que estava fazendo.

Eu estava picando alface para o jantar, segurando a faca com uma das mãos e olhando para algum lugar distante, quando minha mãe tocou meu ombro e me trouxe de volta ao presente.

— Amo você, sabe disso — falou, a voz trêmula. Parecia uma tentativa de reconciliação; um momento de perdão que nunca senti que merecia. — Sabe disso, não é?

Agora me levanto do píer e limpo o pólen da calça jeans. Apesar do esforço na redecoração, das tentativas de apagar as lembranças de Margaret, ainda a vejo em todos os lugares: na mesa da cozinha, onde costumava se sentar e cantar para a boneca com aquela voz aguda. Nas frigideiras de cobre penduradas sobre o fogão, as mesmas que eu usava para fazer suas omeletes, servindo-as direto no prato diante dela. Observando-a comer. No quintal, onde sentávamos com aquelas estátuas e uma xícara de chá doce, e aqui no píer, principalmente, vendo a água lamber as estacas como se as empurrasse de leve, sem parar.

Está escurecendo, e começo a longa caminhada de volta pelo píer sob uma lua fina como unha. Aceitei ficar para o jantar depois de mandar uma mensagem pedindo para minha vizinha dar uma olhada em Roscoe. Talvez seja porque não quero ir para casa, sentir o vazio sendo restaurado sem Waylon por lá, ou porque não quero pensar que todas aquelas pessoas na conferência estavam certas o tempo todo. Como me viram com mais clareza, de alguma forma, do que jamais pude me ver.

Ou talvez seja porque, depois de todos esses anos, sinto que o muro gelado que meus pais ergueram entre nós desde a morte de Margaret está começando a derreter. É como se, ao vir para cá, eu fizesse um gesto de boa vontade. Como se, pela primeira vez, me desculpasse pelo que fiz e, em troca, eles se desculpassem por terem me deixado tão sozinha.

Por terem esquecido que também sou filha deles.

Ando pelo quintal, passo pelas estátuas e pelas roseiras, pelo enorme bebedouro de pássaros com uma barata morta flutuando de costas. Depois entro pela porta dos fundos, a casa silenciosa e imóvel. Meus pais se retiraram para o quarto há uma hora – em parte por termos ficado sem assunto, acho – e vou para a cozinha esvaziar a garrafa de vinho que abrimos mais cedo em uma taça limpa. Então subo a escada, atravesso o corredor e entro em meu antigo quarto.

Eles redecoraram aqui também. A antiga cama de solteiro que levei para Savannah foi substituída por uma queen size. Agora parece um quarto de hóspedes de verdade, embora saiba que não recebem visitas. Resisto ao impulso de olhar o quarto de Margaret – para ver se também apagaram tudo por lá – e ponho a taça em cima da mesa de cabeceira, me dispo e visto o pijama que minha mãe deixou para mim em cima da cama.

Em seguida me sento no chão, seguro a taça de vinho contra o peito e me pergunto como vou passar as próximas dez horas sozinha no escuro.

A casa parece ganhar vida à noite, como quando eu era criança. Posso ouvi-la respirar – a corrente de ar no corredor é como um longo sopro; o rangido das tábuas é um pescoço estalando. A voz de Margaret: *Você já teve a sensação de que não estamos sozinhas nela?* Saio de fininho do quarto e olho para a escada: o terceiro andar. Onde Margaret e eu costumávamos pintar. Deixávamos as portas francesas abertas e sentíamos a brisa morna como uma respiração em nosso pescoço.

Começo a subir, lembrando como ficávamos na varanda com canecas de chocolate quente sempre que a temperatura caía a menos de dez graus. Margaret fazia pedidos para as estrelas cadentes ou apontava ansiosa para a água sempre que víamos uma barbatana rompendo a superfície ou um camarão deslizando por cima dela.

Chego ao topo da escada e olho em volta, o grande aposento aberto agora abriga móveis velhos cobertos com lençóis, como fantasmas banidos. O cavalete de minha mãe ainda está no mesmo canto, de frente para as janelas panorâmicas, como se ela estivesse no meio de uma pintura, e consigo imaginar os olhos dela alternando entre a tela e o quintal, indo e voltando, enquanto a mão move o pincel nas várias cores da paleta, uma obra de arte abstrata por si só. Aquela fina tábua de madeira conta histórias de pinturas anteriores: o rosa que ela usou para colorir as bochechas de Margaret, o verde da poltrona de meu pai, o azul da maré cheia.

Caminho pelo cômodo apoiando a taça sob o queixo, como se fosse um cobertorzinho de segurança, tentando identificar as formas no escuro.

No canto do fundo, encontro uma pilha de telas apoiada na parede. Então me sento no assoalho de madeira, cruzo as pernas e começo a olhar uma por uma. Algumas estão finalizadas – uma fruteira sobre o balcão da cozinha, o jasmim invasivo encobrindo os tijolos da entrada da propriedade – e outras foram abandonadas: o contorno grosseiro de um rosto, linhas desconectadas. Olhos vazios e sem vida.

Viro mais algumas telas, sorrio diante das que reconheço e, de repente, paro.

Lá no fundo está a tela que vi naquele verão: eu, de camisola branca, parada na beira do pântano – só que agora percebo que o que tinha visto antes não estava terminado. Agora a menina está entre duas outras pessoas: uma de cabelos castanhos que descem sobre os ombros e a outra bem pequena, com mechas cor de caramelo. As três estão de mãos dadas, caminhando juntas para a água, com a lua cheia iluminando o caminho.

E é então que entendo.

A garota que vi na pintura — aquela que Margaret apontou e deduziu que fosse eu – não era eu, na verdade.

E ela não estava de camisola. A do meio: ela veste um robe.

— Isabelle.

Pulo ao ouvir a voz atrás de mim e derrubo a taça de vinho com o joelho. Quando me viro, o líquido vermelho está escorrendo no

chão como sangue, e percebo uma figura no escuro à minha frente. É minha mãe. O brilho da lua ilumina seu rosto; lágrimas descem por seu rosto como chuva escorrendo na janela.
— Isabelle, meu bem, me deixa explicar.

# CAPÍTULO QUARENTA E OITO

Gosto de comparar nossas memórias a um espelho: refletem imagens, algo familiar, mas, ao mesmo tempo, invertido. Distorcido. Não *exatamente* como era. Mas é impossível encarar o passado nos olhos, ver as coisas com perfeita clareza, por isso temos que confiar nas lembranças.

Temos que torcer para que não estejam deturpadas ou quebradas, moldando a realidade para se encaixar na forma como gostaríamos que as coisas fossem.

— Eu estava doente — minha mãe diz agora, dando um passo à frente no escuro. Ela estende os braços, e eu recuo me arrastando, com medo de permitir que se aproxime demais, minha mão pressionada contra os cacos de vidro no chão. — Isabelle, querida. Eu estava muito, muito doente.

As lembranças que tenho de minha mãe sempre foram turvas, nebulosas como um sonho: ela em um daqueles robes brancos muito finos, com cachos que lembravam a juba de um leão e o olhar distante, como se estivesse em transe. É como se eu quisesse vê-la de um ponto de vista mais favorável, aparar as arestas afiadas e retocá-la até a perfeição: um anjo, uma deusa, ou alguma coisa que não fosse inteiramente humana. Não fosse inteiramente real.

— Como assim, doente?

Estou tentando ignorar o ardor do corte na mão; o fio de sangue que sinto escorrer pelo pulso.

— Começou quando perdi Ellie.

— Ellie? — repito, sem conseguir esconder a confusão. — A boneca de Margaret?

Penso nas vezes em que ela esteve lá conosco, os olhos de porcelana observando tudo. Ellie está em quase todas as lembranças daqueles últimos meses: Margaret cantando para ela na cozinha ou a aninhando entre nós na cama naquela última noite, as mãos da minha mãe em nosso rosto.

— *Minhas meninas* — ela havia dito. — *Minhas duas lindas meninas.*

E Margaret respondeu:

— *Esqueceu Ellie.*

De repente, como o engatilhar de uma pistola exigindo atenção, sinto as peças começando a se encaixar.

Penso na estranheza da risada de minha mãe cada vez que Margaret pronunciava aquele nome; seus sorrisinhos tristes e a maneira como pigarreava, se afastando antes de ir para o quarto e fechar a porta, nos deixando sozinhas durante horas. O olhar distante quando parava na frente da janela, como se visse alguma coisa que o restante de nós não conseguia ver.

— Ai, meu Deus — digo, recordando. Recordando *de verdade*. Como uma farpa que penetra fundo, a dor volta intensa e quase me domina.

Penso na curva suave de sua barriga sob o robe branco e fino, ainda ligeiramente inchada, como um balão murchando devagar. Perdendo a forma.

— *Sim, é claro. Não podemos esquecer Ellie.*

Mas esquecemos. Nós a esquecemos – ou melhor, *eu* me esqueci dela. Eloise, *Ellie*, minha segunda irmã. A que morreu antes de dar seu primeiro suspiro.

Agora me lembro de tudo, não de cenas fragmentadas como em um sonho, ou um pesadelo, mas com uma clareza repentina, assustadora: os gritos de minha mãe ecoando pelo corredor, Margaret entrando no meu quarto, os olhinhos espiando pela fresta da porta como sempre fazia quando estava com medo. Subindo na minha cama, as duas encolhidas embaixo das cobertas, juntas, com as lanternas acesas, contando histórias uma para a outra para tentar sufocar o barulho – e depois o silêncio ensurdecedor, quase como se a casa também tivesse parado de respirar.

Eu me lembro de criar coragem para sair do quarto e de ver meu pai andando de um lado para o outro na frente do quarto deles, segurando uma garrafa marrom. Vi minha mãe na cama coberta de sangue. Os lençóis manchados de vermelho enquanto ela segurava alguma coisa flácida e sem vida nos braços. Depois o som repentino de sua voz frágil chegando ao corredor:

— *Quieto, bebê, não precisa chorar, mamãe promete que um passarinho vai comprar.*

Vejo-a na cozinha, semanas mais tarde, alisando os cabelos de Margaret enquanto ela balançava a boneca sobre o quadril.

— *Já deu um nome para ela?*

E a resposta de Margaret, seguida pela imediata imobilidade da mão de minha mãe, como se as veias tivessem congelado; seu rosto triste e pálido, como se tivesse visto um fantasma.

— *Ellie* — respondeu, com um sorriso orgulhoso. — *De Eloise.*

— Eloise — repito agora, sentindo uma repentina familiaridade no nome. Eu até tinha visto o quarto do bebê uma vez. A porta ficava sempre fechada, como a de Margaret também passou a ficar, como se fosse mais fácil passar por ali e fingir que ela nunca existiu. Mas eu vi – *nós* vimos –, Margaret e eu, durante um daqueles longos dias de verão em que andávamos pela casa sem nenhuma supervisão. Espiamos lá dentro, olhamos o berço. Deslizamos os dedos por aquela cadeirinha de balanço branca que ficava em um canto, imóvel, e vimos o nome dela, *Eloise*, bordado em tudo.

Foi de lá que ela tirou isso. Margaret. Foi assim que ela escolheu o nome.

Não consigo nem imaginar o que minha mãe deve ter sentido. Margaret deu à boneca o nome do bebê que ela tinha acabado de perder. Cantarolava esse nome para o brinquedo muitas, muitas vezes, cutucando uma ferida que nunca cicatrizava. Não era intencional, eu sei, mas Margaret estava sempre ouvindo, sempre lembrando. Sempre imitando o que nos via fazer, embalando sua pequena Ellie nos braços, silenciosa e imóvel.

— Foi depressão? — pergunto agora com lágrimas nos olhos.
— Mãe, é claro que teria...

Pensando bem, agora percebo que minha mãe estava aqui conosco, mas não estava mesmo *conosco*. Não de verdade. Margaret e eu estávamos sempre sozinhas: preparando o café da manhã e vagando pela casa à noite. Brincando perto da água e indo ao parque sozinhas, de mãos dadas, atravessando ruas movimentadas sem a companhia de um dos pais.

Sempre de camisola, mesmo depois de a manhã ter passado.

Na época parecia idílico, uma espécie de conto de fadas. Não tínhamos como saber o que estava acontecendo, o que de fato acontecia. Como os Meninos Perdidos de *Peter Pan*, sempre chamando pela mãe, nossa liberdade era uma ilusão.

Negligência, essa era a realidade.

— Não — minha mãe responde, balançando a cabeça, e um gritinho triste irrompe de algum lugar no fundo de sua garganta. — Não, não foi isso. Foi algo mais que isso.

Perdemos minha mãe no momento em que perdemos Ellie. Foi naquele momento que tudo mudou. Eu senti naquele instante, mas não entendi. Aquele sentimento de morte que estava sempre ali, sempre presente, inchado e pairando sobre tudo como se estivesse apenas esperando para levar um de nós a seguir. A estranheza daquilo, *dela*, se espalhou pela casa, como se todos nós tivéssemos nos transformado naquelas bonecas de pelúcia com olhos de botão, seguindo a rotina como se nada tivesse acontecido.

Como se não fôssemos realmente *nós*, não mais.

— Tentei dizer ao seu pai que algo não estava certo — continua. — Que estava sentindo coisas, *pensando* coisas que estavam começando a me assustar.

De repente me lembro do som da voz da minha mãe naquela noite, atravessando a porta fechada do escritório enquanto eu ouvia tudo do lado de fora. A súplica que emergiu do fundo de sua garganta:

— *Você não sabe como é. Henry, você não entende.*

Sempre pensei que estivesse falando de mim, sobre como eu andava pela casa à noite: olhos abertos, corpo rígido. *É perigoso acordar um sonâmbulo.* Sempre pensei que estivesse dizendo que ele não entendia como era viver *comigo*, lidar *comigo*. Que ela tivesse medo de *mim*.

Mas não era isso. Não era nada disso.

Minha mãe tinha medo dela mesma.

# CAPÍTULO QUARENTA E NOVE

— O que você fez? — sussurro, sentindo que a realidade do que minha mãe está tentando me dizer endurece o sangue em minhas veias. — Mãe, o que você fez?

Consigo sentir as batidas do meu coração nos ouvidos, como tampar o nariz e afundar na água; vejo ela se abraçar, aqueles dedos longos e finos cravados na pele dos braços, e volto a pensar naquela última noite com Margaret. Fazia calor, *muito* calor, meu corpo e o dela grudavam na cama por causa do suor. Penso em como ela choramingou na banheira – "*Vai demorar muito?*" – e nos dedos de minha mãe percorrendo a água fria, criando ondinhas, como a barbatana de um tubarão quase rompendo a superfície.

— Não muito — ela disse. — *Logo estaremos confortáveis.*

— *Até amanhã de manhã?*

E depois aquele sorriso de novo: triste e resignado, como o de alguém que estava além de seu limite. Alguém que, no fundo, sabia que estava prestes a fazer algo errado. Algo terrível.

— *Claro. Até amanhã de manhã.*

Agora encaro minha mãe do outro lado da sala, permitindo que as peças comecem a se encaixar. Ela deixa escapar um soluço sufocado, o lábio inferior tremendo, e algo sobre a forma como a lua ilumina seu rosto através das janelas liberta outra lembrança. É aquele sonho de novo; o sonho que se repetiu nos meses seguintes à morte de Margaret. Mas não era um sonho, era? Não, era uma lembrança que emergia desconexa e imprecisa, como o reflexo de um espelho quebrado, fragmentos que apareciam quando eu estava deitada na cama, inquieta e agitada.

Dr. Harris me disse que sonâmbulos podem se lembrar de algumas coisas, às vezes.

— *É como recordar um sonho.*

Nós duas, lá fora, Margaret e eu, as camisolas brilhando ao luar. Em pé, na beira d'água, de mãos dadas, Margaret se virando para olhar para mim, como se pedisse permissão, antes de olhar para a frente, para o pântano. O sonho sempre parava aí, mas agora consigo ver o restante dele: Margaret dando um passo lento e empurrando ondinhas em direção à minha mãe, que está em pé na nossa frente, com água na altura das panturrilhas. Aquele robe branco pingando, translúcido contra sua pele, os braços estendidos, chamando nós duas.

Aquele sorrisinho em seus lábios, os olhos vidrados e cinzentos, cheios de lágrimas.

— Por quê? — pergunto, lembrando como Margaret tinha dado um passo à frente enquanto eu permanecia parada, observando – vendo, mas sem realmente *enxergar*. Como confiou em mim. Como eu a deixei ir. — Por que fez isso? Por que Margaret?

— Não tinha a ver com Margaret. — Ela balança a cabeça. — Tinha a ver com a gente. Com todos nós.

— Não entendo...

Mas então vejo a mão de minha mãe tocando a bochecha de Margaret na cozinha, olhando para nós como se não fôssemos reais.

— *Queria que pudessem ser meus bebês para sempre.*

— Eu tentei outra vez — continua, e dá mais um passo à frente. — Deixei o gás do fogão ligado a noite toda. Lembro que torci para ser rápido. Até pensei que aquela era a coisa certa a fazer. Que só iríamos dormir e acordar juntas – *todas* nós, em algum outro lugar, e tudo estaria bem.

Ela fica quieta, olhando para algum lugar distante, lembrando.

— Alguma coisa pegou fogo antes de o monóxido de carbono se espalhar.

Eu me lembro de acordar no jardim, de ver as chamas lambendo as paredes conforme eu piscava, tentando clarear a minha visão turva de sono. O calor na pele enquanto meu pai segurava minha mão e me levava de volta para a cama.

— Ele sabia — falo agora, e não é uma pergunta, é uma afirmação, porque, de repente, tudo faz sentido. — Papai sabia.

— Não posso condená-lo — diz minha mãe. — As coisas eram diferentes naquele tempo. As pessoas não gostavam de falar sobre isso.

Minha mãe tinha pedido ajuda, e ele não a ouviu. Ela havia perdido uma filha – segurado a bebê morta nos braços e cantado para ela como se a criança pudesse ouvir – e mesmo assim, semana após semana, ele a deixou sozinha, vulnerável e amedrontada.

— *Se pudéssemos conseguir alguma ajuda, talvez* — ela havia pedido, a voz desesperada que ouvi através da porta do escritório. — *Se eu conseguisse alguma ajuda.*

E meu pai respondeu, a voz dura como um calo na mão:

— *Não.*

— Pode, sim — digo agora, olhando nos olhos dela no escuro. O medo que senti segundos antes é substituído por alguma coisa nova, diferente. — Você pode condená-lo, mãe. Pediu ajuda a ele. Você pôs fogo em nossa casa, e ele não fez nada. Ele não *ouviu*.

Ela balança a cabeça, olhando para o chão como se ainda estivesse envergonhada. É sempre muito fácil culpar a mãe.

A mãe *ruim*. A mãe *negligente*.

— Ele continuava dizendo que foi um acidente — explica. — Que eu não fiz de propósito.

— Um acidente — repito, lembrando como ele reiterava isso depois de Margaret, quase como se precisasse acreditar em si mesmo.

— Ele não queria acreditar que as coisas tinham chegado a esse ponto — continua. — Foi difícil para ele também, meu bem. E seu pai era um congressista, Isabelle. Toda a linhagem da família... eles têm uma reputação. Ele ficou com medo de como aquilo poderia ser visto.

Não sei como processar a informação. Não sei o que pensar: meu pai colocou seu trabalho e sua reputação acima da segurança da família – mas, ao mesmo tempo, nada disso me surpreende. Não mesmo. Tudo em nossa vida sempre foi um espetáculo: o jeito como Margaret e eu éramos vestidas com roupas iguais, os móveis caros. A casa enorme e o gramado bem-cuidado, a maneira como desconhecidos nos espiavam através do portão como se nós também fizéssemos parte da exposição. Como se existíssemos apenas para o consumo deles, para saciar sua curiosidade enquanto desempenhávamos nosso papel: crianças no quintal, mãe cuidando do jardim.

Nossa vida como um quadro, perfeita demais para ser de verdade.

— Foi difícil — prossegue. — Ele estava sempre fora, trabalhando, e eu sempre sozinha com vocês. Sozinha na minha cabeça.

Penso em minha mãe e naquelas histórias que ela contava: as sensações na nuca, o formigamento na pele, a impressão de ser observada. O significado que ela havia atribuído ao tentar entender o que estava acontecendo na própria mente: alguém tentando mandar uma mensagem para ela, talvez. Alguém dizendo para ela fazer coisas, coisas terríveis, que nunca teria feito por conta própria.

De repente, me lembro de todos aqueles momentos com Mason: deixando minha mente vagar até aquele canto empoeirado do cérebro aonde as mães nunca devem ir. As noites sem dormir, os gritos, a urgência esmagadora de fazer aquilo parar a qualquer custo. Os pensamentos sórdidos que invadiam minha consciência na escuridão, e como eu me deixava demorar neles. Era como entrar escondida na despensa e comer até passar mal. Uma refeição vil, frenética.

E depois o medo que surgia como uma injeção lenta. O jeito como eu me forçava a colocá-lo no berço, recuando lentamente.

Convencendo a mim mesma de que era tudo normal. Porque é normal, não é? Sentir esse tipo de coisa? Mas como se pode saber? Como você sabe se é algo mais? Algo perigoso?

E se for... como fazer isso parar?

# CAPÍTULO CINQUENTA

Vou embora assim que o sol nasce, descendo pela alameda com aquelas estátuas de pedra no retrovisor: o bebê, o anjo. A mulher doente. Não sabia se seria capaz de encará-los à luz do dia: minha mãe, pelo que me contou. Meu pai, pelo que fez – ou melhor, o que não fez.

— Sempre pensei que a culpa fosse minha — contei, me sentindo anestesiada conforme começava a compreender. Vi minha mãe balançar a cabeça como se não entendesse. — Sempre pensei que fui eu que tinha levado Margaret lá para fora. Que talvez eu estivesse dormindo, e ela me seguiu. Que tentou me acordar, e eu... eu fiz algo...

E então me dei conta: nunca tinha dito isso de verdade. Não abertamente, pelo menos. Contei a eles que tinha lembranças daquela noite que não se encaixavam: a água no tapete, a camisola limpa, a lama no meu pescoço. Disse que queria saber o que aconteceu – o que *realmente* aconteceu – e eles trocaram olhares através da sala de estar, como se temessem que a máscara deles estivesse caindo. Que o segredo deles estivesse prestes a ser revelado.

O segredo *deles*. Não o meu.

— Querida, não — minha mãe disse, balançando a cabeça, as lágrimas escorrendo. — Não, você não fez nada errado. Eu não tinha ideia de que pensava isso.

— Como eu poderia *não* pensar isso? — berrei. — Margaret estava sempre me seguindo por aí. Eu sempre acordava em lugares estranhos. Passei minha vida inteira pensando isso.

Agora olho para o lado, para a pasta grossa no banco do passageiro. Minha mãe entregou-a para mim quando descemos a escada juntas em um torpor silencioso, dizendo que o conteúdo dela ajudaria a explicar o resto. Não encontrei forças para abri-la, não ainda, então continuo dirigindo, sentindo o corpo no piloto automático. Nem sei quem é o responsável; não sei nem quem devo culpar. Foram as mãos de minha mãe que despertaram Margaret do sono, que a levaram por um braço e eu pelo outro, de olhos abertos, mas vazios, andando pela escuridão. Foram as mãos dela que a chamaram para a água, os dedos flexionados, prometendo que tudo ficaria bem. Que o alívio estava chegando. Que logo estaríamos confortáveis. Foram as mãos dela que a mantiveram submersa, que contiveram sua reação, que tentaram me alcançar quando os movimentos de Margaret cessaram.

Foram as suas mãos que deixaram aquela marca no meu pescoço, três dedos sujos de lama, como se quisesse sentir minha pulsação pela última vez, um pulsar suave que logo diminuiria até parar.

Foram as mãos dela, mas não foi *ela*. Não de verdade. Eu sei que não.

Queria saber como foi para ele, meu pai, estender o braço para o lado e encontrar o espaço vazio na cama, onde ela deveria estar. Levantar-se assustado, piscando no escuro, sabendo por instinto que alguma coisa estava errada. Imagino-o vestindo o roupão e correndo para a cozinha, esperando encontrá-la ali: mexendo no fogão, talvez, ou andando pelos corredores como às vezes fazia quando não conseguia dormir. Olhando lá para fora, na esperança de vê-la de novo no pântano, descalça, antes de entrar e deixar pegadas sujas no tapete. Provocar o ruído das tábuas do assoalho enquanto andava pela casa, velando nosso sono.

Mas quando chegou lá fora, percebeu o que havia acontecido.

O que ele havia *deixado* acontecer.

Viu nós três sob o brilho da lua cheia: duas em pé, e a terceira, a menor, boiando de bruços na água, imóvel como um tronco flutuando na correnteza.

Entro no Cemitério Nacional de Beaufort quando o sol começa a tingir o horizonte e paro no estacionamento vazio. O ar está orvalhado, perfumado pelo cheiro permanente das flores nos arranjos de cada túmulo. Caminho por entre as lápides – apesar de não ter estado ali desde o dia em que enterramos Margaret, jamais esqueceria onde ela está – e, ao chegar lá, me ajoelho na grama e sinto a umidade penetrar nos joelhos da calça jeans.

Olho para a lápide, um mármore branco imaculado gravado com o nome dela, a data de nascimento e a de morte.

*Margaret Evelyn Rhett*
*4 de maio, 1993 – 17 de julho, 1999*

Ao lado dela, há outra quase idêntica.

*Eloise Annabelle Rhett*
*27 de abril, 1999 – 27 de abril, 1999*

Dois períodos lamentavelmente curtos.

Respiro fundo, me apoio nos calcanhares e contenho uma lágrima. Agora tudo faz sentido: Margaret me perguntando aquele dia na água sobre as pegadas, inclinando a cabeça para o lado.

— *É por causa do que aconteceu?*

O sonambulismo começou logo depois de perdermos Ellie, o trauma do que acontecia dentro da nossa casa desencadeando algo dentro de mim que nunca consegui entender.

Mas Margaret entendia. Ela sabia, de algum jeito.

— *Não devemos falar sobre isso.*

Porque não deveríamos, mesmo. Nunca falávamos sobre nada. Até hoje, meus pais preferem segredos e silêncios a conversas desconfortáveis. Eles nunca sequer tocaram nesse assunto conosco. Nunca explicaram o que aconteceu; nunca nos permitiram entender ou chorar essa perda. Apenas fecharam a porta do quarto dela e seguiram em frente como se estivesse tudo bem, deixando minha memória apagá-la.

Penso em como minha mãe não conseguia olhar para mim na manhã seguinte à morte de Margaret – ou em qualquer outro dia *desde* aquela manhã – e no homem que ia em casa conversar com ela. Que a deixava chorar. O jeito como meu pai ofereceu Mason, e como ela se levantou e saiu, como se não se sentisse merecedora daquilo.

Na noite passada, quando fazíamos o jantar.

— *Amo você, sabe disso. Você sabe, não é?*

Minha mãe nunca me odiou; nunca me culpou. Ela se odiava. Ela matou Margaret, a própria filha, e tentou me matar. E por causa disso não se permitia chegar perto de mim. Não se permitiu voltar a ser minha mãe.

Suponho que deveria me sentir grata por meu pai ter chegado a tempo – por ter corrido para a água, segurando Margaret nos braços e se colocando entre mim e minha mãe antes que ela pudesse fazer aquilo de novo. Por ter me limpado, trocado minhas roupas e me levado de volta para a cama, como tinha feito tantas vezes antes quando me surpreendia vagando pela casa à noite. Por ter me orientado de manhã, me explicado exatamente o que dizer.

Por ter se demitido do emprego, conseguido a ajuda de que minha mãe precisava –, mas só por trás das paredes fortalecidas de nossa casa.

Só em segredo, onde ninguém mais poderia ver.

Aquilo teria sido o fim dele, afinal. Tudo que ele, o pai e o avô haviam construído com tanto esforço teria desmoronado em um instante se o mundo descobrisse o que minha mãe havia feito. O nome Rhett não estaria mais cimentado na história como algo nobre e refinado; em vez disso, seria sinônimo de morte, assim como a própria casa.

Penso em como o chefe Montgomery quase não me pressionou naquela manhã, como se só precisasse me ouvir recitar algumas linhas. Como ele e meu pai se reuniram em seguida, sussurrando na escada da varanda, criando a história perfeita: foi apenas um trágico acidente. Um afogamento no verão. O lado errado da estatística. No fundo, o chefe de polícia devia saber que não era verdade, mas mesmo assim se permitiu acreditar nisso. Aquela era a história que ele queria que fosse real. A que era mais fácil de aceitar. Então meu pai assentiu, fungou e criou uma realidade alternativa que era mais fácil para todo mundo engolir. Depois defendeu seu segredo, sua mentira – não para me proteger, no entanto, mas para proteger minha mãe. Ele mesmo.

Todos nós.

# CAPÍTULO

# CINQUENTA E UM

Fico no cemitério até as pernas da calça jeans ficarem ensopadas. Então me levanto, volto para o carro e o destranco, deslizando para o banco do motorista.

Olho para a pasta novamente, estendo a mão e toco a aba. Minha pele cortada pelo caco da taça de vinho está coberta por um curativo, e sinto minha pulsação latejando na palma da mão. Respiro fundo e puxo a pasta para o meu colo, abro e dou uma olhada nas anotações que o médico fazia enquanto ouvia minha mãe chorar.

O diagnóstico oficial foi *psicose puerperal*, um *"transtorno muito raro, grave, mas tratável, que pode ocorrer após o nascimento de um bebê"*, potencializada pelo trauma, luto e isolamento que seguiram a morte do referido bebê. Palavras como *delírios ou crenças estranhas, incapacidade de dormir, paranoia e desconfiança* saltavam da página, ficando gravadas em meu cérebro.

Tudo isso estava lá. Todos os sinais, os sintomas, se alguém tivesse se importado o suficiente para perceber.

Há certo alívio em saber que eu estava errada sobre Margaret – saber que não fui eu que a levei lá para fora, segurei seu corpo na escuridão –, mas mesmo assim o desconforto não desapareceu. Agora é só algo novo. Algo diferente.

*Psicose puerperal é considerada uma emergência clínica*, continuo lendo. *Os sintomas oscilam, o que significa que uma mulher pode estar suficientemente lúcida para manter uma conversa e sofrer alucinação e delírios poucas horas depois. Há uma taxa de suicídio de cinco por cento e uma taxa de quatro por cento de infanticídio associado à doença, e o risco de desenvolver psicose puerperal é maior em mulheres com histórico familiar, como a ocorrência em mãe ou irmã...*

Fecho a pasta e a jogo no banco do passageiro antes de sair do cemitério e voltar para a estrada. Enquanto dirijo, deixo a mente vagar. O pensamento me deixa nauseada: talvez eu tenha feito alguma coisa com Mason, como minha mãe fez com Margaret. Talvez eu tenha posto em prática aqueles pensamentos, saído da cama naquela noite e ido ao quarto dele como minha mãe foi ao meu.

Ou talvez, apenas *talvez*, eu possa estar errada sobre isso também.

É reconfortante me permitir acreditar nisso, mesmo que só por um segundo: se não fiz mal à Margaret, talvez também não tenha feito mal a Mason. Talvez haja outra explicação, outra razão que me absolva de qualquer culpa.

Eu poderia conversar com o dr. Harris, fazer mais perguntas veladas em outra tentativa desesperada de obter respostas. Ou poderia voltar à casa de Paul Hayes e tentar, mais uma vez, descobrir quem é aquele velho. O que ele sabe. Talvez tenha mentido sobre me ver vagando à noite com Mason no colo. Talvez só esteja tentando me confundir, me assustar. E me convencer a parar de fazer perguntas. Decido que isso é melhor que nada, porque agora voltei à estaca zero. Waylon não está mais do meu lado – ele deixou isso bem claro ontem quando me acusou de assassinato, sentado em minha sala de estar –, o que significa, mais uma vez, que voltei a estar sozinha.

Voltei a procurar meu filho sem a ajuda da polícia, do público, de Ben.

Algo sobre Ben vem me incomodando. Alguma coisa em nosso encontro no dia anterior que me pareceu familiar, mas não consigo identificar o porquê. Talvez tenha sido a surrealidade de encarar Valerie de perto, de me descobrir, de repente, no lugar que um dia Allison ocupou – não mais *a outra*, mas agora *a antiga*. A que foi descartada por algo mais brilhante, melhor, como um brinquedo quebrado. O jeito como ela apareceu na porta, a pele bronzeada visível sob a transparência da camisa dele, como se tivesse acabado de sair da cama – a cama *dele* – e a pegado no chão, onde havia sido abandonada na noite anterior em um momento fervoroso.

A maneira como o chamou da cozinha, com uma voz melodiosa que flutuou através dos aposentos.

— *Ben, você está aí fora? Quem é?*

E a resposta dele, como um chute certeiro no estômago: "Ninguém".

Estou dirigindo no piloto automático pelas estradas conhecidas que me levam de volta à cidade, mas de repente a paisagem à minha volta se torna mais colorida, mais nítida. Os limites se ampliam com uma clareza chocante, como se eu tivesse consumido algum tipo de droga.

Sei o que é. Eu sei o que está me incomodando. Sei o que aconteceu no dia anterior que me deixou tão perturbada.

Foram aquelas palavras. As palavras de Valerie desenterraram outra lembrança de algum lugar profundo dentro de mim: a culpa, a vergonha de ser deixada entre os arbustos no funeral enquanto Ben se afastava de mim e subia a escada correndo, me descartando como aquele cigarro ainda fumegante na grama. O medo de prender a respiração e deixar os galhos enroscarem em meu cabelo, arranharem meu rosto como mãos crispadas cobrindo minha boca. Unhas sujas cortando minha pele, me silenciando.

O pânico que cresceu em meu peito quando vi aquele homem aparecer no quintal com as mãos nos bolsos.

— *Ben, você está aí fora?*

Observei seus ombros ficarem tensos ao notar minha taça, o champanhe ainda borbulhando e a marca de batom na borda, inspecionando-a como se tivesse encontrado uma pista. Não vi seu rosto – corri antes que ele tivesse a chance de olhar para trás, para a casa, e me encontrar ali escondida –, mas o ouvi. Ouvi sua voz perfeitamente. Na época, não a reconheci, mas agora sei que a reconheceria em qualquer lugar. É uma voz que tem estado presente em minha vida nessas duas últimas semanas, desde que se apresentou naquele avião, sentou-se à mesa da minha sala de jantar. Uma voz que soou alta naqueles enormes fones de ouvido cobrindo minhas orelhas.

Aquele homem era Waylon.

Seguro o volante com mais força e piso no acelerador como se meu pé fosse de chumbo. Mesmo depois de todos esses anos, tenho certeza disso como nunca antes. O tempo todo, a voz de Waylon me pareceu familiar. Sabia que já a tinha escutado antes – eu *sabia* — só não conseguia descobrir de onde.

Mas agora eu sei. Foi lá, naquela casa. Era isso que ele estava escondendo. Esse é o segredo de Waylon. Era isso que ele não queria que eu soubesse.

Ele conhece Ben.

Paro o carro no acostamento e pego o celular. Ben sabe que ele está aqui? Ele o mandou me procurar por alguma razão? Para obter informações, talvez? Mais um jeito de me vigiar?

Abro o navegador e digito o nome dele na barra de pesquisa, meus dedos tremendo conforme toco na tela. A página exibe artigos sobre o podcast, entrevistas em fóruns de crimes reais, menções ao caso Guy Rooney e seu envolvimento na solução do caso. Nada disso é útil, por isso refino a pesquisa: *Waylon Spencer e Benjamin Drake*.

Quando os resultados aparecem, sinto meus pulmões se esvaziarem.

Lembro-me de quando nos sentamos juntos à mesa de jantar, da tensão em meu peito quando contei a ele sobre Ben, nosso passado. Sobre o que aconteceu com a esposa dele e como a morte de Allison foi nosso começo. O barulho do garfo quando o soltei no prato, as mãos trêmulas enquanto relatava como ela morreu.

— *Você nunca pensou que a morte dela foi muito... conveniente?*

Aquela primeira noite em minha sala de jantar, a luz do lado de fora ficando cada vez mais fraca. Encarando a parede e sentindo o gosto de sangue ao arrancar um pedaço da cutícula.

— *Por que faz isso da vida?* — Fiz essa pergunta sem estar preparada para a resposta.

Foi por causa do assassinato da irmã dele.

Sua irmã, Allison.

# CAPÍTULO CINQUENTA E DOIS

Clico no primeiro artigo que aparece: o obituário de Allison. Passo os olhos nos blocos de texto, pulando os detalhes do funeral e os pedidos de doação em vez de flores, a descrição romantizada de seu falecimento – palavras vagas e inofensivas como *inesperadamente* e *em paz* e *enquanto dormia* – até chegar à última linha.

*Allison deixa o marido, Benjamin, os pais, Robert e Rosemary, e o irmão mais novo, Waylon.*

Volto aos resultados e clico em outro artigo – um anúncio de casamento – e engulo em seco ao ver a manchete: BENJAMIN DRAKE & ALLISON SPENCER. Tem uma foto dos dois juntos – a mesma que ele exibia com orgulho em seu escritório, a bordo de um barco, o enorme anel de diamante oval refletindo o brilho do sol – e isso faz meu estômago se contrair. Nunca soube qual era o sobrenome de solteira dela; nunca nem pensei em perguntar. Nunca conversamos sobre ela. Allison era um assunto proibido, antes e depois do nosso casamento, como se ignorar sua existência pudesse nos absolver de qualquer erro. De toda culpa.

Acho que aprendi isso com meus pais.

É impossível não notar como eles parecem perfeitos juntos nessa foto: jovens, vibrantes, felizes. Como nós também fomos um dia.

Waylon não é um nome comum, mas preciso ter certeza. Preciso ter certeza absoluta. Então continuo rolando a página, passando rapidamente por declarações dos pais de Allison e detalhes da cerimônia, até encontrar uma foto da família no fim do site, e lá está. Lá estão *eles*. Todos juntos.

Ben, Allison, Waylon, seus pais. Uma grande família feliz.

Deixo o celular cair no colo. Essa é a confirmação: Waylon e Allison Spencer. Irmãos. Waylon é irmão de Allison. Ele estava lá, no funeral, dentro daquela sala onde me recusei a entrar. Aceitando condolências ao lado de Ben, seu cunhado. Ele foi ao quintal enquanto nos abraçávamos, tropeçando sem querer em algo incriminador e errado.

— *O que aconteceu com ela?* — eu havia perguntado, constrangida por nunca ter especulado sobre a história de Waylon. Todo mundo tem uma história, acho. Uma série de acontecimentos que desviam nossa vida por caminhos que não haviam sido traçados. Uma sequência de nascimentos e mortes, começos e fins. Amor e perda. Alegria e sofrimento.

— *Essa é a grande pergunta* — ele havia respondido. — *O caso em que estou trabalhando desde que tinha vinte e três anos.*

Mas a morte de Allison não era um mistério. Não era um caso antigo sem solução que mobilizou a opinião pública; os pais dela não estavam na TrueCrimeCon, vendendo a alma por atenção. Foi uma morte triste e desinteressante, como a maioria. Allison teve uma overdose. Encontraram os comprimidos em seu estômago, o frasco vazio de remédio controlado em sua mão inerte, sem vida. O nome dela no rótulo. Ben a encontrou desse jeito, caída no chão do banheiro com as pupilas dilatadas e a pele azulada.

Foi o que ele disse, pelo menos.

Pego o celular de novo e digito o número de Waylon, nervosa demais para me preocupar com a forma como nos despedimos. Talvez eu tenha entendido errado o que ele quis dizer. Talvez – depois de me ver na tela daquele notebook, de conversar com o homem na varanda, de descobrir as semelhanças entre a morte de Margaret e o desaparecimento de Mason e de me colocar no centro das duas ocorrências –, talvez eu tenha ouvido apenas o que queria ouvir.

— *Ninguém invadiu sua casa, Isabelle. Eu sei disso, você sabe disso, a polícia sabe disso. Não teve invasão.*

Talvez eu já tivesse tirado minhas próprias conclusões àquela altura: eu era a responsável. Fiz alguma coisa errada, algo terrível. Algo de que não conseguia me lembrar. Mas, assim como aconteceu com Margaret, talvez eu estivesse errada. Como com Margaret, talvez eu não estivesse procurando respostas, não realmente. Talvez eu já *tivesse* minhas respostas – a culpa era minha – e estivesse em busca de provas, só isso.

Qualquer migalha de prova que confirmasse aquilo em que já acreditava: eu era uma péssima mãe. Falhei com meu filho, da mesma forma que tinha falhado com minha irmã.

— Isabelle?

Waylon responde devagar, curioso, como se eu pudesse ter ligado por engano. Como se acreditasse que eu havia digitado o número errado e tivesse medo de ouvir minha voz do outro lado da linha. Olho para o relógio do carro, vejo que ainda é cedo, bem antes da hora do rush, e percebo que posso tê-lo acordado.

— Waylon — digo, tentando acalmar o tremor na voz. — Sobre o que você me disse ontem...

— Eu sei, me desculpe — ele me interrompe, a voz rouca, ofegante. Eu o imagino deitado em uma cama fria de motel, o cabelo despenteado enquanto tenta alcançar o abajur no escuro. — Estou me sentindo péssimo por isso. Fui muito duro...

— Você acha que machuquei Mason? — eu o corto. — Acha que matei meu filho?

— *O quê?* — A reação chocada e a mudança no tom de voz me dizem tudo que preciso saber. Minhas palavras são como um balde de água gelada arremessada em seu rosto, e o susto o desperta. — Isabelle, não. Por que eu pensaria isso?

Solto o ar, e o alívio me invade.

— Eu sei quem você é — revelo. — É irmão da Allison. Allison Spencer. Allison Drake.

Silêncio. Ouço a respiração dele do outro lado, sei que está pensando, tentando decidir o que dizer.

— Não estou zangada — continuo. — Eu só... preciso saber o que veio fazer aqui. E o que acha que sabe sobre Ben.

Sempre houve rumores sobre Ben, imagino, da mesma forma que sempre houve rumores sobre mim. Os pais são os dois suspeitos mais lógicos, afinal, mas sempre ignorei isso. Sempre fiquei ao lado de Ben. Estávamos juntos. Dormimos a noite inteira, nossas pernas enroscadas como tentáculos embaixo dos lençóis.

Por outro lado, Waylon também havia perguntado sobre isso.

— *Está dizendo que seu marido poderia ter se levantado sem que você percebesse?*

Eu me lembro de Margaret deslizando seu corpinho sob o peso morto do meu braço. Como acordei de manhã sem nenhuma lembrança de sua chegada. Sem a menor ideia do que havia acontecido à noite. Antes da insônia, sempre tive um sono muito pesado... então, como posso saber que ele esteve lá o tempo todo? Como *realmente* sei que ele não se levantou, saiu de fininho debaixo das cobertas e fez alguma coisa no meio da noite? Algo que está escondendo de mim?

Talvez uma parte de mim sempre tenha se perguntado isso. O jeito como quis desesperadamente que nossas histórias se alinhassem. O jeito como me esforcei para ouvir o que ele dizia do outro lado da parede, na sala onde era interrogado sozinho, como se houvesse entre nós alguma centelha de desconfiança que nunca quis reconhecer. O jeito como nunca perguntei sobre Allison – o que aconteceu com ela, o que ele pensava sobre isso, como se eu nem quisesse saber.

Talvez, em algum lugar no fundo da minha mente – naquele mesmo lugar onde exilei todos os pensamentos sobre Mason e minhas memórias de infância, minha mãe, Eloise; as coisas sobre as quais era doloroso pensar e que era mais fácil ignorar, ou melhor ainda, que recriava como algo diferente, moldando como massinha em minhas mãos até ficarem como eu queria que fossem –, talvez eu tenha pensado nisso naquela época: na conveniência da morte de Allison, nas perguntas sem resposta. As mentiras fáceis que ele construiu, a facilidade com que saltou dela para mim.

— Não é o que penso que sei — Waylon responde, por fim, com uma voz comedida, calma. — É o que eu *sei*. Ele foi meu cunhado durante dez anos, Isabelle. Eu o conheço melhor do que ninguém.

— Ele foi meu marido por sete — argumento. — Acho que também o conheço bem.

— Allison pensava a mesma coisa.

Hesito, tamborilando no volante. Pela primeira vez, tento me colocar no lugar de Allison. Tento imaginar a situação: o que eu sentiria se Ben fizesse comigo o que fez com ela. O que *nós* fizemos com ela. Se ele mentisse sobre onde estava, passasse horas seguidas com outra mulher em algum bar escuro, olhando para ela como um dia olhou para mim: o queixo baixo, uma intensidade nos olhos. Um sorriso brincalhão nos lábios, como se imaginasse nós dois juntos em outro lugar, um lugar privado. Se ele mandasse mensagens para ela tarde da noite enquanto eu dormia, nossos corpos nus juntos, mas em lugares diferentes. Se eu acordasse de manhã e montasse nele, sem saber que era nela que ele pensava, não em mim.

Pensando dessa maneira, parece pior que uma traição. É mais calculado, mais ardiloso. Mais manipulador.

— Bom, e daí? — pergunto. — Você acha que ele a matou? Acha que ele é capaz de cometer um *assassinato*?

— Isabelle — responde, um tom clínico, frio, como se revelasse um diagnóstico que sabe que vai acabar comigo —, eu *sei* que ele a matou.

# CAPÍTULO CINQUENTA E TRÊS

Mason tinha seis meses quando conversei com Ben sobre voltar a trabalhar.

Na verdade, nunca tomei a decisão consciente de *parar* de trabalhar, apenas aconteceu sem que eu percebesse. Ben recebeu bem a notícia da minha gravidez – ficou surpreso, mas empolgado, como eu também disse que estava –, mas era um homem ocupado. O trabalho nunca diminuía, a agenda nunca ficava menos cheia, então foi a *minha* identidade que teve que mudar, uma progressão lenta, gradual, aparentemente inevitável, como envelhecer, algo que nem notei que estava acontecendo até acordar determinada manhã, olhar para o espelho e mal reconhecer o rosto que olhava para mim.

Passei de *redatora* a *redatora freelance* a *mãe que trabalha* e, por fim, a apenas *mãe*. E eu amava Mason – *amava* ser mãe dele. Adorava passar os dias deitada de bruços no tapete, lendo histórias para ele ou observando seus movimentos. Adorava vê-lo aprender a rolar, sustentar a cabeça. O fascínio em seus olhos enquanto descobria o mundo ao redor. Aquele sentimento inicial de arrependimento havia desaparecido, e passei a ver tudo aquilo como minha segunda chance, algo que me remetia a Margaret, à chance de cuidar dele como um dia cuidei dela.

A maternidade começava a ficar mais fácil – ou mais administrável, pelo menos –, mas ainda assim faltava alguma coisa.

Pensava com frequência naquela paixão que tinha na infância: meus dedos tocando a placa em nosso quintal, meus olhos varrendo páginas de revistas, absorvendo palavras tão depressa quanto podia. Às vezes, desenterrava edições antigas da *The Grit* e folheava as páginas, lia meu nome nos créditos, relia o que tinha escrito como se sorvesse pelo canudinho as últimas gotas de uma bebida deliciosa antes de encontrar o fundo seco do copo. Quase podia ouvir o ruído frenético dos goles desesperados, tentando sentir pela última vez o gosto da pessoa que fui um dia até secar para sempre.

Antes de tocar no assunto, decidi ver o que havia por aí. Além do mais, talvez eu nem tivesse mais essa capacidade. Fazia quase um ano que não escrevia nada. Vasculhei meus antigos contatos, dei uma olhada nos artigos mais recentes das minhas revistas preferidas. Passava as madrugadas dando de mamar para Mason e navegando nas redes sociais, a escuridão iluminada pela tela do celular, até que encontrei um artigo sobre um vendedor de amendoim cozido na Carolina do Norte, um homem que tinha acabado de perder seu negócio depois que um tanque de propano explodiu no quintal. A ocorrência foi coberta por uma estação de notícias local – ele havia perdido mais de dez mil dólares em equipamentos –, e eu podia imaginar a matéria, algo maior: uma reportagem sobre a família, que estava nesse ramo pouco conhecido havia décadas; os bastidores do negócio no quintal consumido pelas chamas. A história do alimento, suas origens ignoradas, talvez até uma arrecadação de fundos para ajudar o homem a recomeçar. Seria como as matérias que eu escrevia para a *The Grit*, as histórias que eu amava: significativas, complexas e reais.

Apresentei a ideia para uma revista regional, eles adoraram e me ofereceram três mil dólares, mais despesas de viagem, para realizar a matéria.

— Isso é mais do que jamais ganhei como freelancer — acrescentei, depois de explicar a ideia a Ben. Estava sentada na cama com Mason, balançando-o sobre uma perna, enquanto Ben tirava a gravata depois de um dia de trabalho. — Com esse valor por matéria, eu poderia transformar isso em uma carreira de verdade...

— Não precisamos de dinheiro — ele disse. — Você sabe disso.

— Bom, não é só pelo dinheiro...

— Por quanto tempo você ficaria fora? — Sua expressão era vazia, indecifrável. Mason começou a ficar agitado, e como se isso provasse seu argumento, Ben apontou para o bebê. — Ele ainda é muito novo.

— Uma semana, no máximo — respondi, passando o bebê de uma perna para a outra. — Talvez só dois dias, acho que você consegue lidar com isso.

Fiz o comentário sorrindo, brincando com ele, mas Ben não sorriu de volta.

— Ou eu poderia ir de manhã e voltar à noite todos os dias, mas seria muito tempo de estrada...

— Não. — Ele abriu o colarinho e flexionou o pescoço. — Não, siga o plano original. Se é isso que vai te fazer feliz.

— Eu sou feliz. Só... Acho que também preciso de alguma coisa para mim. Você tem a revista...

Parei, sentindo o rosto esquentar. Evitávamos falar da *The Grit* como evitávamos falar sobre Allison: melhor fingir que não existia. Melhor acreditar que eu havia me demitido por vontade própria, embora, às vezes, quando pensava que Ben ainda chegava àquele grande e lindo escritório todas as manhãs – passava por minha antiga mesa, agora ocupada por outra pessoa assinando as matérias; tomando café com meus antigos colegas de trabalho, meus amigos –, sentisse uma tristeza avassaladora. Era como uma morte que nunca chorei completamente.

— Vá em frente — repetiu, caminhando em minha direção. Eu sorri, levantei a cabeça para oferecer os lábios, mas, em vez de me beijar, pegou Mason, deu meia-volta e saiu do quarto. — Como eu disse, faça o que te fizer feliz.

# CAPÍTULO CINQUENTA E QUATRO

Estaciono em uma vaga com parquímetro na River Street e percorro a pé os poucos quarteirões até o The Bean, um café minúsculo que sei que Ben jamais visitará. É alternativo demais para ele, o tipo de lugar onde você mesmo se serve de leite, ainda na embalagem, ao lado de pacotes endurecidos de adoçante e colheres que não combinam entre si. Waylon ainda não havia saído da cidade – ele se hospedou em um hotel ontem, depois que o expulsei de minha casa, chocado demais com nosso confronto para fazer a viagem de volta dirigindo. Quando entro, ele já está lá, esperando por mim.

— Oi — digo, e deixo a bolsa no banquinho vazio. Há uma estranheza na nossa interação, como ex-amantes que se reconciliam, mas tento ignorar. — Só vou...

Faço um gesto na direção do balcão, mas ele balança a cabeça e empurra uma caneca para mim, como se fizesse uma oferta de paz.

— Este é para você.

— Obrigada. — Sorrio e me sento, pego o café e dou um gole.

— Desculpe ter mentido para você — diz, e vejo seus dedos batucando na mesa. — Ou talvez *omitir deliberadamente a verdade* seja um jeito mais preciso de explicar o que fiz. De qualquer maneira, foi péssimo.

Sorrio de novo, assinto e penso na estranha reverência que ele fez ao me cumprimentar quando entrou na minha casa pela primeira vez. O jeito como seus olhos varreram a sala, procurando sinais de Ben, e como ele se manteve de cabeça baixa no Framboise, tentando ficar menor. Ele devia estar apavorado, percebo agora, conforme se envolvia naquelas situações sem saber o que encontraria. Se Ben estivesse lá comigo, seu disfarce estaria arruinado.

— Então, por onde começamos? — pergunto, batendo de leve com os dedos na caneca.

— Pelo início, acho. — Waylon respira fundo, alonga o pescoço como se estivesse se preparando para uma luta. — Allison e Ben se conheceram no colégio. Ele era alguns anos mais velho que ela, e acho que ela gostou disso, da atenção de um cara mais velho. De como isso a fazia se sentir mais madura.

Imagino Ben adolescente, andando pelos corredores do colégio como andava pelo escritório ou no restaurante do rooftop: com propósito e atitude. Ele devia ser popular, com certeza. Sempre cercado de amigos, usando a jaqueta do time da escola. Imagino-o atraindo o olhar de Allison perto dos armários, piscando e sorrindo para ela. O jeito como ela olhou ao redor antes de perguntar: *"é comigo?"*. Como se não pudesse acreditar que recebia a atenção dele.

— Consigo me identificar com isso.

— Ele acabou indo para a faculdade, mas voltava todo fim de semana para vê-la — continua. — Assim que ela completou vinte anos, ele a pediu em casamento, e se casaram quando ela fez vinte e um. Ela nunca namorou mais ninguém. Meus pais o adoravam.

— E você não?

— *Bom...* — Ele dá de ombros. — Eu era um garoto quando nos conhecemos. Ele costumava puxar meu saco daquele jeito "namorado da irmã", mas eu sempre senti que conseguia enxergar além dele. Como se aquela *"pessoa perfeita"* fosse uma encenação.

Ben sempre teve facilidade em se tornar a pessoa mais querida da sala – sabia o que dizer e quando dizer, ou como se movimentar entre as pessoas com uma confiança relaxada e um ou outro contato perfeitamente cronometrado que parecia atrair as pessoas como gravidade. Mas crianças não caem nesse tipo de coisa. Sempre sentem alguma coisa que os adultos não conseguem perceber.

— Enfim, Allison era uma pessoa vibrante. Adorava argumentar. — Waylon sorri. — Queria ser advogada.

— Não sabia.

— Ah, sim, e teria sido ótima, mas ela o seguiu para a faculdade – uma grande escola de jornalismo, porque era isso que *ele* queria – e, quando ela se formou, Ben a convenceu a desistir de continuar estudando. A escola de Direito era muito cara; ele trabalhava havia alguns anos e tinha conseguido economizar algum dinheiro para eles começarem a aproveitar mais. Foi como se ela diminuísse para deixar mais espaço para ele.

Sinto a ardência familiar das lágrimas nos olhos. Também me identifico com isso. A forma como me justifiquei na época, como se minha saída da *The Grit* e minha vida encolhendo aos poucos até virar nada não fosse escolha *dele*, mas *nossa*. Eu me lembro das fofocas sobre Allison naquela noite na festa, do hálito de champanhe de Kasey na minha orelha. Ela era julgada por ser desempregada, por ficar em casa. Vi seu corpo deslizando ao lado do dele como um acessório gigante, sem ter a menor ideia de que ela guardava uma paixão que merecia ser desenvolvida. Alguma coisa em que era boa, algo que amava.

Exatamente como eu.

— Foi horrível de ver — Waylon continua. — Mas ele não era *tão* ruim. Eu não conseguia apontar nada de errado no relacionamento dos dois, em particular. Quando os via juntos, tinha a impressão de que ele a tratava bem. Ele a fazia rir. Pensei que, se ele a fazia feliz... sei lá. Eu deveria ficar de fora.

— Relacionamentos são complicados — comento, soprando o café para ter o que fazer.

— Sim, mas aí é que está — diz, mudando de posição na cadeira. — Eu tinha nove anos quando nos conhecemos. Allison era sete anos mais velha que eu, então eu não sabia como deveria ser um *relacionamento saudável*. Mas, à medida que fui crescendo – nós dois fomos ficando mais velhos –, Ben e eu começamos a nos tornar dois tipos de homens completamente diferentes. E percebi que, o que quer que fosse um relacionamento saudável... não era aquilo.

Fico em silêncio. Decido deixar Waylon falando, contando tudo o que sabe antes de intervir.

— Os anos passavam, e Allison continuava se apagando. Ela tentou conversar com ele algumas vezes sobre estudar Direito, construir alguma coisa dela, mas toda vez ele a fazia se sentir culpada. Era como se ela só servisse para ocupar um espaço na vida dele e nunca viver a dela.

Eu me lembro daquela noite, quando decidi voltar a trabalhar. A sensação de desconforto ao tocar no assunto, como se soubesse que estava brincando com fogo. A maneira como Ben tirou Mason do meu colo em seguida, como se me punisse. Um aviso do que estava por vir.

— *Faça o que te fizer feliz.*

Eu fiz. Fui para a Carolina do Norte, escrevi a matéria. Voltei a trabalhar meio período, viajando uma ou duas vezes por mês. Isso acendeu em mim uma faísca que sabia que precisava – *sabia* que não poderia ser uma boa pessoa, uma boa mãe, sem antes ser boa para mim –, mas agora me pergunto se isso também acendeu alguma coisa em Ben. Algo perigoso. Fiz dele um pai sem que ele quisesse, sem que jamais tenha desejado ser um, e depois comecei a deixá-lo sozinho com Mason por dias. Era como se todos aqueles pequenos atos de desafio tivessem posto fogo em um pavio e estivéssemos cada vez mais perto de uma explosão sem que eu percebesse.

— Uma noite, estava na cidade visitando a família — prossegue. — Decidi sair para beber alguma coisa, então entrei nesse bar e vi Ben sozinho. Era tarde, algumas horas depois do fim do expediente. Deduzi que Allison estivesse lá com ele, talvez no banheiro, ou alguma coisa assim, mas, quando eu estava indo dar oi, outra mulher sentou ao lado dele.

Senti o calor subir por meu pescoço. Já sabia no que isso ia dar. Todas aquelas noites juntos, até tarde, bebendo mais do que o necessário porque nenhum de nós queria ir embora. Waylon me olha como se estivesse me vendo pela primeira vez. Como se estivesse se lembrando de como caminhei de volta à mesa, como toquei de leve os ombros de Ben, deslizei os dedos pela pele nua de seu pescoço e fingi que era acidental. O jeito como ignorava deliberadamente sua mão esquerda, a aliança de ouro em que ele mexia o tempo todo, girando-a no dedo, como se fosse possível desgastá-la até fazê-la desaparecer. Desaparecer por conta própria.

— Era você.

— Waylon, sinto muito. — Ponho as mãos em meu pescoço, tentando esfriá-lo, mas o calor da caneca de café só piora a situação. Sinto as bochechas queimando, prova física da vergonha que sinto irradiar de cada poro. — Juro, nunca fizemos nada. Não acontecia *nada*...

— Não é isso — ele me interrompe, fazendo um gesto com a mão. — Eu observei vocês a noite toda. Fiquei acompanhando a interação. E ele te tratava do mesmo jeito como tratava Allison – a forma como tocava seu braço, como se debruçava sobre a cerveja quando você estava falando. Percebi que ele fazia você se sentir especial, como fazia com ela. Era como se, para ele, vocês fossem intercambiáveis. Até a *aparência* era semelhante.

Olho para o outro lado do café, tentando encontrar um ponto onde fixar o olhar para conter o choro. Agora me lembro daquela foto que vi no computador de Waylon – Ben e eu sentados naquele bar, sendo fotografados sem perceber.

Nunca me senti tão ingênua, tão boba, como agora.

Pensava que éramos diferentes – Ben e eu, *nós* éramos diferentes *deles* –, mas não é verdade. Éramos iguais. Allison e eu éramos a mesma coisa para ele. Intercambiáveis.

— Você não tinha como saber — Waylon diz, lendo meus pensamentos de novo. Ele toca minha mão sobre a mesa. — Não é sua culpa.

— É, sim — retruco. — Eu sabia que ele era casado...

— Você era jovem. Não pode controlar como alguém faz você se sentir. E ele é bom nisso, Isabelle. Ele faz todo mundo se sentir assim.

— E o que aconteceu depois disso? — pergunto, apesar de ter cada vez mais certeza de que não quero saber. A expressão de Waylon confirma: os ombros ficam tensos, o lábio treme antes de o morder com força. Vejo seus olhos ficarem úmidos e distantes, e ele afasta a mão da minha, enxugando os olhos com raiva antes de me encarar de novo.

— Ela ficou grávida — diz, por fim. — E, algumas semanas depois, ela morreu.

# CAPÍTULO CINQUENTA E CINCO

Ainda posso sentir o grude do azulejo nas minhas coxas. O suor nos dedos enquanto eu segurava o vaso sanitário e o vômito em meu cabelo grudando os fios como chiclete. Minhas costas contra a parede, eu, sentada no chão do banheiro, sozinha, olhando para aquelas duas linhas cor-de-rosa na minha mão. Eram fracas o suficiente para me fazer duvidar – lembro de inclinar a cabeça, apertar os olhos como se fosse algum tipo de miragem que pudesse desaparecer se eu virasse a haste no ângulo certo –, mas eu sabia, no fundo eu sabia que elas estavam lá. Que isso era real.

E, então, aquele segundo fugaz de arrependimento.

A verdade é que nada em nossa vida tinha acontecido como eu imaginava. Ben e eu não éramos mais as mesmas pessoas de quando nos conhecemos – eu não era, pelo menos. Não mais. Criar um bebê juntos parecia uma última tentativa de fazer aquilo dar certo, um esforço de última hora para virar o jogo, e, embora saiba agora como isso parece insano, ver sua vida desmoronar desse jeito faz você se desesperar para reconstruí-la e criar algo bonito e inteiro antes que ela desapareça e te deixe sem nada.

Afinal, eu tinha desistido de muita coisa por ele. Perdê-lo seria como perder tudo.

Mas, sentada ali, no chão, teste na mão, percebi a realidade do que tinha feito. A realidade do *para sempre* com Ben – de outro ser humano nos unindo para a eternidade. A possibilidade de que isso não mudaria as coisas para melhor – na verdade, pioraria tudo. Eram esses pensamentos que passavam pela minha cabeça naquele segundo, e me pergunto agora se Allison também se sentiu assim quando descobriu: encurralada. Presa em casa, no casamento e, agora, no próprio corpo. A última coisa que foi tirada dela e reivindicada por outra pessoa.

Ou talvez ela tenha ficado eufórica. Talvez pensasse que seria um recomeço. Talvez tenha engolido os sentimentos ruins como mais uma onda de náusea, ignorando o gosto ruim e forçando um sorriso. Esperando que os problemas fossem resolvidos.

— Allison nunca teria tomado todos aqueles remédios grávida — Waylon declara, os olhos brilhando. — Ela *nunca* teria feito isso.

— Tem certeza de que ela sabia? — pergunto. — Ninguém no escritório soube sobre a gravidez.

— Ela sabia. Contou para nós. Estava bem no início, mas ela era a pessoa mais aberta do planeta. Nunca conseguia guardar segredo.

Eu me lembro da mão dela no meu braço, dos lábios próximos ao meu ouvido. O vento na cobertura e a combinação de nós três juntos fazendo minha pele arrepiar, como se algo tivesse se escondido embaixo dela.

— *Para ser bem honesta, esse vestido me aperta nos lugares errados.*

Ela segurava uma taça, mas seu hálito tinha cheiro de enxaguante bucal, não de champanhe; os dedos repousavam sobre a barriga, como se quisesse que eu soubesse. Ela queria que *alguém* soubesse.

— Waylon, odeio dizer isso... — Paro, tentando escolher as palavras certas. — Ela estava com problemas, era evidente. Talvez nem conseguisse pensar direito...

— Ela não teria feito isso, Isabelle.

Fecho a boca, assinto e penso em minha mãe. Penso em como ela também não teria feito o que fez. Não se alguém estivesse lá para ajudá-la. Não se alguém a tivesse escutado. Ninguém entende o que é ficar trancada dentro da mente de uma mãe: as coisas que você pensa e não deveria pensar; as crenças que criam raízes profundas no cérebro como um parasita, adoecendo você.

Mas, ao mesmo tempo, não posso deixar de refletir.

Durante todos esses anos, pensei que a morte de Allison tinha poupado Ben de fazer uma escolha – uma escolha entre nós duas –, mas agora percebo algo que deveria ter sido óbvio: alguma vez Ben ficou parado e deixou a vida acontecer para ele? Desde quando ele *não* esteve no controle? Ben não era assim. Ele nunca deixou as coisas ao acaso; nunca desempenhou um papel passivo na própria vida, como esperava que nós fizéssemos. Então, talvez ele *estivesse* fazendo uma escolha – talvez, no fim, sua escolha fosse eu. Mas então, um dia Allison o chamou no banheiro, do mesmo jeito que fiz cinco anos depois. Ela mostrou o teste a ele e o abraçou, e Ben percebeu que também estava preso.

A escolha tinha sido feita por ele, e não era a que ele queria.

— Ele estava farto dela, Isabelle. Allison não era mais a garota que ele pediu em casamento. E como ele esperava que ela fosse? Tinha tirado dela tudo o que a fazia ser *ela*.

Lembro-me de como olhou para mim naquela noite no rooftop, de cabeça baixa. Sua esposa estava grávida, ele *sabia* que ela estava grávida e, mesmo assim, fez o que fez. Agora, todos aqueles momentos que passamos juntos enquanto ela estava sozinha em casa de repente parecem diferentes, como arrancar um papel de parede caro e encontrar mofo embaixo dele.

— No velório, fugi para o quarto de Allison no segundo andar, só para pegar um ar — continua. — Sair de perto daquilo tudo. Olhei pela janela e vi vocês dois abraçados ao lado da casa. No *velório!*

Sinto a humilhação invadir minhas veias como se alguém a tivesse injetado em mim. A lenta propagação, como veneno, dos dedos dos pés às pernas, da barriga ao peito. Meu rosto queima enquanto imagino o choque, a revolta. As mãos de Waylon apertando o parapeito da janela enquanto nos via profanar a memória da irmã na casa dela. Correndo escada abaixo, passando pela porta e nos obrigando a parar.

— E foi então que eu soube — ele diz. — Vendo vocês dois juntos no bar, depois outra vez na cerimônia. Ele a matou.

— Waylon, eu sinto muito... — começo, segurando a caneca com tanta força que sinto a pele queimando: uma dor aguda e quente.

— Não estou pedindo para você se desculpar — diz, balançando a cabeça. — Não é por isso que estou aqui.

— Por que está aqui, então?

— Porque quero que ele pague. Com Allison não havia evidências suficientes, mas quando soube que Mason tinha desaparecido, tive certeza. Eu sabia que ele tinha feito aquilo de novo.

Penso na pasta do caso na maleta de Waylon. Nas gravações dos depoimentos e em todas aquelas fotos minhas, *nossas*, escondidas em seu notebook.

Ele não estava me investigando. Estava investigando Ben.

— E o artigo? — pergunto, me lembrando da outra coisa que encontrei lá. — Aquele no seu notebook sobre Margaret. Não tinha nada a ver com Ben...

— Fiquei curioso — admite, e agora também parece envergonhado. — Sei sobre você há anos, desde que te vi no bar naquela noite, mas não *te* conheço de verdade. Sabia que tinha se casado com Ben e tido um filho com ele, estava tentando te entender um pouco melhor. Queria ver se era alguém em quem eu podia confiar, se podia te contar quem eu era e o que pensava sobre Ben. Mas cada vez que eu perguntava sobre seu passado, você se fechava.

Penso nele me provocando no Framboise ou na sala de jantar da minha casa, sempre fazendo aquelas perguntas pessoais que eu rapidamente cortava.

— Depois que me contou que seu nome de solteira era Rhett, pesquisei no Google e encontrei um artigo. — Ele dá de ombros. — Desculpa. Não queria ser invasivo.

Assinto, batendo com as unhas na caneca enquanto penso. Ainda tem uma coisa que não se encaixa. Algo que não consigo aceitar.

— Por que ele faria mal ao Mason? — pergunto. — Tudo bem, talvez não quisesse mais ficar comigo... mas por que ele? Por que nosso filho? Ele não fez nada errado.

— Que impressão acha que causaria se as duas esposas de Ben cometessem suicídio? — Waylon arqueia as sobrancelhas. — Mais difícil de escapar, acho. Além do mais, acha mesmo que ele ia querer ser pai solteiro?

Lembro como contraiu a mandíbula quando pensou em mim fora de casa, trabalhando, com toda a carga de criar um filho sobre seus ombros por poucos dias. Penso em como as coisas se desmancharam rapidamente entre nós depois que Mason desapareceu – como quis me esforçar por nosso casamento, por nós –, mas ele decidiu quase de imediato que tinha acabado, quase como se a decisão tivesse sido tomada muito antes de tudo aquilo.

— Não — respondo. — Ele não ia querer.

Ben nunca quis ser pai. Ele nunca quis Mason. Eu sabia disso desde o começo, mas muitas pessoas mudam de ideia em relação a ter filhos – eu mudei, aquele instante de arrependimento evaporou por completo no momento em que olhei para aqueles olhos verdes. Ben era um pai amoroso, aparentemente, mas mesmo assim eu o havia obrigado a viver uma vida que ele jamais quis.

Ele não estava acostumado a ser contrariado.

— Pois é — diz Waylon, e se encosta na cadeira. — Só pensei que, vindo aqui, conversando com você, entrando na sua casa, na sua mente, eu conseguiria entender tudo isso. Encontraria evidências suficientes para tirar aquele babaca de circulação e impedir que ele machuque mais alguém.

Não quero acreditar nisso, mas, ao mesmo tempo, faz sentido. Ninguém invadiu nossa casa. Não existe nenhuma evidência. Mas Ben saberia que a pilha da babá eletrônica tinha acabado. Ben conseguiria entrar no quarto do bebê sem acordar Roscoe ou fazer Mason chorar. Ben teria sido capaz de abrir a janela por dentro, tentar simular uma invasão e sair pela porta da frente sem deixar digitais.

Ben teria conseguido voltar para casa mais tarde, entrar embaixo das cobertas e enlaçar minha cintura com um braço. Fingir que esteve ali o tempo todo. Pensar nisso me deixa nauseada, e é nesse momento que sinto de novo: o gosto metálico, um sabor parecido com sangue, denso e pegajoso, recobrindo tudo.

Queimando minha garganta, cobrindo minha língua. Pintando tudo de vermelho.

# CAPÍTULO CINQUENTA E SEIS

Estou dentro do carro com o motor ligado, o escapamento soltando fumaça conforme afundo no banco do motorista e encaro as janelas de Ben com as persianas fechadas. Pisco algumas vezes, tentando lutar contra o peso repentino das pálpebras, e imagino o que ele está fazendo agora, sem mim, como já fiz tantas vezes.

O que *eles* estão fazendo.

Ainda é cedo, faltam uns trinta minutos para o expediente começar, e ela está lá. Sei que está. Mais cedo, vi duas silhuetas se aproximarem e se afastarem, delineadas contra as cortinas do quarto. Um braço longo e esguio envolvendo a cintura dele, como se não quisesse vê-lo ir embora. É provável que estejam tomando o café da manhã juntos, bebendo em silêncio o café feito na prensa francesa, a mão dele descansando sobre a coxa dela enquanto seus olhos passeiam pelo jornal – do mesmo jeito que fazia com Allison, um toque quase imperceptível em suas costas enquanto a conduzia pelo restaurante, como se ela fosse um bem que não quisesse perder.

Checo o relógio. Ele deve sair em breve. Um segundo depois, a porta da frente se abre. Depois de todo esse tempo, ainda conheço sua rotina de cor. Observo Ben sair com a maleta na mão enquanto Valerie aparece na varanda atrás dele. Ainda é estranho vê-los juntos. Ver meu marido interagindo com outra mulher, com essa descontração, quase como se estivesse olhando para minha própria vida através de um espelho de parque de diversões: um espelho que distorce minhas feições, me transformando em outra pessoa. Ela está de chinelo, uma camiseta larga e o cabelo despenteado, e levo um segundo para me recuperar do impacto de vê-la se encaixar com tanta facilidade nas roupas dele, na vida dele.

Como é fácil para ela assumir meu papel e tomar meu lugar.

Antes, quando descobri sobre Valerie, sentia certa amargura na boca ao pensar nela – era como chupar limão e sentir aquele choque na mandíbula, uma careta se formando –, mas agora percebo que isso faz de mim uma hipócrita. Ela é bondosa e compassiva – *eu*, oito anos atrás – e não consigo deixar de me perguntar o que teria acontecido se alguém tivesse me prevenido sobre Ben, do que ele era capaz, antes de me envolver demais. Se alguém tivesse me explicado como os homens operam: como somos apenas peões no jogo deles, como suas mãos gentis nos guiam na direção que mais lhes convém.

Eles nos usam, nos sacrificam, uma jogada estratégica de poder disfarçada de romance.

Eu me pergunto se isso teria feito alguma diferença, se eu teria ouvido, ou se teria só ignorado os alertas e seguido em frente.

Provavelmente teria ignorado, mas preciso tentar.

Afundo um pouco mais no banco quando Ben desce a escada e vira à direita, em direção ao escritório, permanecendo abaixada por mais alguns minutos até ter certeza de que ele não vai voltar. Dou uma última espiada pelo retrovisor, pego meu colírio na bolsa, pingo um pouco de vida nos olhos, desligo o motor e destravo a porta.

Estou prestes a sair, um pé já se aproximando do chão, quando vejo Valerie na varanda outra vez e fecho a porta. Ela trocou a camiseta e os chinelos por um vestido e sandálias, e eu a vejo trancar a porta da casa, descer a escada e entrar no carro estacionado a poucos metros do meu.

Sem pensar duas vezes, ligo o motor, coloco o cinto de segurança e a sigo conforme sai da garagem e pega a estrada. Mantenho uma distância razoável até ela parar em um bairro residencial do outro lado da cidade.

*Deve ser a casa dela*, penso ao vê-la estacionar o carro em uma vaga na rua e entrar em um chalezinho branco. A cena me faz pensar em meu primeiro apartamento, em como parecia infantil quando voltava para lá depois de uma noite com Ben. Minha inexperiência era amplificada pela presença de alguém mais velho, mais bem-sucedido. Mais maduro. A casa de Valerie sugere alguém que se esforça – tem uma cadeira de balanço de ferro na varanda, algumas plantas em vasos de plástico, um tapete coberto de pólen e desbotado pelo sol –, mas que, evidentemente, compra móveis de segunda mão ou recolhe sofás descartados na calçada e reforma o estofado para esconder as manchas. Eu me lembro de ter a idade dela, de como tentava costurar uma vida com retalhos. Eu me pergunto se já trouxe Ben aqui. Queria saber se ficou constrangida, como eu, quando o vi observar minha mesa da Ikea, as cadeiras descombinadas e os utensílios de plástico, recipientes de delivery que eu lavava e guardava. O jeito como mordeu a boca me disse tudo que eu precisava saber.

Saio do carro e atravesso a rua, caminhando na direção da casa dela. Respiro fundo, subo a escada e bato duas vezes na porta antes que tenha tempo para mudar de ideia. A porta se abre quase de imediato, e registro o choque em seu rosto quando me vê ali parada, os braços soltos junto do corpo e uma atitude pouco à vontade.

— Isabelle — diz, tentando disfarçar a surpresa. — O que está fazendo aqui?

— Podemos conversar? Só preciso de dois minutos.

— Como descobriu onde eu moro?

Fico em silêncio, tentando decidir como responder. *Segui você até aqui* não é a melhor maneira de convencê-la a me deixar entrar, então, em vez de responder, continuo falando.

**299**

— Tem algumas coisas que você precisa saber — digo. — Sobre o Ben.

— Eu... hã, me desculpa — gagueja, tentando superar o choque. — Desculpa, mas acho melhor você ir embora. — Ela começa a fechar a porta, mas coloco meu pé no batente, impedindo-a.

— É importante — aviso. — Estou preocupada com você.

— *Você* está preocupada *comigo*? — pergunta, os olhos arregalados. — Isabelle, sem ofensa, mas acho que deveria se preocupar com você mesma.

— Foi isso que Ben te disse? — Inclino o corpo para a frente. — Que não éramos felizes havia muito, muito tempo? Que ele tentou me ajudar, mas nunca conseguiu? Que ele é uma boa pessoa e também merece ser feliz?

Vejo a hesitação em seu rosto, apenas por um segundo, e sei que acertei em cheio. Imagino Ben aparecendo na terapia sozinho, com os olhos cheios de lágrimas enquanto me descrevia como descreveu Allison para mim ao lado daquela casa: minhas mãos em seu rosto, meu coração tão apertado que parecia prestes a se partir. Criando uma péssima imagem minha: a mulher destruída, uma causa perdida. Alguém que havia tentado salvar.

Os olhos de Valerie agora estão cravados nos meus, e vejo as dúvidas girando em suas pupilas. Perguntas que sei que ela quer fazer. Está curiosa sobre mim da mesma forma que estive curiosa sobre Allison. Penso no momento em que conheci Valerie – quando entrei naquela sala da igreja e a peguei de surpresa. Penso na forma como olhou para mim e me convidou a ficar, quase como se quisesse conhecer meu lado da história.

— Ele não é quem você pensa — continuo. — Só quero conversar.

Tento me colocar no lugar dela e penso: se tivesse encontrado Allison na minha porta em uma manhã qualquer, se dispondo a conversar comigo como agora faço por Valerie, eu teria aproveitado a oportunidade? Teria traído Ben para dar uma espiada na vida deles – um vislumbre por trás daquela cortina cuidadosamente fechada que ele nunca me permitiu abrir? Afinal, imaginei isso muitas vezes: ela, *eles*, e tenho certeza de que Valerie também imaginou nós dois.

Penso nos dedos de Allison em meu braço, nos lábios dela perto do meu ouvido. O arrepio que senti, a sensação de estar tão perto de alguém que havia imaginado tantas vezes. Alguém por quem tinha muita curiosidade. Quase uma obsessão.

Eu teria ido em frente, teria deixado ela entrar.

— Valerie — digo, colocando minha mão sobre a dela. Ela se retrai, como se meu toque queimasse, mas, depois de alguns segundos, vejo sua determinação derreter. Como cera se desmanchando, maleável em minhas mãos. A curiosidade a domina, como eu sabia que aconteceria.

Abre a porta e, olhando para o chão, faz um gesto para que eu entre.

# CAPÍTULO CINQUENTA E SETE

Entro na sala de estar e me sento na beirada de um sofá com capa. A casa é pequena, mas aconchegante: uma lareira com uma prateleira cheia de coisas, uma fileira de lâmpadas pequeninas iluminando uma coleção de velas e livros que formam pilhas altas dos dois lados. Uma mesa de centro de vidro e uma série de fotos penduradas com pregadores em um varal de barbante junto da parede do fundo.

Ela parece ser divertida, eclética. E jovem.

Valerie se senta em uma cadeira do outro lado da mesa, me observando de longe. Não parece assustada ou desconfiada; em vez disso, parece na defensiva, como se eu fosse algum animal raivoso com o qual ela não sabe lidar.

Como se eu pudesse atacar, morder.

— Em primeiro lugar — diz, cruzando uma perna sobre a outra —, só queria me desculpar, Isabelle. Eu disse ao Ben que era cedo demais...

Ela para, abaixa a cabeça, tendo plena consciência do papel que desempenha nesse nosso relacionamento.

— Você está passando por muita coisa — continua —, e lamento se minha chegada tornou tudo ainda pior.

Fico quieta, sem saber como responder.

— Obrigada — digo, por fim. — É muito bom ouvir isso.

— E o que queria que eu soubesse?

Ela se acomoda na cadeira, e tenho a nítida sensação de que está prestes a me analisar, como faz com seus pacientes. Como se tivesse uma desconfiança inerente em relação ao que estou prestes a revelar e pretendesse avaliar qualquer coisa que saia da minha boca.

— Não tem um jeito fácil de dizer isso — começo, tentando controlar a vontade de balançar a perna. — Mas quero ter certeza de que sabe no que está se metendo. Com Ben.

— Tudo bem. E no que estou me metendo?

— Sabe que ele foi casado antes? Antes de mim, quero dizer.

— Allison. — Ela assente. — Sim, eu sei.

Tento não demonstrar surpresa ao ouvir o nome dela. Por alguma razão, imaginava que Ben teria escondido isso dela. Menos bagagem.

— E sabe que ela morreu?

— Sim. Já vi muitos casos de suicídio em minha área de atuação, infelizmente. É trágico.

— Bem, foi uma overdose — esclareço. — Acidental ou... não.

Valerie me encara com mais atenção, como se tentasse desvendar o que estou dizendo.

— Acha mesmo que foi um acidente?

— Honestamente? — Eu me preparo. — Não estou convencida de que ela fez isso.

Ela inclina a cabeça para o lado, como se tentasse decidir se estou brincando.

— Ela morreu mais ou menos na época em que Ben e eu começamos a nos envolver — continuo, falando mais depressa. — Ben te contou que ela estava grávida? E que ele nunca quis ter filhos?

Valerie continua me encarando sem mudar de expressão, e espero uma resposta, *alguma coisa*, mas nada acontece.

— Olhando agora, não parece coincidência — continuo, percebendo que ela não vai ceder. — Especialmente depois do sumiço do meu filho... e *você* aparecendo logo depois... não que a esteja culpando de *alguma coisa*, é claro. Mas Ben tinha motivos para tirar Allison e Mason da vida dele. Não podemos ignorar isso.

Observo Valerie absorver cada palavra, deixando que a informação assente sobre ela.

— Só queria que você soubesse de tudo logo de cara — concluo. — Para que possa tomar a decisão mais certa para você.

— Uau — murmura depois de um instante, balançando a cabeça. — Isso é... muita coisa para assimilar.

— Eu sei. Entendo que é difícil processar...

— Você entende o que está dizendo? — pergunta, me interrompendo. — Isabelle, escute o que está dizendo. Ouça como soa.

Sinto um nó conhecido no estômago, aquela mesma dor que sentia cada vez que Ben, minha mãe ou o detetive Dozier olhavam para mim como Valerie está me olhando agora: com desconfiança, suspeita. Medo.

— Eu sei como isso soa — respondo. — Mas, Valerie, ele é perigoso.

— Não. — Ela balança a cabeça. — Não, *isso* é perigoso, Isabelle. Criar essas teorias insanas é perigoso. Vai machucar alguém de novo.

Sinto um aperto na garganta, porque isso é algo que não posso negar. Ela está certa. Machuquei alguém antes. Já me perdi na busca por respostas, abandonando a razão e a lógica no esforço de encontrar alguém para culpar.

Mas desta vez não é assim. Desta vez, sinto que é *certo*.

— Tentei te ouvir, te dar uma chance, mas você precisa de ajuda profissional — continua. — Ajuda séria, real, Isabelle. E não posso fazer isso por você. Considerando nossas ligações pessoais, não seria certo. Queria poder ajudar, mas não posso.

Valerie se levanta, uma indicação silenciosa de que é hora de ir embora.

— Ben me preveniu sobre isso — comenta, quase como se só lembrasse agora. — Você é exatamente como ele disse que era.

— E como ele disse que eu era? — sussurro, sentindo o coração bater forte no peito.

— Perturbada. Desequilibrada.

Fecho a mão, sinto as unhas cortando as palmas, e por fim me permito processar o que me tornei nos últimos doze meses: nem mesmo humana, na verdade, mas um animal noturno. Uma concha que rasteja pela vida com olhos turvos, à beira da loucura, como se estivesse a um passo de perder a cabeça. Tentei não passar muito tempo me preocupando com como isso deve parecer para quem está de fora, mas agora me vejo através dos olhos de Ben: aquela colagem na minha sala de jantar e como passo horas lá sentada, olhando para o mural. Imaginando. Pensando nas possibilidades e me convencendo de que podem ser reais.

Deitada no escuro, acordada, ou vagando pela vizinhança à noite; correndo às cegas, procurando alguém, *qualquer um*, para me livrar da culpa.

— Olha, Isabelle, eu sinto muito — Valerie diz e suspira. — De verdade, lamento. Mas está procurando respostas em lugares onde elas não existem.

Cutuco as unhas, os olhos fixos no chão. Já ouvi isso muitas vezes. De repente, penso no meu pai criando aquela história sobre a morte de Margaret porque era mais fácil para todo mundo aceitar. Eu me pergunto se Waylon fez a mesma coisa. Criou uma história em que precisava acreditar: se convenceu de que Allison nunca faria aquilo. Que nunca teria tirado a própria vida. Talvez tenha passado os últimos oito anos tentando provar essa teoria, dedicado sua vida a estudar a morte, porque a verdade sobre a própria irmã é dolorosa demais para aceitar.

Talvez ele esteja apenas procurando um responsável, como eu. Os dois desesperados por respostas, dispostos a acreditar em qualquer coisa.

— Não vou contar ao Ben que você esteve aqui — Valerie diz. — Ele ficaria arrasado se soubesse que pensa essas coisas a respeito dele.

Assinto devagar, envergonhada demais para encará-la. Depois me levanto e olho para a sala mais uma vez, pronta para me desculpar e sair, quando algo no canto atrai meu olhar.

A parede de fotos. Agora que estou mais perto, percebo que quase todas são de Ben.

Caminho em direção à parede, me afastando da porta, e examino todas as fotos penduradas, uma por uma. Vejo Valerie e Ben sentados na grama no centro da cidade, a barba-de-velho caindo atrás deles como uma cortina empurrada pelo vento. Há mais uma foto deles em um show, iluminados pelas luzes coloridas do palco distante, e outra em que estão deitados, na praia, os óculos escuros refletindo um celular contra o céu.

— Isabelle — diz Valerie, tentando me conduzir. Ouço seus passos se aproximando, sinto quando para atrás de mim. — Acho que não vai ser bom para você ficar olhando essas fotos.

Mas não me viro. Não consigo me virar. Estou focada demais em Ben e nas diferentes sombras de barba em seu rosto; nas mechas sutis de Valerie desmentindo a naturalidade dos reflexos em seu cabelo, um dedo de raiz escura. Sinais visíveis da passagem do tempo, impossíveis em um relacionamento tão recente.

— Vocês não se conheceram no grupo de apoio ao luto.

Agora parece tão óbvio que me odeio por não ter visto antes. Afinal, nós também tínhamos uma história, Ben e eu. Mas não era real. Era algo que ele criou para se mostrar em uma versão mais favorável. Nosso relacionamento havia começado muito antes de o anunciarmos ao mundo, e agora me lembro daquela primeira noite juntos, depois do funeral, nós dois enroscados sob os lençóis da minha cama de solteiro. A náusea que senti depois, quando ele se levantou e foi embora, como se eu soubesse que tinha acabado de consumir alguma coisa que me faria mal.

— *Você sabe que não podemos contar isso para ninguém. Ainda não.*

Eu me viro e olho para Valerie, parada atrás de mim, olhos arregalados, com medo. Ele realmente fez comigo o que fizemos com Allison.

Ben e Valerie estavam juntos muito antes de nos separarmos.

— Quanto tempo? — pergunto, e dou um passo na direção dela. — Há quanto tempo estão juntos?

Valerie balança a cabeça e, com um leve tremor no lábio, recua um passo, colocando alguma distância entre nós.

— Quanto tempo?

— Eu me senti mal por muito tempo — diz, enfim. — Por termos feito tudo aquilo nas suas costas. Mas as coisas que ele me contou sobre você...

Eu me lembro daquele sentimento: a justificativa dele. A culpa, a indignidade, tudo superado pelas histórias que eu contava a mim mesma. As histórias sobre Allison que decidi aceitar para me sentir melhor: o argumento de que *eles* não eram *nós*. É uma forma de autopreservação, na verdade. Não somos mais do que aquilo em que escolhemos acreditar, mas é tudo uma miragem, tudo se move, se retorce e cintila a distância, mudando de forma a qualquer momento.

Vemos exatamente o que queremos ver quando queremos ver.

— Quanto tempo? — repito, sentindo a determinação voltar e se cristalizar dentro de mim. — Há quanto tempo está com Ben?

Uma pausa silenciosa. Por fim, ela suspira.

— Dois anos.

Dois anos. *Dois anos.* Durante dois anos inteiros, Ben esteve envolvido com outra pessoa. Antes de Mason ser levado. Antes mesmo de ele ter dado os primeiros passos.

Faço uma conta rápida de cabeça, tento determinar quanto tempo ele tinha.

— Seis meses — digo em voz baixa. Mason tinha seis meses de vida quando eles começaram a se relacionar: a idade que ele tinha quando voltei a trabalhar. Quando passava algumas noites por mês fora de casa, viajando de carro para Carolina do Norte, Alabama e Mississippi, tentando capturar aqueles pequenos momentos de significado que tinham sido arrancados de mim havia alguns anos.

— Você estava sempre fora — Valerie comenta, ainda tentando justificar tudo isso. — Ele ficava sozinho, Isabelle. Você deixava Ben e seu filho sozinhos por dias seguidos...

— *Ele* ficava sozinho? — A raiva explode dentro de mim. — Foi isso que ele disse? Que *eu* estava sempre fora? Que era *eu* quem nunca estava presente?

— Eu vi — argumenta, e a voz adquire uma nota incisiva, venenosa. — Eu vi como ele precisava cuidar de Mason sozinho. Não negue.

— Você viu... — sussurro, e a sala começa a girar. — Ai, meu Deus. Ele te levou para nossa casa?

Dou alguns passos na direção dela, para o centro da sala, e os pensamentos se atropelam em minha cabeça.

— Ele te levou para a nossa casa, para perto do nosso filho, e ele estava crescendo. — Falo cada vez mais depressa. — Mason estava crescendo, começando a falar. Logo ele teria começado a dizer alguma coisa, não é? Teria me contado sobre a outra mulher que aparecia quando eu não estava em casa?

Penso naquela história que sempre conto para a plateia; aquela que serve para aliviar a tensão e provocar risadas. Mason, Ben e o móbile sobre o berço; como ele tentava pronunciar as palavras – tira*ntos*sauro – melhorando sempre, a cada tentativa.

— Não acha que Ben pensou nisso? — pergunto. — Não acha que ele *percebeu*...

Paro, olho para ela com firmeza, sinto a compreensão crescendo aos poucos dentro de mim. Todos aqueles pedacinhos que nunca se encaixavam, nunca faziam sentido, até agora. Sinto o sangue sumir do meu rosto, como se alguém arrancasse uma tampa de mim, me esvaziasse.

A verdade está bem aqui, bem na minha frente. Eu estava olhando para ela, literalmente, para *ela*, durante todo esse tempo.

— O que você fez? — pergunto, minha voz num sussurro. — O que você fez com meu filho?

Valerie fica em silêncio, olhando para mim. A semelhança entre nós é chocante, mais ainda de longe. A pele bronzeada dos braços, das pernas; o tom café do cabelo e os olhos grandes, francos. Eu a imagino andando pela rua à noite, tarde, saindo da minha casa depois de ter passado alguns dias com Ben. É possível que tenha estacionado o carro em algum lugar mais afastado, longe dos olhares dos vizinhos. Ben teria insistido nisso, para manter as aparências. Sempre para preservar as aparências. E quase posso imaginar: ela passando pelo poste de iluminação, sentindo a vida escapar pelos poros a cada passo, sabendo que eu estava a caminho de casa, voltando para ele. Sabendo que naquela noite dormiríamos juntos enquanto ela voltaria para essa casinha triste, sozinha, onde ficaria olhando para o teto e pensando em nós. Era como eu me sentia quando Ben se levantava daquela banqueta e voltava para casa, para Allison: a certeza dilacerante de ser algo que precisava ser mantido em segredo, escondido como um hábito nocivo a que ele só se entregava à noite.

E depois: o estalo da cadeira de balanço. A constatação de que ela não estava sozinha. Um olhar para o lado, o velho sentado na varanda, os olhos turvos fixos nela.

— Sou Isabelle — ela teria dito, parando, sorrindo. Acreditando nisso. Despindo a própria pele para vestir a minha só por mais um segundo. Permitindo-se ser *eu*, a esposa de Ben, como eu sempre quis ser Allison. Como se dizendo isso em voz alta, manifestando essa vontade, ela se realizasse de algum jeito. — Sua vizinha, Isabelle Drake.

# CAPÍTULO CINQUENTA E OITO

— Não sei do que está falando.

Valerie continua me encarando, sem hesitar, e sinto a bile subindo pela garganta.

— Sabe, sim — respondo, a voz trêmula. — Você levou meu filho.

Eu a imagino entrando na minha casa com sua cópia da chave – a chave que Ben deu a ela, que tirou debaixo do nosso capacho naquele dia e pôs na mão dela, fechando seus dedos em seguida – e o silêncio com que Roscoe se aproximou dela no escuro. Ele a teria reconhecido, depois de um ano inteiro de sua presença; não seria mais uma estranha. Posso imaginar os sussurros com que o acalmou, mandando-o de volta para a cama depois de afagar sua cabeça. Seus passos no corredor, a caminho do quarto de Mason. Entrando no quarto, cobrindo os dedos com a manga da blusa e abrindo a janela. Deixando entrar a brisa fria e úmida enquanto o pegava e o levava até a porta da frente, trancando-a ao sair.

Eu me pergunto se Mason se sentia seguro com ela. Se foi por isso que não chorou.

— Algumas pessoas não servem para ser mãe — declara, por fim, como se fosse uma explicação que de alguma forma eu deveria entender.

— *O que você fez com ele?*

Tento imaginar aquelas pequenas amostras de vida que ela teve com Ben – uma vida *real*, não a coisa secreta e escondida que tinha – antes de serem arrancados dela muitas, muitas e muitas vezes. A adrenalina inundando seu peito na primeira vez que entrou em nossa cama, passou os dedos sobre minha penteadeira. Penteou o cabelo com minha escova, deixando seus fios misturados aos meus e sorrindo ao pensar que eu jamais saberia. Olhando no meu espelho e vendo o próprio reflexo, sentindo uma confiança maior ao mexer no meu closet, experimentar minhas roupas. Imaginando-se nas fotos com Ben, no meu lugar.

— Nenhum de vocês queria ter filhos — diz. — Não de verdade. Não quando chegou a hora.

Eu a imagino deitada em nossa cama, deslizando os dedos pelo peito nu de Ben. Os gritos de Mason irrompendo do outro quarto – e ele sendo forçado a se levantar, a deixá-la ali.

Ele sempre foi um bebê agitado.

— Tem muita gente por aí que adoraria ter um filho. Você nem imagina, Isabelle. As pessoas matariam por isso, mas não é para todo mundo.

Ela não queria mais compartilhar Ben. Não queria mais dividi-lo comigo, com Mason. Com ninguém.

— Me diz onde ele está — exijo, as mãos tremendo. Dou mais um passo, chego mais perto dela. Ela agora está encurralada contra a mesa de centro; não tem para onde ir. — Se me disser, posso esquecer tudo isso. Posso esquecer você.

— É melhor assim — diz. — Para todo mundo.

Dou mais um passo, mais perto.

— Me diz onde ele está.

— Ben me contou sobre o que você fez com sua irmã — continua. — Era só uma questão de tempo até fazer alguma coisa com seu filho também. Sabe disso, não é?

— *Me diz onde ele está!* — grito, dominada por uma raiva cega. A sensação é a mesma da última vez – meus braços e minhas mãos formigando com a descarga de adrenalina; a raiva crescendo e crescendo, quase me fazendo perder o controle.

— *Está tudo bem* — diz, sorrindo. — Isabelle, ele está em um lugar melhor.

Ouço essas palavras e, de repente, enxergo tudo com clareza: Valerie em seu computador, lendo aquele artigo, olhando para minha foto no palco. Meus olhos vermelhos registrando cada olhar de reprovação, cada expressão, em busca de uma chance minúscula de me deparar com a verdade. Observando a plateia, suplicando ao microfone e, por fim, absorvendo os sussurros tão profundamente, que acabei acreditando neles.

Penso em Valerie sabendo disso – sabendo a verdade, o que ela fez, o que tirou de mim – e ainda assim digitando aquele comentário, acenando com ele diante dos meus olhos antes de recuperar a razão e apagá-lo.

Penso nela olhando para mim naquela igreja, a cabeça inclinada para o lado enquanto gesticulava em direção às velas que tremeluziam na escuridão. A piedade em seus olhos – a ousadia, a *arrogância* – e, de repente, sinto meu corpo se projetar contra o dela antes de perceber o que estou fazendo, aquelas palavras ecoando em minha mente.

*Ele está em um lugar melhor.*

Sinto o impacto, o encontro entre os corpos, a queda sobre a mesa de centro, o som do vidro estilhaçando misturado ao estalo de um crânio rachado.

# CAPÍTULO CINQUENTA E NOVE

### DOIS DIAS DEPOIS

*Tum tum tum.*

Meu olhar está fixo em um ponto do tapete. Um ponto sem nenhum significado, na verdade, além do fato de que meus olhos parecem gostar dele. Ouço o barulho, a pulsação, o ritmo constante dos batimentos cardíacos em meus ouvidos. Um eco rítmico, como ficar submerso na água da banheira e ouvi-lo pulsar.

*Tum tum.*

Levanto a cabeça, pisco algumas vezes, o ponto se dissolvendo no tapete mais uma vez.

— Isabelle? — *Tum tum tum.* — Isabelle, seu carro está aqui fora.

Percebo que alguém está batendo na porta. Roscoe está latindo, batendo com a cauda no assoalho de madeira, e fecho os olhos, tentando diminuir o ardor. Depois me levanto do sofá e vou ver quem é.

— Chega — digo, afagando a cabeça dele. Sinto um aperto no peito ao segurar a maçaneta, mesmo que já saiba quem é. Mesmo que estivesse esperando isso, esperando por *ele*, enquanto via o mundo passar pela janela como uma fotografia em *time-lapse* dos últimos dois dias.

— Detetive Dozier — digo, abrindo a porta e identificando sua silhueta familiar na varanda: os braços pesados e os olhos endurecidos. — Bom ver você.

— É, oi — responde, enganchando os polegares nos passantes da calça. — Estou aqui há cinco minutos. Não me ouviu bater?

— Estava dormindo — minto, e forço um sorriso. — Desculpe.

— Posso entrar?

— Claro. — Abro a porta completamente antes de voltar à sala de estar e me sentar no sofá.

— O que aconteceu aí?

Sigo seu olhar e vejo que está perguntando sobre o curativo na minha mão. Mantive a gaze enrolada na palma, e dá para ver um pequeno ponto de sangue seco na atadura.

— Taça de vinho — digo, e levanto a mão. — Cortou fundo.

— Hum.

Ele continua observando, os olhos se movendo entre minha mão e meu rosto, indo e voltando.

— Como posso ajudá-lo? — pergunto, tentando mudar de assunto.

— Temos uma... novidade — anuncia. — No seu caso. Quis trazer a notícia pessoalmente.

Eu o encaro com os olhos meio fechados, como se tivesse acabado de abri-los embaixo d'água em uma banheira cheia de cloro. Passei as últimas quarenta e oito horas em uma estranha confusão de torpor e nervosismo, como se meu corpo não soubesse como reagir. Tenho me sentido assim desde que me levantei na sala de estar de Valerie, o estalo dos cacos de vidro sob meus sapatos e o som da minha respiração ofegante amplificada ao redor. Desde que olhei para o corpo dela sem vida e para aqueles cacos da mesa, pontiagudos e cortantes, como dezenas de adagas espalhadas pelo chão.

Desde que olhei para aqueles olhos arregalados, vidrados como porcelana, e para a poça de sangue que se expandia embaixo dela. Para a absoluta imobilidade do peito.

— Que notícia? — pergunto, embora já saiba.

— Tenho certeza de que viu as notícias — diz, dando um passo à frente. — Sobre o assassinato de Valerie Sherman.

— Sim. — A notícia está em todos os lugares: é a última sensação. Uma mulher jovem e atraente encontrada morta em sua casa, em uma poça de sangue. — Ouvi dizer que foi um assalto.

— Essa é a teoria original — comenta. — Mesa de centro quebrada, a casa revirada. Mas quanto mais estudamos a cena, mais ela parece ter sido montada.

Fecho as mãos.

— Montada?

— Como se alguém tentasse encenar um assalto — continua, olhando para mim. — É parecido com abrir uma janela para tentar simular um sequestro.

Sinto o coração disparar, as mãos começarem a suar.

— Por que está me dizendo isso?

— Como já deve saber, Valerie tinha um relacionamento com seu marido. Eles se relacionavam fazia algum tempo. Enquanto vocês dois ainda eram casados.

— Sim. — Assinto. — Sim, eu sei.

— Encontramos fotos dele na casa. E outros... *pertences* que parecem ser dele.

Fico quieta, deixo ele continuar. *Só fale quando falarem com você*, um truque que meu pai me ensinou.

— Depois que a morte foi divulgada nos jornais, recebemos o telefonema de um cliente dela — prossegue. — Valerie era terapeuta. Coordenava um grupo de aconselhamento na catedral, no centro da cidade. As reuniões aconteciam uma vez por semana. Havia clientes regulares no grupo.

Assinto.

— De acordo com esse cliente, ele viu vocês duas interagindo na noite da vigília de Mason.

Eu me lembro do homem que entrou quase se arrastando, interrompendo nossa conversa antes que tivesse começado. O pedido de desculpas estampado em seu olhar quando passou por nós antes de se sentar. O jeito como nos observou em silêncio do canto, ouvindo.

— Sabia quem ela era naquela época? — Dozier pergunta. — Sabia sobre o relacionamento dela com seu marido?

— Não. — É a primeira verdade que falei o dia todo. — Não, eu não sabia. Não fazia ideia.

— Então confrontou a amante do seu marido por acaso, menos de duas semanas antes de ela ser encontrada morta dentro de casa?

— Não sei o que dizer. Coincidência, acho.

Ele olha de novo para a minha mão, depois para mim.

— É por isso que está aqui? — pergunto, tentando parecer irritada. Tentando dar a impressão de que a ideia de eu ter algum envolvimento nisso é ridícula, impossível. Absurda demais para ser considerada. — Para me interrogar sobre um assassinato?

Dozier me encara por mais um segundo antes de deixar escapar um suspiro e balançar a cabeça.

— Não — diz, por fim. — Estou aqui porque o cliente também nos deu um nome.

— Um nome — repito, tentando esconder a confusão. Não era assim que eu esperava que essa conversa acontecesse. — Nome de quem?

— O nome de uma mulher que também costumava frequentar o grupo, mas parou de ir depois que Mason desapareceu. Uma mulher que não podia ter filhos.

Continuo olhando para ele, lembrando as palavras que Valerie disse. A justificativa para o que fez, como se estivesse prestando um favor ao mundo.

*Tem muita gente por aí que adoraria ter um filho.*

— No começo ele não deu muita importância, mas, quando soube sobre a morte de Valerie e o envolvimento dela com seu marido, decidiu contar.

Demoro um segundo para registrar a informação, mas finalmente entendo o que ele está tentando me dizer: uma mulher desapareceu ao mesmo tempo que Mason. Uma mulher que queria filhos e não podia tê-los. Uma mulher que conhecia Valerie.

— E o que isso significa? — pergunto, me sentando bem na beirada do sofá. — Quem é ela?

— Não quero que crie expectativas — diz, estendendo a mão. Depois enfia a outra mão no bolso da calça e pega uma fotografia. — Pode não ser nada, mas estamos investigando. Já viu essa mulher em algum lugar? Ou já ouviu o nome Abigail Fisher?

Pego a fotografia e olho para a mulher: o cabelo castanho desbotado, os olhos inexpressivos. Parece ser um pouco mais velha que eu – quarenta e poucos, talvez – e reviro o nome em minha mente, tentando localizá-lo. Estudei muitos nomes nos últimos doze meses... e de repente viro a cabeça, olho para a sala de jantar. Eu me levanto e caminho em direção à mesa. A lista das pessoas que compareceram à TrueCrimeCon ainda está presa na parede.

— Abigail Fisher — digo, batendo com o dedo sobre o nome quando o encontro. Tento controlar a esperança em meu peito, mas a empolgação agora é palpável em minha voz. Uma euforia que não consigo controlar. — Bem aqui. Abigail Fisher. Ela estava na conferência.

Olho para Dozier, depois para a fotografia, e é então que percebo: os olhos. Já vi aqueles olhos antes. Eu me lembro de como ficaram úmidos e distantes, como as lágrimas os tornaram mais brilhantes enquanto ela olhava para mim no palco, bebendo cada palavra que eu dizia.

— Meu Deus — murmuro. Corro para o notebook e o abro. Eu me lembro de ter lido aquele artigo e estudado a foto da plateia; o jeito como o flash da câmera fez os olhos dela cintilarem, transformando-os em algo etéreo e estranho.

O jeito como o olhar daquela mulher me fez estremecer, como se meu corpo estivesse reagindo a algum perigo que a mente ainda não conseguia entender.

— Abigail Fisher — repito, sentindo o coração bater muito forte enquanto espero o artigo carregar. Quando a página abre, olho para trás e bato na tela com os dedos, vendo a expressão de Dozier mudar enquanto ele também processa a informação: seu olhar passando de mim para a plateia, depois para ela. Depois saltando da mulher na primeira fila para a foto que ele me deu.

O silêncio se prolonga por mais um instante enquanto digerimos a imensidão do momento. Finalmente, depois de tanto tempo, temos um rosto. Um nome. Uma chance.

— Abigail Fisher — ele repete, assentindo em um ritmo resignado. — É ela.

# CAPÍTULO SESSENTA

UMA SEMANA DEPOIS

Ouço um zumbido e olho para cima, observando enquanto a pesada porta de metal se abre. Meus olhos ardem. No entanto, não é de sono – ou, na verdade, da falta dele –, mas sim da claridade das lâmpadas fluorescentes baratas acima de mim. Pela iluminação intensa deste lugar.

— Isabelle Drake?

Olho para o guarda prisional na frente da porta e levanto a mão, oferecendo um sorriso pálido. O corte na palma está cicatrizado, não é mais uma ferida aberta, mas uma casquinha fina e enrugada. Ainda posso sentir os olhos de Dozier nele, em *mim*, tentando juntar as peças na minha sala de estar naquele dia. Tentando reunir todas as pistas em um desenho perfeito para formar uma imagem.

— Última coisa — havia dito, olhando para trás conforme o acompanhava até a porta. Não conseguia parar de olhar para o curativo ensanguentado. Tenho certeza de que pensava no corpo sem vida de Valerie sobre aquela montanha de vidro; naqueles cacos pontiagudos e afiados, e no temperamento que ele mesmo tinha visto em mim. O jeito como podia explodir a qualquer segundo, me deixando em uma fúria cega. — Valerie tirou muita coisa de você

— continuou, alternando o peso do corpo de um pé para o outro, subitamente pouco à vontade. — Como se sente em relação a isso?

Eu o encaro sem esboçar nenhuma reação, o que não captura a intensidade do que estou sentindo.

— Ela levou meu filho — eu disse, apontando para a foto na mão dele. — Como acha que me sinto?

— Ainda não temos certeza disso — respondeu, mas vi em seu rosto a certeza se cristalizando. A situação perfeita: uma mulher que queria um filho mais que tudo e outra que queria se livrar de uma criança. Dozier era capaz de imaginar, como eu fui: Valerie ouvindo Abigail chorar todas as noites de segunda-feira, lamentando a injustiça disso tudo. Aflita para ser mãe, desesperada, enquanto Valerie pensava em Mason e nas mentiras que Ben contou a ela sobre eu ser inadequada, indigna. Valerie imaginou que o desaparecimento de Mason resolveria quase tudo.

— *É melhor assim* — ela me disse. — *Para todo mundo.*

Dozier suspirou, e pude ouvir o estalo da língua dentro da boca, as unhas arranhando o tecido da calça. Agitado, tentando decidir.

— Eu mando notícias — ele disse, por fim, e eu soube naquele momento que meu plano ia dar certo.

Agora me levanto e vejo o guarda acompanhar Ben até a área de visitantes, tentando imaginar como devo parecer diferente aos olhos dele depois de uma semana. Eu me vi no espelho do corredor quando estava saindo para visitar a prisão: a vida tinha colorido minhas faces de novo, como se alguém tivesse pingado tinta vermelha na água e deixado a gota se expandir, alcançando as bordas. Tingindo tudo de cor-de-rosa. Meus olhos estavam mais abertos, mais brilhantes, mais alertas, e as sombras embaixo deles começavam a desaparecer como um hematoma sumindo aos poucos.

Mas Ben também mudou.

— Como vai? — pergunto, inclinando a cabeça quando nós dois nos sentamos. Agora posso ver, finalmente, o que todo mundo tinha visto em mim: a exaustão gravada em linhas fundas no rosto, as rugas que apareceram da noite para o dia. O jeito como a pele

parece pálida, abatida, como alguma coisa morrendo aos poucos.
— Tem conseguido dormir?

Ben olha para mim e passa as mãos no rosto, desliza os dedos pelo começo de barba. É impossível não olhar para as algemas em seus pulsos, beliscando a pele.

— Isabelle — diz, a voz rouca. — Não fui eu.

Penso naquela manhã na casa de Valerie. Em como me levantei, olhei em volta. Seu corpo sem vida no chão, a gravidade do que eu tinha feito se impondo sobre todas as coisas. Pisquei, tentei apagar os pontos pretos que se acumulavam na minha visão e a tontura na minha cabeça. A realização de que a culpa recairia sobre mim – *inevitavelmente*. A esposa desprezada, a mãe desesperada. A mulher enlouquecida que perdeu o juízo em uma busca frenética por respostas.

— Encontraram sua aliança embaixo do sofá — respondo. — Ao lado do corpo dela. Seu DNA estava por toda parte, Ben. Embaixo das unhas dela. Não parece bom sinal.

— Porque estivemos juntos naquela *manhã* — diz, frustrado, passando as mãos no cabelo como se tivesse repetido essa mesma declaração muitas vezes antes.

Eu me lembro do tremor nos dedos quando as últimas gotas de adrenalina deixaram meu corpo, como um músculo exausto que começava a desistir. Como elas deslizaram para baixo da gola da camisa enquanto eu olhava para ela, pensava, girava a aliança de Ben como tinha feito tantas vezes antes.

A aliança com o nome dele gravado. A aliança que ninguém sabia que eu ainda tinha.

— Aquela aliança — diz. — Não sei como foi parar lá, Isabelle. Não tenho nem ideia. Nem a usava mais. Talvez ela tenha pegado da minha casa, não sei.

— Você descobriu o que ela fez com Mason? — pergunto em voz baixa. — Porque se foi isso, não te condeno. Eu teria feito a mesma coisa.

— Não! Jesus, Isabelle, juro. Não fazia ideia. Olha só, sinto muito, de verdade. Lamento por tudo. Mas não *matei* ninguém.

Olho para Ben, meu marido, e me admiro com a forma como tudo se encaixou com perfeição: a história que criei tecendo a realidade enquanto eu ainda estava na sala de Valerie, limpando a aliança em minha camisa e a jogando no chão. Enquanto escolhia as evidências, os fatos, e usava isso para costurar uma narrativa que explicasse tudo. Sabia que impressão a polícia teria quando encontrasse a aliança, arrancada no meio da luta corporal e perdida em um canto empoeirado embaixo do sofá.

Um homem casado e sua amante. Eu sabia como a história se desdobraria.

— É fácil culpar o namorado — digo, ouvindo o eco da voz de Waylon em minha cabeça como o pulsar de um coração: *quero que ele pague*. — Da mesma forma que é fácil culpar a mãe. Mas sabe o que ainda não faz sentido para mim? O que não consigo entender?

— O quê? — ele pergunta, irritado.

— Como Valerie sabia que a babá eletrônica estava sem pilha?

Percebo a contração na mandíbula; o tilintar sutil das correntes quando ele move as pernas. O movimento da garganta enquanto engole em seco, sinal de que estava se preparando para mentir.

— Ela sabia que a babá ficava no quarto — continuo. — Valerie tinha estado em nossa casa antes, e nunca entrou no quarto do Mason. Eu a teria visto pelo celular.

— Não sei — murmura. — Não faço ideia.

— Mas ela devia saber que a babá não estava gravando as imagens naquela noite. É quase como se alguém tivesse comentado isso com ela.

Ben fica em silêncio do outro lado da mesa, olhando nos meus olhos.

— Como se alguém tivesse dito a ela em que noite aparecer.

Sinto o ar pesado entre nós e sei, em meu íntimo, que estou certa sobre isso também. Consigo imaginá-los deitados em nossa cama em uma das noites que passei fora de casa. Posso ouvir os gritos de Mason passando por baixo da porta e Ben suspirando, se levantando, resmungando sobre como deixei as pilhas acabarem e nem me dei ao trabalho de trocá-las. Valerie deitada sozinha, as engrenagens começando a girar em sua cabeça tendo a voz dele como combustível.

— Sobre a Allison — falo, por fim, e me inclino para a frente porque ele precisa entender o motivo de estar ali. — Como ela morreu, Ben?

O rosto dele perde a cor; a pele fica ainda mais pálida.

— Como assim? — pergunta.

— Você entendeu.

— Ela se matou, Isabelle, ela... — Ben para de falar, engole em seco, vira um pouco a cabeça. — Não acha que fiz alguma coisa contra ela também, acha?

Tento imaginar: Ben forçando Allison a engolir os comprimidos. Esmagando-os até virarem pó e misturando esse pó no café, talvez. Escondendo-os na comida dela.

— Izzy — implora. — Jesus, nunca *matei* ninguém.

Mas não acho que tenha sido assim. Afinal, a arma de Ben é a palavra. Sempre foi. Ele sempre soube que a melhor maneira de controlar alguém é plantando uma ideia na cabeça da pessoa e a convencendo de que essa ideia sempre foi dela. Ele sempre foi bom em espalhar as migalhas de pão, uma por uma, até que todos aqueles pequenos passos te levem a um lugar inteiramente diferente – um lugar que você nem reconhece mais. Um lugar tão distante que você não consegue encontrar o caminho de volta. Ele sempre soube como sufocar alguém de dentro para fora; como matar de fome, afogar, levar a pessoa tão perto do limite que, quando ela olha para baixo e só vê o ar vazio – quando desliza o pé além da beirada e sente que começa a cair –, a ideia do salto pode até parecer boa.

E isso também merece ser punido, não?

Imagino Allison durante todas aquelas noites, grávida, sabendo que o marido estava fora de casa com outra pessoa. Sentindo a mesma solidão que eu senti, o mesmo arrependimento, vendo a vida passar diante de seus olhos como um filme: Ben apontando para ela no corredor do colégio e decidindo que seria dele. Ben a envolvendo e dando a ela tudo de que precisava antes de dirigir sua vida para um caminho diferente e deixá-la nesse lugar, abandonada e sozinha, justamente quando outra vida começava a crescer dentro dela.

Eu a imagino entrando no banheiro com os olhos cheios de lágrimas, uma das mãos sobre o ventre, o frasco de comprimidos que Ben havia deixado em cima da bancada encarando-a em um desafio silencioso. Allison pegando o frasco e despejando os comprimidos na mão, sabendo que ele os havia deixado ali de propósito. Sabendo o que ele queria que ela fizesse – e, pouco a pouco, começando a pensar que talvez também quisesse a mesma coisa.

Afinal, a violência sempre chega até nós de maneiras que nunca esperamos: com rapidez, em silêncio. Disfarçada de outra coisa. Ben sempre soube que não precisava apertar o gatilho para cometer um assassinato e sair impune – às vezes, tudo o que você precisa fazer é carregar o revólver e deixar que dispare por conta própria.

# CAPÍTULO SESSENTA E UM

### EPÍLOGO

— Me conta uma história.

Ainda consigo ouvir a voz dela, a voz de Margaret deitada de bruços no tapete da nossa sala de estar. Consigo ver as pernas dela balançando no ar e aquelas páginas brilhantes abertas diante de nós, como um livro de histórias da vida real: histórias de outras pessoas, outros lugares. Eu era transportada para a pele delas quando lia as palavras em voz alta, imaginando a sensação de ser outra pessoa. Viver outra vida.

— *Mas você é boa nisso. Em contar histórias.*

Waylon e eu naquele avião, meus olhos fechados enquanto ele olhava na minha direção. O piso sob nós vibrando durante a decolagem.

— *Não é uma história* — respondi. — *É a minha vida.*

Mas a nossa vida não é apenas uma história que contamos para nós mesmos? Uma história que tentamos criar com perfeição e divulgar ao mundo? Uma história que se torna tão vívida, tão real, que também começamos a acreditar nela?

Comecei a tecer minha história aos oito anos, uma rede de mentiras que foi se tornando mais forte e mais complexa à medida que a vida seguia. Aqueles fios microscópicos grudentos e resistentes, capturando tudo que era bom e devorando por inteiro. Tinha algo de errado comigo. Alguma coisa sombria e tóxica percorrendo minhas veias. Alguma coisa maligna que aquela casa injetou em mim, um veneno mortal que transformou meus olhos em pedra. Começou com uma única frase murmurada para mim de manhã – *Isso me assusta* – e se transformou em algo maior, mais complicado. Algo que definiu minha existência.

Aquelas pegadas no tapete do meu quarto, meu corpo agindo de um jeito que minha cabeça não conseguia controlar. Envolvente, como a névoa do pântano de manhã, cobrindo o quintal e me engolindo viva.

Às vezes, as histórias que criamos são sobre nós mesmos. Às vezes, sobre outras pessoas. Mas enquanto acreditamos nelas – enquanto conseguimos convencer os *outros* a acreditar nelas –, essas histórias conservam seu poder. Permanecem verdadeiras.

Agora, olho para Waylon, aquela luz verde piscando entre nós, e sinto o peso dos fones sobre minhas orelhas. Cobrimos tudo: Ben e Allison e como a polícia nunca se convenceu do suicídio. Como Dozier sempre suspeitou dele, mas nunca teve a prova de que precisava para acusá-lo. Como ele sempre observou tudo de longe depois disso, especialmente depois que nosso filho desapareceu, permanecendo entre as árvores durante a vigília. Interrogando a esposa dele para descobrir o que eu sabia.

Tentando pegar um deslize dele. Uma mentira.

Penso em como Dozier olhou para mim na semana anterior, encarando minha mão enfaixada. Ele sabia o que havia acontecido com Valerie – no fundo, ele *sabia* –, como o chefe Montgomery sabia o que tinha acontecido com Margaret. O que *realmente* aconteceu. Mas não era isso que ele queria saber. Não queria descobrir a verdade, o que aconteceu de fato, queria ouvir o que era mais fácil de acreditar. Então me fez todas as perguntas certas, me ouviu recitar as falas, depois criou em sua mente uma realidade melhor, mais convincente do que aquela que existia de verdade, agarrando-se à própria mentira até que a viu escapar, escorregando por entre os dedos.

Falamos sobre Ben e Valerie e o plano que criaram juntos; o anel dele embaixo do sofá e como ele a usou para voltar a uma vida sem filhos, matando-a assim que tudo havia sido concluído e forjando um assalto para manter seu segredo seguro. Kasey também aceitou ser entrevistada, e falou muito sobre como Ben era silenciosamente controlador. Como ela me viu mudar aos poucos, muito antes do desaparecimento de Mason, e como ele me havia afastado de todos que faziam parte da minha vida, até ele ser tudo o que me restava.

Depois da notícia da prisão de Ben, Paul Hayes esteve na minha casa e me pediu para guardar um segredo dele.

— Aquele homem que você viu é meu pai — disse, um tremor nervoso na garganta. — Ele mora comigo agora que está perto do fim, mas nós dois temos antecedentes. Passados de que não me orgulho.

Lembro mais uma vez o que Dozier havia dito: as acusações por porte de droga e o tempo na prisão. Acolher outro criminoso contrariava os termos da condicional de Paul, mesmo sendo da família, por isso mantinha o pai escondido em casa, com as persianas fechadas e as janelas escuras, até que o sol se punha e era mais seguro deixá-lo sair.

— Meu pai me contou que te viu naquela noite — ele disse, e balançou a cabeça. — Durante todo esse tempo, pensei que tivesse sido você, mas não podia te entregar sem entregar nós dois também.

Penso nele meio escondido na vigília; o ódio em seus olhos quando me encontrou na varanda de sua casa. Ele achava que eu era uma assassina. Acreditava que eu tinha matado meu próprio filho e que o pai era a única pessoa no mundo capaz de provar isso. Deve ter sido consumido pela culpa por me ver livre todos os dias, sabendo que ele, e somente ele, poderia me levar à justiça – mas, no fim, ele escolheu a família, protegendo a si mesmo e ao pai com silêncio e mentiras.

E então há minha própria família: meus pais, que tentaram uma reaproximação para reparar aquela quebra entre nós. Minha mãe e a culpa silenciosa que sempre carrega; meu pai e a vergonha que sente por ter falhado conosco de maneira tão grave. Eles já haviam perdido duas filhas, afinal. Não queriam perder a terceira. Vai levar um tempo, eu sei, para nos conhecermos de novo – perdoá-los por tudo que fizeram e não fizeram –, mas pelo menos agora tudo está à vista: Margaret, Ellie e as coisas terríveis que aconteceram naquela casa.

As lembranças que nenhum de nós queria ter – mas que, agora que as tenho, vai ser impossível esquecer.

Tiro os fones de ouvido e vejo Waylon desligar o equipamento, apagar a luz verde. Em breve o material vai estar no mundo, nossa história pulsando em outros ouvidos – e então será verdade. Vai ser verdade porque as pessoas vão acreditar nela, vão moldar os fatos para encaixá-los em seus sentimentos. Vão encontrar fragmentos de verdade em todos os lugares errados. Juntá-los e forçar um encaixe para criar uma cena que nunca existiu.

— Você está bem? — Waylon pergunta, enrolando os fios e os devolvendo à maleta. — Com tudo isso?

Olho para fora, o sol poente pintando o céu de laranja. Há três semanas, o pôr do sol sinalizava o começo de algo – o início de outra noite longa e solitária –, mas agora ele desperta a sensação de encerramento. O fim de um pesadelo do qual consegui acordar, finalmente.

— Sim — respondo, confirmando com um movimento de cabeça. — Estou bem.

— Tudo que você fez — comenta — valeu a pena.

Sorrio e acompanho Waylon até a porta, abrindo-a enquanto nos despedimos. Assim que ele vai embora, dou meia-volta e me deparo com o silêncio renovado da casa: Roscoe cochilando no chão, o crepúsculo entrando pelas janelas, o jantar no forno. Olho para a sala de jantar e penso em todos aqueles nomes, fotos e recortes de jornal que arranquei da parede; todas as conferências e os telefonemas para Dozier. As pistas que segui às cegas, no escuro.

O comentário que apareceu e sumiu.

*Ele está em um lugar melhor.*

Foi assim que tudo acabou: com esse comentário. Mesmo depois de ter sido apagado, ainda conseguiram rastreá-lo – e isso não os levou à casa de Valerie, mas à de Abigail Fisher, um imóvel discreto que ela alugou do outro lado do país. E foi lá que a encontraram, esperando, quase como se estivesse aliviada por ser pega: sentada em um quartinho infantil enfeitado com brinquedos, dinossauros e pilhas de livros.

Todas as coisas de que uma criança precisava para ser feliz, saudável. Amada.

Ainda penso em como deve ter sido para ela: uma mulher sem filhos tentando viver o luto e seguir em frente – mas não foi possível. Ela não conseguiu seguir adiante. Em vez disso, permaneceu apegada àquilo, recusando-se a superar, remoendo tudo até Valerie abordá-la, tarde, numa noite qualquer e lhe contar uma história.

A história de um menino com uma mãe inadequada. Um menino que viveria melhor com outra pessoa.

De certa forma, eu entendo. De verdade. Nada no luto faz sentido. As coisas que ele nos leva a fazer, as mentiras em que nos faz acreditar. Valerie só disse o que ela queria ouvir, e ela se permitiu acreditar nisso – que aquilo seria melhor para *todo mundo* –, então engoliu a culpa e o medo e foi encontrá-la naquela noite, quando o corpinho de Mason foi passado de uma para a outra na escuridão, quando o dinossauro de pelúcia caiu da mão dele e ficou esquecido na lama.

Depois ela o prendeu no cinto de segurança da cadeirinha do carro e partiu apressada, desaparecendo na noite.

Agora atravesso o corredor em direção ao quarto de Mason e me aproximo da porta que sempre mantive fechada. Seguro a maçaneta como fiz tantas vezes antes – com medo de girá-la, espiar lá dentro e ver tudo que perdi –, mas é o que faço. Eu me permito olhar. E lá está ele, como imaginei tantas vezes: lá está Mason, sentado na cama, exibindo aquele sorriso cheio de dentinhos ao me ver. Ele segura o mesmo brinquedo de pelúcia, que foi higienizado antes de ser removido das evidências e devolvido para nós, um lembrete da vida comigo que sei que provavelmente ele esqueceu.

Afinal, passou um ano inteiro longe de casa. Um ano que nunca terei de volta.

E este poderia ter sido o fim da história: Abigail Fisher dirigindo em alta velocidade pela interestadual, os dois se mudando para uma casa nova. Uma vida nova. Mason crescendo com outra mãe, sua memória me apagando por completo, pequenos vislumbres retornando apenas como um sonho confuso, um eco distante. Alguma coisa fraturada, rompida e deformada pelo tempo. Ele até poderia ser feliz, qualquer que fosse a história que Abigail tivesse contado a ele criando raízes e transformando a realidade – até ela começar a me ver nos jornais todos os dias, implorando por seu retorno. Até as dúvidas surgirem, até começar a aparecer em minhas palestras e me ouvir falar. Até começar a me ver, não como o monstro que Valerie pintou, mas como uma mãe desesperada para encontrar o filho – e então memorizou minha palestra e chorou quando a ouviu, sabendo que tinha cometido um erro, mas ainda tentando se convencer de que aquela história era verdadeira. De que fez o que era certo.

De que ele estava em um lugar melhor.

## NOTA DA AUTORA

Se você ainda não chegou ao fim da história, peço que pare de ler esta nota e termine o livro primeiro – o que vem a seguir certamente vai estragar tudo.

Antes de este livro existir no papel, quando ainda estava apenas na minha cabeça, a ideia era basicamente esta: como seria estar presa na mente de uma mãe privada de sono que, no fundo, acreditava que o desaparecimento do filho era culpa dela? Quando comecei a me perguntar *por que* ela pensaria isso, a resposta me atropelou como um caminhão: as mães – na verdade, as mulheres em geral – são condicionadas desde que nascem a sentir culpa por alguma coisa. *Sempre* achamos que as coisas acontecem por nossa culpa. Sempre sentimos necessidade de pedir desculpas: por sermos de mais ou de menos. Muito barulhentas ou muito quietas. Muito ambiciosas ou muito conformadas.

Por querer filhos mais que tudo ou por nem querer ter filhos.

Não vou mentir para você: tive medo de escrever um livro sobre maternidade sem antes ser mãe. Fiz algumas declarações fortes neste romance e tive receio de fazer essas afirmações sem antes tê-las vivido. Há muitas coisas na maternidade que não consigo entender e, nesses casos, me baseei em pesquisas e em conversas com amigas e pessoas da família que *são* mães e me ajudaram a enxergar tudo isso. Embora reconheça que ainda existem certas emoções e experiências que não consigo compreender, também acredito que toda mulher é capaz de entender as expectativas implícitas disso: o *peso* da maternidade que parece estar sempre presente ao longo de nossa vida, desde que ganhamos a primeira boneca. Não só isso, mas por causa do julgamento a que somos submetidas quando tomamos uma decisão que diz respeito a nós mesmas, muitas vezes sentimos que não podemos nem falar sobre isso.

Temos a sensação de estar completamente sozinhas em uma experiência que é compartilhada por muitas.

Quando cheguei a essa conclusão, quis encher este livro de diferentes tipos de mulheres: mulheres imperfeitas, complicadas, bagunçadas, que com certeza vão provocar desprezo por suas decisões – mas esse é o ponto. Isabelle é, em muitos sentidos, minha tentativa de expor o dano que pressões sociais e expectativas podem causar em uma pessoa. Ela é a mãe perfeita? Não. E ela comete erros? Sim. Ela tem dificuldades, como todas as mães, e sente uma culpa enorme por pensamentos e emoções que nem sabe que são normais – mas *como* poderia saber se ninguém fala sobre isso? Apesar de tudo, porém, ama o filho profundamente – mas esse amor nunca será suficiente para absolvê-la no tribunal da opinião pública... ou mesmo na própria mente, na verdade, tão acostumada a absorver a culpa de todo mundo.

Com relação à mãe de Isabelle, tentei tratar com leveza e respeito um tema tão delicado. Fiz muita pesquisa sobre psicose puerperal, e a personalidade de Elizabeth foi baseada, em grande parte, em Andrea Yates[2]. Quanto mais eu lia sobre ela, mais suas atitudes mudavam na minha cabeça, indo de horripilantes a desoladoras: ela era uma mãe no limite da sanidade mental. Pediu ajuda, nunca foi ouvida e foi vilanizada pelo que aconteceu em consequência disso. É claro, o que fez foi tão trágico quanto aterrorizante –, mas, ao mesmo tempo, poderia ter sido evitado se a saúde mental na maternidade não fosse algo que desconsideramos com tanta facilidade ou fingimos não notar. O mesmo pode ser dito sobre Elizabeth.

Allison, Valerie, Kasey e Abigail também são mulheres com emoções complicadas nesta história, que as levaram a tomar decisões variadas: boas e más, certas e erradas –, mas acho que, principalmente, em um meio-termo turvo entre esses extremos. Na vida real, é raro termos o luxo de as coisas serem preto no branco, por isso tento

---

[2] Andrea Yates ficou conhecida por matar seus cinco filhos pequenos, afogando-os na banheira de sua casa em 20 de junho de 2001. Ela vinha sofrendo há anos de depressão pós-parto e psicose severas.

me manter fiel a isso em minhas histórias, criando cada personagem tão multifacetado quanto possível. Por esse motivo, espero que elas inspirem algumas conversas esclarecedoras – ou, no mínimo, que proporcionem a você uma leitura interessante e prazerosa.

Por fim, se você se preocupa com sua saúde mental ou com a saúde mental de alguém importante, saiba que há recursos disponíveis onde buscar ajuda. Um bom lugar para começar seria procurar o Centro de Atenção Psicossocial (CAPS) próximo de você ou ajuda médica privada.

# AGRADECIMENTOS

Tenho uma relação complicada com a seção de Agradecimentos.

Por um lado, não tem nada de que eu goste mais que chamar atenção para as diversas pessoas que desempenham um papel fundamental na produção de um livro. Antes de entrar nessa área, não sabia que publicar um livro exigia um esforço tão grande de equipe, e vou dizer uma coisa: parece até desonesto listar apenas um nome na capa. Por outro lado, é impossível citar todos os nomes, e me incomoda muito pensar que estou deixando alguém de fora. Dito isso: saiba que, quem quer que você seja, se tocou nesta história de algum jeito, tem minha imensa gratidão.

Ao meu agente, Dan Conaway: sem você esta história não existiria. Você mudou minha vida e me deu liberdade para continuar escrevendo. Muito obrigada por isso.

A Chaim Lipskar, Peggy Boulos-Smith, Maja Nikolic, Jessica Berger, Kate Boggs e todos na Writers House: vocês continuam sendo incríveis, e me considero uma mulher de sorte por fazer parte dessa empresa. Obrigada pelo trabalho árduo.

À minha editora, Kelley Ragland: muito obrigada por cada conversa que ajudou a conduzir esta história na direção certa. A Allison Ziegler, Sarah MeInyk, Hector DeJean, Madeline Houpt, Paul Hochman, David Rotstein e a todos na Minotaur, St. Martin's Publishing Group e Macmillan: obrigada pelo esforço incansável. Minha imensa gratidão também vai para Andy Martin e Jen Enderlin por terem me dado essa chance.

À minha editora no Reino Unido, Julia Wisdom, e a todos na HarperCollins UK, incluindo, mas não se limitando, Lizz Burrell, Susanna Peden e Maddy Marshall: muito obrigada por terem levado mais um dos meus livros – e eu! – para o exterior. É a realização de um sonho.

À minha agente cinematográfica, Sylvie Rabineau, na WME: obrigada por tudo que você faz para levar minhas histórias para as telas. Estou muito animada por estarmos trabalhando juntas de novo.

Aos bibliotecários, livreiros, blogueiros, críticos, bookstagrammers, clubes de leitura e à comunidade literária on-line: não sei nem o que dizer. Quando eu estava escrevendo os agradecimentos por *Uma centelha na escuridão*, ainda não entendia a imensa influência que todos vocês exerceriam no meu trabalho e na minha vida. Agora entendo – e sou muito grata. Obrigada por abraçarem minha escrita, minhas histórias e personagens; obrigada por compartilharem os livros que amam e por me permitirem essa conexão com tantos leitores maravilhosos ao redor do mundo. Devo muito a todos vocês, então, obrigada.

Às livrarias independentes de todos os lugares, especialmente Buxton Books, Itinerant Literate e The Village Bookseller, bem aqui em Charleston: obrigada por apoiarem uma escritora local que cresceu sonhando em um dia ver seu nome em estantes como as de vocês.

Ao meu marido, Britt: pensei que você tivesse me apoiado na primeira vez, mas esses últimos doze meses me mostraram quanta sorte eu tenho. Obrigada por me apoiar em qualquer circunstância, e por estar sempre pronto para uma aventura. Te amo muito.

Aos meus pais, Kevin e Sue, por continuarem sendo meus maiores fãs. Por favor, não pensem que meu fascínio por famílias disfuncionais tem alguma coisa a ver com a nossa.

À minha irmã, Mallory, por mais uma vez me dar o feedback mais valioso sobre aquele primeiro rascunho ruim. Crescer com você me deu as lembranças de irmã necessárias para dar vida a esta história. Obrigada por me deixar seguir você pela vida como uma sombra (nem sempre silenciosa).

A Brian, Laura, Alvin, Lindsey e Matt, e ao restante de minha maravilhosa família: obrigada, como sempre, pelo entusiasmo e apoio.

Aos meus amigos, próximos e distantes, que me incentivaram constantemente desde que compartilhei esse segredo esquisito: obrigada por estarem sempre disponíveis. Queria citar o nome de todos, mas sinto necessidade de mencionar pelo menos aqueles que se excederam para fazer com que eu me sentisse apoiada e amada: Rebekah, Caitlin, Ashley, Erin, Kolbie, Jeremy, Kaela, Justin, Tina, Noah, Eli, Laura, Abby, John, Bobby, Reid, Peter, Mégane, Jacqueline e Caroline.

Ao Mako, por me fazer companhia.

Ao Douglas, pela inspiração.

E, por fim, aos meus leitores, a quem devo o mundo: se vocês escolheram este livro depois de *Uma centelha na escuridão*, obrigada por continuarem comigo. Se esta foi sua primeira leitura de um livro meu, obrigada por me darem essa chance.